小川洋子の偏愛短篇箱

小川洋子［編著］

河出書房新社

私の偏愛短篇箱

小川洋子

自分なりに「これは大事だ、とっておこう」と思うものを集め、引き出しの奥や庭の片隅に隠しておく、という行為は、どんな子供にも見られる一つの成長過程なのだろうか。大昔、人間が人間になる前、森に落ちているさまざまなものを拾い集めて巣を作っていた頃の記憶が、まだ消えずに残っている証拠かもしれない、と時々考えたりするのだが、もちろん私の身勝手な空想にすぎない。

例えば犬でもボールや縫いぐるみ、木の枝や食べ残しの骨などを寝床の下に隠していたりする。犬はただ単純に、自分のお気に入りを独占したいだけなのだろうが、掃除機をかけようと寝床をめくった私にそういう品々を発見されると、実に恥ずかしそうな、居心地の悪そうな表情を浮かべる。

「はい、ガラクタだって自分でも分かってはおります。ただ、ちょっとこうして一箇所に集めてきますと、気分が落ち着くと言いますか、すっきりしますと言いますか……」

そう、もじもじ言い訳をするように、額に皺を寄せながら上目遣いにこちらを見やる。取り戻そうとしてあからさまに攻撃はしてこない。その代わり私が見ていないところで、再びどこからか調達してきた品々を寝床に隠すのだ。

小学生の頃には、切手、シール、チロリアンテープ、王冠などを集める流行が周期的に訪れ、いかに充実したコレクションを持っているかがクラスでの存在感に直結していた。一番の実力者の下に最も珍しいものが集まり、それらを献上する子が重臣となり、コレクションを賛美し羨望の眼差しを向ける子が子分となり、といった具合だった。どの流行にも乗れなかった私は、いつもクラスの隅っこに追いやられていた。

しかし私にもちゃんと自分だけのコレクションがあった。爪とかさぶたである。足の親指の爪を極限まで伸ばし、割れないように注意深くハサミで切り取ると、その半透明な三日月は単なる爪ではなく特別な一個の物体となった。皮膚をも貫く両端のとんがりと、思いの外頑丈な厚み、それでいて優美なカーブを描く輪郭。あるいは、偶然何かの拍子にポロリと欠け落ちた小指の爪もまた味わい深い。断面はささくれ立ち、表面は磨耗し、地下深くで生成された結晶のように硬い。

そしてかさぶただ。あの神秘の物体が何でできているのか、血液なのか皮膚の変形なのか、誰も正確には教えてくれない。不恰好な盛り上がりは、全く偶然の産物のように見せかけながら、どんな天才彫刻家でも表現できない独自の造形を生み出している。にもかかわらず、役目を終えれば人知れずこっそりと退場してゆく。大声で自慢したりするような、はしたない真似はしない。

どうして大人たちが爪やかさぶたをいとも簡単に捨ててしまうのか、私には理解できなかった。こんな魅惑的な物体が自分のすぐ間近にあるというのに、まるで汚いものを扱うごとく、ちり紙に包んでゴミ箱に捨ててしまう。その神経が謎だった。

私はそれらを箱に入れて大事に仕舞っておいた。母親に見つかればすぐに捨てられてしまうのは明らかだったから、引き出しの一番奥に隠しておき、時折取り出しては一人眺めた。それらで何かをしよう、というのではない。数が増えたり、信じられない大きさの物体が手に入ったりすることのみに、喜びを見い出すのでもない。ただうっとり見つめるだけで、十分満足していた。

収納の仕方には多少こだわりがあり、蓋付の、仕切りのある箱を必ず使っていた。最中やお饅頭の箱が多かった。その一つ一つの仕切りに脱脂綿を敷き、爪とかさぶたを一個一個収納していった。

彼らは皆、何ら抵抗することなく、切り落とされ、皮膚からはがされてゆく。人目につかない暗黒へと潔く消え去ろうとする。そんな彼らを救い出し、寄せ集め、各々に居場所を与える。すると彼らのまとう孤独の影はいっそうくっきりとし、それは私の用意した小さな空間に深く染み込んでゆく。その時彼らはもう単なる爪やかさぶたではなく、私だけの秘密となる。私だけに寄り添い、ささやきかけてくる宝物となる。一つの孤独と一つの孤独が箱の中で、こっそりと触れ合う。

短篇小説とは無関係な話を長々と書いてしまったが、つまりこの本は、私にとって大事な作品を十六集め、十六の仕切りに納めた収集箱なのである。誰に見せる必要もない、私以外に誰一人在りかを知らない箱であったのだが、本人も予想しなかったちょっとした偶然により、ふと蓋が開いた、そんな感じだろうか。

「小川さんの好きな短篇を集めて本を作りましょうよ」

ある日編集者にそう言われ、「ならばあの箱があるな」とすぐに秘密の収集箱を思い浮かべたものの、自分一人の楽しみを人様に見せびらかすのは恥ずかしく、またあくまでも秘密のままそっとしておきたい気持もあり、しばらく答えをぐずぐずと先延ばしにしていた。だがいくら考えても、私の好きな短篇、と問われればやはりあの箱に仕舞ってあるものたちを隠し通しておくことはできず、ためらいながら編集者の前に差し出したのである。

普通、アンソロジーを編む場合、どういう方針で作品を選ぶかが大事になってくる。しかし本書の場合、無責任にもというべきか、幸福にもというべきか、ただ自分の収集箱を開けてみました、と説明する以外ないのだ。

一冊の本にするからと言って、全体のバランスを考え、作品を入れ替えたりするようなことはしなかった。書かれた年代や、男性作家と女性作家の比率や、題材の偏りなどは、私にとってはどうでもいい問題だった。逆に、偏っていることを追求した結果が、一冊にまとまったと言えるのかもしれない。だからこそ、『偏愛短篇箱』なのだ。

改めて一冊通して読んでみると、長年こだわり続けてきたキーワードが漏れなく散りばめられているのがよく分かる。少年・少女（『兎』『力道山の弟』）、臓器・臓物（『花ある写真』『春は馬車に乗って』）、昆虫・動物（『件』『藪塚へビセンター』『みのむし』）、小部屋（『風媒結婚』『押し絵と旅する男』）……。例えば牧野信一の『風媒結婚』。はっきり言って、「えっ、ここでおしまいなの？」と思わず声を上げたくなるような、いびつなラストを持つ奇妙な小説である。このいびつさが、屋上にある小部屋〝展望室〟を通して語られるだけで、私にとってはたまらない魅力となる。その理由を説明するのは難しく、無理に言葉を連ねても恐らく意味がないのではないかと思われる。ただ、仕切りの脱脂綿に滲む展望室の染みは、形といい色といい匂いといい、いつでも私を陶然とさせる。そうした理屈抜きのうっとりが、十六個並んでいる。

大地の真ん中で、どっしりと賢くバランスを取っている短篇よりも、「どういう因果でまたそんな危なっかしいところに……」というような場所に、ポツンとたたずんでいる短篇の方が、私は好きだ。そこは時に、つむじ風の通り道になったり、冷たい雨が降り続いてぬかるんでいたり、棘のある植物が生い茂っていたりする。私の好きな短篇たちはしばしばそういう地点に入り込み、他の作品たちと手を結ぶことを拒み、独自のバランスを編み出しながらどこか一点をじっと見つめている。

視点の先にあるのは、足元に転がる小石かもしれないし、空の高みに取り残された星かもしれない。いずれにしてもそれらは、間違いなくそこに存在するのに、無いも同然の扱いを受け続けてきた一点だ。

私は彼らの邪魔にならないよう細心の注意を払い、後ろからそっと近寄り、視点の先にあるものを黙って一緒に見続ける。彼らは私の中にずかずか踏み込んで感情をかき回したりはしない。私たちは、つまり短篇と私は、肩を並べて世界の一点を見つめ、そこに映し出される驚きや喜びや怪しさやおぞましさに心を震わせる。私にとって短篇小説とは、世界の真のありようが映し出される一点を、指し示してくれるものである。

だから私は好きな短篇に出会うと、これは自分だけの作品だ、と図々しくも錯覚してしまうのだろう。ここに収集させていただいた作品たちは無論人気の高い小説ばかりで、大勢の読者から愛されているのは当然であり、私が初めて発見したのでも、ましてや私一人のために書かれた訳でもないのは十分承知している。しかしそうであってもやはり、私は錯覚に陥っていたいと思う。

あれやこれや並べ立ててきたが、とにかく本書を手に取られた読者の皆様が、短篇収集箱の旅を楽しまれますように、と祈るばかりだ。そうして全部を読み終えた時、「もし自分の収集箱を作るとしたら……」という想像を巡らせてもらえたら、これほどうれしいことはない。どこかの誰かの引き出し奥深くに仕舞われた、小さな箱の小さな仕切りに、一つ小説が大事に収集されている。そんなふうに考えると、書き手として励まされる思いがする。

最後に、私の願いを温かく受け入れ、作品の掲載を快く許可して下さった作家の皆様方、著作権継承者の皆様方に、心よりお礼を申し上げたいと思う。皆様のご協力がなければ、この愛すべき一冊を生み出すことはできなかった。本当にありがとうございました。

小川洋子の偏愛短篇箱　目次

小川洋子の偏愛短篇箱

装丁　名久井直子
装画　齋藤芽生
遊隠地構想図「高踏談話室」２００２年
Ｐｈｏｔｏ©中野正貴
協力：ギャラリー・アートアンリミテッド

件

内田百閒

内田百閒（一八八九―一九七一）

岡山市生まれ。本名は栄造。ペンネームは郷里の百間川にちなむ。東大独文科在学中に夏目漱石門下となる。陸軍士官学校、海軍機関学校、法政大学等でドイツ語を教え、その後作家活動に入る。特異な幻想を綴った短篇集『冥途』『旅順入城式』を発表。著書は他に『百鬼園随筆』『阿房列車』『ノラや』等。「件」の初出は一九二一年の「新小説」。

黄色い大きな月が向うに懸《か》かっている。色計《ばか》りで光がない。夜かと思うとそうでもないらしい。後《うしろ》の空には蒼白《あおじろ》い光が流れている。日がくれたのか、夜が明けるのか解《わか》らない。黄色い月の面《おもて》を蜻蛉《とんぼ》が一匹浮く様に飛んだ。黒い影が月の面から消えたら、蜻蛉はどこへ行ったのか見えなくなってしまった。私は見果てもない広い原の真中に起《た》っている。軀《からだ》がびっしょりぬれて、尻尾《しっぽ》の先からぽたぽたと雫《しずく》が垂《た》れている。件《くだん》の話は子供の折に聞いた事はあるけれども、自分がその件になろうとは思いもよらなかった。からだが牛で顔丈《だけ》人間の浅間《あさま》しい化物《ばけもの》に生まれて、こんな所にぼんやり立っている。何の影もない広野の中で、どうしていいか解らない。何故《なぜ》こんなところに置かれたのだか、私を生んだ牛はどこへ行ったのだか、そんな事は丸《まる》でわからない。

そのうちに月が青くなって来た。後の空の光りが消えて、地平線にただ一筋の、帯程の光りが残った。その細い光りの筋も、次第次第に幅が狭まって行って、到頭《とうとう》消えてなくなろうとする時、何だか黒い小さな点が、いくつもいくつもその光りの中に現われた。見る見る内に、その数がふえて、明りの流れた地平線一帯にその点が並んだ時、光りの幅がなくなって、空が暗くなった。そうして月が光り出した。その時始めて私はこれから夜になるのだなと思った。今光りの消えた空が西だと云《い》う事もわかった。からだが次第に乾いて来て、背中を風が渡る度《たび》に、短かい毛の戦《そよ》ぐのがわかる様になった。月が小さくなるにつれて、青い光りは遠くまで流れた。水の底の様な原の真中で、私は人間でいた折の事を色色と思い出して後悔した。けれども、その仕舞《しまい》の方はぼんやりしていて、どこで私の人間の一生が切れるのだかわからない。考えて見ようとしても、丸で摑まえ所のない様な気がした。私は前足を折って寝て見た。すると、毛の生えていない顎《あご》に原の砂がついて、気持がわるいから又《また》起きた。そうして、ただそこいらを無暗《むやみ》に歩き廻《まわ》ったり、ぼんやり起ったりしている内に夜が更《ふ》けた。月が西の空に傾《かたむ》いて、夜明けが近くなると、西の方から大浪《おおなみ》の様な風が吹いて来た。私は風の運んで来る砂のにおいを嗅《か》ぎながら、これから件に生まれて初めての日が来るのだなと思った。すると、今迄《いままで》うっかりして思い出さなかった恐ろしい事を、ふと考えついた。件は生まれて三日にして死し、その間に人間の言葉で、未来の凶福《きょうふく》を予言するものだと云う話を聞いている。こんなものに生まれて、何時《いつ》迄生きていても仕方がないから、三日で死ぬのは構わないけれども、予言するのは困ると思った。第一何を予言するんだか見当もつかない。けれども、幸いこんな野原の真中にいて、辺《あた》りに誰も人間がいないから、まあ黙っていて、この儘《まま》死んで仕舞《しま》おうと思う途端《とたん》に西風が吹いて、遠くの方に何だか騒騒《そうぞう》しい人声が聞こえた。驚いてその方を見ようとすると、又風が吹いて、今度は「彼所《あすこ》だ、彼所だ」と云う人の声が聞こえた。しかもその声が聞き覚えのある何人《たれ》かの声に似ている。

それで昨日の日暮《ひぐ》れに地平線に現われた黒いものは人間で、私の予言を聞きに夜通しこの広野を渡って来たのだと云う事がわかった。これは大変だと思った。今のうち捕まらない間に逃げるに限ると思って、私は東の方へ一生懸命に走り出した。すると間もなく東の空に蒼白い光が流れて、その光が見る見る内に白けて来た。そうして恐ろしい人の群が、黒雲の影の動く様に、此方《こちら》へ近づいているのがありありと見えた。その時、風が東に変って、騒騒《そうぞう》しい人声が風を伝って聞こえて来た。「彼所だ、彼所だ」と云うのが手に取る様に聞こえて、それが矢《や》っ張《ぱ》り誰かの声に似ている。私は驚いて、今度は北の方へ逃げようとすると、又北風が吹いて、大勢の人の群が「彼所だ、彼所だ」と叫びながら、風に乗って私の方へ近づいて来た。南の方へ逃げようとすると南風に変って、矢っ張り見果てもない程の人の群が私の方に迫《せま》っていた。もう逃げられない。あの大勢の人の群は、皆《みな》私の口から一言の予言を聞く為《ため》に、ああして私に近づいて来るのだ。もし私が件でありながら、何も予言しないと知ったら、彼等はどんなに怒り出すだろう。三日目に死ぬのは構わないけれども、その前にいじめられるのは困る。逃げ度《た》い、逃げ度いと思って地団太《じだんだ》をふんだ。西の空に黄色い月がぼんやり懸かって、ふくれている。昨夜の通りの景色だ。私はその月を眺めて、途方《とほう》に暮れていた。

夜が明け離れた。

人人は広い野原の真中に、私を遠巻きに取り巻いた。恐ろしい人の群れで、何千人だか何萬人だかわからない。其中《そのなか》の何十人かが、私の前に出て、忙しそうに働き出した。材木を担《かつ》ぎ出して来て、私のまわりに広い柵をめぐらした。それから、その後に足代《あししろ》を組んで、桟敷《さじき》をこしらえた。段段時間が経って、午頃《ひるごろ》になったらしい。私はどうする事も出来ないから、ただ人人のそんな事をするのを眺《なが》めていた。あんな仕構えをして、これから三日の間、じっと私の予言を待つのだろうと思った。なんにも云う事がないのに、みんなからこんなに取り巻かれて、途方に暮れた。どうかして今の内に逃げ出したいと思うけれども、そんな隙もない。人人は出来上がった桟敷の段段に上って行って、桟敷の上が、見る見るうちに黒くなった。上り切れない人人は、桟敷の下に立ったり、柵の傍に蹲踞《かが》んだりしている。暫《しば》らくすると、西の方の桟敷の下から、白い衣物《きもの》を著《き》た一人の男が、半挿《はんぞう》の様なものを両手で捧《ささ》げて、私の前に静静《しずしず》と近づいて来た。辺りは森閑《しんかん》と静まり返っている。その男は勿体《もったい》らしく進んで来て、私の直《す》ぐ傍に立ち止まり、その半挿を地面に置いて、そうして帰って行った。中には綺麗《きれい》な水が一杯はいっている。飲めと云う事だろうと思うから、私はその方に近づいて行って、その水を飲んだ。

するると辺りが俄《にわか》に騒がしくなった。「そら、飲んだ飲んだ」と云う声が聞こえた。

「愈《いよいよ》飲んだ。これからだ」と云う声も聞こえた。

私はびっくりして、辺りを見廻《みまわ》した。水を飲んでから予言するものと、人人が思ったらしいけれども、私は何も云う事がないのだから、後を向いて、そこいらをただ歩き廻った。もう日暮れが近くなっているらしい。早く夜になって仕舞《しま》えばいいと思う。

「おや、そっぽを向いた」とだれかが驚いた様に云った。

「事によると、今日ではないのかも知れない」

「この様子だと余程重大な予言をするんだ」

そんな事を云ってる声のどれにも、私はみんな何所《どこ》となく聞き覚えのある様な気がした。そう思ってぐるりを見ていると、柵の下に蹲踞《かが》んで一生懸命に私の方を見ている男の顔に見覚えがあった。始めは、はっきりしなかったけれども、見ているうちに、段段解って来る様な気がした。それから、そこいらを見廻すと、私の友達や、親類や、昔学校で教わった先生や、又学校で教えた生徒などの顔が、ずらりと柵のまわりに並んでいる。それ等《ら》が、みんな他を押しのける様にして、一生懸命に私の方を見詰《みつ》めているのを見て、私は厭な気持になった。

「おや」と云ったものがある。「この件は、どうも似てるじゃないか」

「そう、どうもはっきり判《わか》らんね」と答えた者がある。

「そら、どうも似ている様だが、思い出せない」

私はその話を聞いて、うろたえた。若《も》し私のこんな毛物《けもの》になっている事が、友達に知れたら、恥ずかしくてこうしてはいられない。あんまり顔を見られない方がいいと思って、そんな声のする方に顔を向けない様にした。

いつの間にか日暮れになった。黄色い月がぼんやり懸かっている。それが段段青くなるに連れて、まわりの桟敷や柵などが、薄暗くぼんやりして来て、夜になった。

夜になると、人人は柵のまわりで篝火《かがりび》をたいた。その燄《ほのお》が夜通し月明りの空に流れた。人人は寝もしないで、私の一言を待ち受けている。月の面を赤黒い色に流れていた篝火の煙の色が次第に黒くなって来て、月の光は褪《あ》せ、夜明の風が吹いて来た。そうして、また夜が明け離れた。夜のうちに又何千人と云う人が、原を渡って来たらしい。柵のまわりが、昨日よりも騒騒しくなった。頻《しき》りに人が列の中を行ったり来たりしている。昨日よりは穏《おだ》やかならぬ気配なので、私は漸《ようや》く不安になった。

間もなく、また白い衣物を著た男が、半挿を捧げて、私に近づいて来た。半挿の中には、矢張り水がはいっている。白い衣物の男は、うやうやしく私に水をすすめて帰って行った。私は欲しくもないし、又飲むと何か云うかと思われるから、見向きもしなかった。

「飲まない」と云う声がした。

「黙っていろ。こう云う時に口を利いてはわるい」と云ったものがある。

「大した予言をするに違いない。こんなに暇取るのは余程の事だ」と云ったのもある。

そうして後がまた騒騒しくなって、人が頻《しき》りに行ったり来たりした。それから白衣の男が、幾度《いくど》も幾度も水を持って来た。水を持って来る間丈《だけ》は、辺りが森閑と静かになるけれども、その半挿の水を私が飲まないのを見ると、周囲の騒ぎは段段にひどくなって来た。そして益《ますます》頻繁《ひんぱん》に水を運んで来た。その水を段段私の鼻先につきつける様に近づけてきた。私はうるさくて、腹が立って来た。その時又一人の男が半挿を持って近づいて来た。私の傍まで来ると暫らく起ち止まって私の顔を見詰めていたが、それから又つかつかと歩いて来て、その半挿を無理矢理に私の顔に押しつけた。私はその男の顔にも見覚えがあった。だれだか解らないけれども、その顔を見ていると、何となく腹が立って来た。

その男は、私が半挿の水を飲みそうにもないのを見て、忌《い》ま忌ましそうに舌打ちをした。

「飲まないか」とその男が云った。

「いらない」と私は怒って云った。

すると辺りに大変な騒ぎが起こった。驚いて見廻すと、桟敷にいたものは桟敷を飛び下り、柵の廻りにいた者は柵を乗り越えて、恐ろしい声をたてて罵《ののし》り合いながら、私の方に走り寄って来た。

「口を利いた」

「到頭《とうとう》口を利いた」

「何と云ったんだろう」

「いやこれからだ」と云う声が入り交じって聞こえた。

気がついて見ると、又黄色い月が空にかかって、辺りが薄暗くなりかけている。いよいよ二日目の日が暮れるんだ。けれども私は何も予言することが出来ない。だが又格別死にそうな気もしない。事によると、予言するから死ぬので、予言をしなければ、三日で死ぬとも限らないのかも知れない、それではまあ死なない方がいい、と俄《にわか》に命が惜《お》しくなった。その時、駆け出して来た群衆の中の一番早いのは、私の傍迄近づいて来た。すると、その後から来たのが、前にいるのを押しのけた。その後から来たのが、又前にいる者を押しのけた。そうして騒ぎながらお互に「静かに、静かに」と制し合っていた。私はここで捕まったら、群衆の失望と立腹とで、どんな目に合うか知れないから、どうかして逃げ度《た》いと思ったけれども、人垣《ひとがき》に取り巻かれてどこにも逃げ出す隙《すき》がない。騒ぎは次第にひどくなって、彼方此方《あちこち》に悲鳴が聞こえた。そうして、段段に人垣が狭くなって、私に迫って来た。私は恐ろしさで起ってもいてもいられない。夢中でそこにある半挿の水をのんだ。その途端に、辺りの騒ぎが一時に静まって、森閑として来た。私は、気がついてはっと思ったけれども、もう取り返しがつかない、耳を澄《す》ましているらしい人人の顔を見て、猶《なお》恐ろしくなった。全身に冷汗《ひやあせ》がにじみ出した。そうして何時《いつ》迄も私が黙っているから、又少しずつ辺りが騒がしくなり始めた。

「どうしたんだろう、変だね」

「いやこれからだ、驚くべき予言をするに違いない」

そんな声が聞こえた。しかし辺りの騒ぎはそれ丈で余り激しくもならない。気がついて見ると、群衆の間に何となく不安な気配がある。私の心が少し落ちついて、前に人垣を作っている人人の顔を見たら、一番前に食《は》み出《だ》しているのは、どれも是《これ》も皆私の知った顔計《ばか》りであった。そうしてそれ等の顔に皆不思議な不安と恐怖の影がさしている。それを見ているうちに、段段と自分の恐ろしさが薄らいで心が落ちついて来た。急に咽喉《のど》が乾いて来たので、私は又前にある半挿の水を一口のんだ。すると又辺りが急に水を打った様になった。今度は何も云う者がない。人人の間の不安の影が益《ますます》濃くなって、皆が呼吸をつまらしているらしい。暫らくそうしているうちに、どこかで不意に、

「ああ、恐ろしい」と云った者がある。低い声だけれども、辺りに響き渡った。気がついて見ると、何時の間にか、人垣が少し広くなっている。群衆が少しずつ後《あと》しさりをしているらしい。

「己《おれ》はもう予言を聞くのが恐ろしくなった。この様子では、件はどんな予言をするか知れない」と云った者がある。

「いいにつけ、悪いにつけ、予言は聴かない方がいい。何も云わないうちに、早くあの件を殺してしまえ」

その声を聞いて私は吃驚《びっくり》した。殺されては堪《たま》らないと思うと同時に、その声はたしかに私の生み遺《のこ》した倅《せがれ》の声に違いない。今迄聞いた声は、聞き覚えのある様な気がしても、何人《たれ》の声だとはっきりは判らなかったが、これ計りは思い出した。群衆の中にいる息子を一目見ようと思って、私は思わず伸び上がった。

「そら、件が前足を上げた」

「今予言するんだ」と云うあわてた声が聞こえた。その途端に、今迄隙間もなく取巻いてい

た人垣が俄に崩《くず》れて、群衆は無言のまま、恐ろしい勢いで、四方八方に逃げ散って行った。柵を越え桟敷をくぐって、東西南北に一生懸命に逃げ走った。人の散ってしまった後に又夕暮れが近づき、月が黄色にぼんやり照らし始めた。私はほっとして、前足を伸ばした。そうして三つ四つ続け様《ざま》に大きな欠伸《あくび》をした。何だか死にそうもない様な気がして来た。

小川洋子・解説エッセイ

「件」の気持ち

『件』がどんなにすごい小説か、ある男性に一生懸命説明した。後日、

「僕にはよく分からなかったよ」

と言われた。それっきり、彼とは疎遠になった。分からないのは『件』ではなく君自身だ、と突き放されたような気分に陥った。どこがどうすごいかをきちんと説明できなかった私が悪いのだ、と自分を責め、内田百閒に対して申し訳ない気持になったりもした。しかしすぐに、『件』の良さが分からない男などこちらから願い下げだと開き直った。

また別のある時、仕事でお世話になった男性にお礼のお菓子をお送りした。ほどなく礼状が届いた。

「美味しい洋菓子をどうもありがとうございました。とここまで書いて、洋菓子、の中に洋子さんのお名前が隠れていることを発見しました」

もしかするとこの人とは気が合うかもしれない。彼ならきっと、人と

牛の混血である件に愛情を注いでくれるだろう。そう私は確信した。件を愛せる人ならば、信用できるのである。

ところで、洋菓子に自分の名前が隠れていたとは全く意外だった。今まで何度、洋菓子という漢字を書き、目にしてきたことだろう。けれど一度としてそこに自分が居るなどと思ったことはなかった。どちらかと言えば私は洋菓子より和菓子派（ここには和子さんが隠れている）だった。えっ、いつの間に？　そんな気分だ。

自分がまさか件になろうとは思ってもいなかった「私」の気持も、こんな感じだったのだろうか。

洋菓子から零れ落ちてきた洋子はもうすっかり干からびている。長い間発見してもらえず、化石のようになって息絶えている。掌に載せると、コロンと転がる。ひんやりとして、ざらざらしている。ああ、これが自分だったのか。腑に落ちるような、戸惑うような気分で私は、洋子を見つめている。

押絵と旅する男

江戸川乱歩

江戸川乱歩（一八九四―一九六五）

三重県生まれ。早大政治経済学部卒。本名・平井太郎。一九二三年「二銭銅貨」でデビュー。明智小五郎の活躍する「D坂の殺人事件」「心理試験」「人間椅子」他の短篇で探検小説界のトップになる。著書に『パノラマ島綺譚』『一寸法師』『孤島の鬼』『蜘蛛男』『黒蜥蜴』『幻影城』等。探偵作家クラブ結成などの功績を残した。「押絵と旅する男」の初出は一九二九年の「新青年」。

この話が私の夢か私の一時的狂気の幻《まぼろし》でなかったならば、あの押絵《おしえ》と旅をしていた男こそ狂人であったに相違《そうい》ない。だが、夢が時として、どこかこの世界と喰違《くいちが》った別の世界を、チラリと覗《のぞ》かせてくれる様《よう》に、又《また》狂人が、我々の全《まった》く感じ得ぬ物事を見たり聞いたりすると同じに、これは私が、不可思議な大気のレンズ仕掛けを通して、一刹那《いちせつな》、この世の視野の外にある、別の世界の一隅《いちぐう》を、ふと隙見《すきみ》したのであったかも知れない。

いつとも知れぬ、ある暖かい薄曇った日のことである。その時、私は態々《わざわざ》魚津へ蜃気楼《しんきろう》を見に出掛けた帰り途《みち》であった。私がこの話をすると、時々、お前は魚津なんかへ行ったことはないじゃないかと、親しい友達に突っ込まれることがある。そう云《い》われて見ると、私は何時《いつ》の何日に魚津へ行ったのだと、ハッキリ証拠を示すことが出来ぬ。それではやっぱり夢であったのか。だが私は嘗《かつ》て、あのように濃厚な色彩を持った夢を見たことがない。夢の中の景色《けしき》は、映画と同じに、全く色彩を伴わぬものであるのに、あの折《おり》の汽車の中の景色丈《だ》けは、それもあの毒々しい押絵の画面が中心になって、紫と臙脂《えんじ》の勝《かっ》た色彩で、まるで蛇《へび》の眼の瞳《どう》孔《こう》の様に、生々しく私の記憶に焼《やき》ついている。着色映画の夢というものがあるのであろうか。

私はその時、生れて初めて蜃気楼というものを見た。蛤《はまぐり》の息の中に美しい龍宮城《りゅうぐうじょう》の浮んでいる、あの古風な絵を想像していた私は、本物の蜃気楼を見て、膏汗《あぶらあせ》のにじむ様な、恐怖に近い驚きに撃たれた。

魚津の浜の松並木に豆粒の様な人間がウジャウジャと集まって、息を殺して、眼界一杯の大空と海面とを眺めていた。私はあんな静かな、唖の様にだまっている海を見たことがない。日本海は荒海と思い込んでいた私には、それもひどく意外であった。その海は、灰色で、全く小波《さざなみ》一つなく、無限の彼方《かなた》にまで打続く沼かと思われた。そして、太平洋の海の様に、水平線はなくて、海と空とは、同じ灰色に溶け合い、厚さの知れぬ靄《もや》に覆いつくされた感じであった。空だとばかり思っていた、上部の靄の中を、案外にもそこが海面であって、フワフワと幽霊の様な、大きな白帆《しらほ》が滑って行ったりした。

蜃気楼とは、乳色《ちちいろ》のフィルムの表面に墨汁《ぼくじゅう》をたらして、それが自然にジワジワとにじんで行くのを、途方《とほう》もなく巨大な映画にして、大空に映し出した様なものであった。

遙《はる》かな能登《のと》半島の森林が、喰違《くいちが》った大気の変形レンズを通して、すぐ目の前の大空に、焦点のよく合わぬ顕微鏡《けんびきょう》の下の黒い虫みたいに、曖昧《あいまい》に、しかも馬鹿馬鹿しく拡大されて、見る者の頭上におしかぶさって来るのであった。それは、妙な形の黒雲と似ていたけれど、黒雲なればその所在がハッキリ分っているに反し、蜃気楼は、不思議にも、それと見る者との距離が非常に曖昧なのだ。遠くの海上に漂う大入道《おおにゅうどう》の様でもあり、ともすれば、眼前一尺に迫る異形《いぎょう》の靄かと見え、はては、見る者の角膜《かくまく》の表面に、ポッツリと浮んだ、一点の曇りの様にさえ感じられた。この距離の曖昧さが、蜃気楼に、想像以上の不気味な気違いめいた感じを与えるのだ。

曖昧な形の、真黒な巨大な三角形が、塔の様に積重なって行ったり、またたく間にくずれたり、横に延びて長い汽車の様に走ったり、それが幾つかにくずれ、立並《たちなら》ぶ檜《ひのき》の梢《こずえ》と見えたり、じっと動かぬ様でいながら、いつとはなく、全く違った形に化けて行った。

蜃気楼の魔力が、人間を気違いにするものであったなら、恐らく私は、少くとも帰り途の汽車の中までは、その魔力を逃れることが出来なかったのであろう。二時間の余《よ》も立ち尽して、大空の妖異を眺めていた私は、その夕方魚津を立って、汽車の中に一夜を過ごすまで、全く日常と異った気持でいたことは確《たしか》である。若《も》しかしたら、それは通り魔の様に、人間の心をかすめ冒《おか》す所の、一時的狂気の類《たぐい》ででもあったであろうか。

魚津の駅から上野への汽車に乗ったのは、夕方の六時頃であった。不思議な偶然であろうか、あの辺の汽車はいつでもそうなのか、私の乗った二等車は、教会堂の様にガランとしていて、私の外《ほか》にたった一人の先客が、向うの隅《すみ》のクッションに蹲《うずくま》っているばかりであった。

汽車は淋《さび》しい海岸の、けわしい崕《がけ》や砂浜の上を、単調な機械の音を響かせて、際《はて》しもなく走っている。沼の様な海上の、靄の奥深く、黒血《くろち》の色の夕焼が、ボンヤリと感じられた。異様に大きく見える白帆が、その中を、夢の様に滑っていた。少しも風のない、むしむしする日であったから、所々開かれた汽車の窓から、進行につれて忍び込むそよ風も、幽霊《ゆうれい》の様に尻切れとんぼであった。沢山《たくさん》の短いトンネルと雪除《よ》けの柱の列が、広漠《こうばく》たる灰色の空と海とを、縞目《しまめ》に区切って通り過ぎた。

親不知の断崖を通過する頃、車内の電燈と空の明るさとが同じに感じられた程、夕闇が迫って来た。丁度その時分向うの隅のたった一人の同乗者が、突然立上って、クッションの上に大きな黒繻子《くろじゆす》の風呂敷《ふろしき》を広げ、窓に立てかけてあった、二尺に三尺程の、扁平《へんぺい》な荷物を、その中へ包み始めた。それが私に何とやら奇妙な感じを与えたのである。

その扁平なものは、多分額《がく》に相違ないのだが、それの表側の方を、何か特別な意味でもあるらしく、窓ガラスに向けて立てかけてあった。一度風呂敷に包んであったものを、態々《わざわざ》取出して、そんな風に外に向けて立てかけたものとしか考えられなかった。それに、彼が再び包む時にチラと見た所によると、額の表面に描かれた極彩色の絵が、妙に生々しく、何となく世の常《つね》ならず見えたことであった。

私は更《あらた》めて、この変《へん》てこな荷物の持主を観察した。そして、持主その人が、荷物の異様さにもまして、一段と異様であったことに驚かされた。

彼は非常に古風な、我々の父親の若い時分の色あせた写真でしか見ることの出来ない様な、襟《えり》の狭い、肩のすぼけた、黒の背広服を着ていたが、併《しか》しそれが、背が高くて、足の長い彼に、妙にシックリと合って、甚《はなは》だ意気《いき》にさえ見えたのである。顔は細面《ほそおもて》で、両眼が少しギラギラし過ぎていた外は、一体によく整っていて、スマートな感じであった。そして、綺麗《きれい》に分けた頭髪が、豊に黒々と光っているので、一見四十前後であったが、よく注意して見ると、顔中に夥《おびただ》しい皺《しわ》があって、一飛びに六十位にも見えぬことはなかった。この黒々とした頭髪と、色白の顔面を縦横にきざんだ皺との対照が、初めてそれに気附いた時、私をハッとさせた程も、非常に不気味な感じを与えた。

彼は叮嚀《ていねい》に荷物を包み終ると、ひょいと私の方に顔を向けたが、丁度私の方でも熱心に相手の動作を眺めていた時であったから、二人の視線がガッチリとぶっつかってしまった。すると、彼は何か恥かし相《そう》に唇《くちびる》の隅を曲げて、幽《かす》かに笑って見せるのであった。私も思わず首を動かして挨拶《あいさつ》を返した。

それから、小駅を二三通過する間、私達はお互《たがい》の隅に坐ったまま、遠くから、時々視線をまじえては、気まずく外方《そっぽ》を向くことを、繰返していた。外は全く暗闇になっていた。窓ガラスに顔を押しつけて覗いて見ても、時たま沖の漁船の舷燈《げんとう》が遠く遠くポッツリと浮んでいる外には、全く何の光りもなかった。際涯《はてし》のない暗闇の中に、私達の細長い車室丈《だ》けが、たった一つの世界の様に、いつまでもいつまでも、ガタンガタンと動いて行った。そのほの暗い車室の中に、私達二人丈けを取り残して、全世界が、あらゆる生き物が、跡方《あとかた》もなく消え失《う》せてしまった感じであった。

私達の二等車には、どの駅からも一人の乗客もなかったし、列車ボーイや車掌も一度も姿を見せなかった。そういう事も今になって考えて見ると、甚だ奇怪に感じられるのである。

私は、四十歳にも六十歳にも見える、西洋の魔術師の様な風采《ふうさい》のその男が、段々怖くなって来た。怖さというものは、外《ほか》にまぎれる事柄のない場合には、無限に大きく、身体《からだ》中一杯に拡がって行くものである。私は遂《つい》には、産毛《うぶげ》の先までも怖さが満ちて、たまらなくなって、突然立上ると、向うの隅のその男の方へツカツカと歩いて行った。その男がいとわしく、恐ろしければこそ、私はその男に近づいて行ったのであった。

私は彼と向き合ったクッションへ、そっと腰をおろし、近寄れば一層異様に見える彼の皺だらけの白い顔を、私自身が妖怪ででもある様な、一種不可思議な、顛倒《てんとう》した気持で、目を細く息を殺してじっと覗き込んだものである。

男は、私が自分の席を立った時から、ずっと目で私を迎える様にしていたが、そうして私が彼の顔を覗き込むと、待ち受けていた様に、顎《あご》で傍《かたわ》らの例の扁平な荷物を指し示し、何の前置きもなく、さもそれが当然の挨拶ででもある様に、

「これでございますか」

と云った。その口調が、余り当り前であったので、私は却《かえっ》て、ギョッとした程であった。

「これが御覧になりたいのでございましょう」

私が黙っているので、彼はもう一度同じことを繰返した。

「見せて下さいますか」

私は相手の調子に引込まれて、つい変なことを云ってしまった。私は決してその荷物を見

たい為《ため》に席を立った訳《わけ》ではなかったのだけれど。

「喜んで御見せ致しますよ。わたくしは、さっきから考えていたのでございますよ。あなたはきっとこれを見にお出《い》でなさるだろうとね」

男は——寧《むし》ろ老人と云った方がふさわしいのだが——そう云いながら、長い指で、器用に大風呂敷をほどいて、その額みたいなものを、今度は表を向けて、窓の所へ立てかけたのである。

私は一目チラッと、その表面を見ると、思わず目をとじた。何故《なぜ》であったか、その理由は今でも分らないのだが、何となくそうしなければならぬ感じがして、数秒の間目をふさいでいた。再び目を開《あ》いた時、私の前に、嘗て見たことのない様な、奇妙なものがあった。と云って、私はその「奇妙」な点をハッキリと説明する言葉を持たぬのだが。

額には歌舞伎《かぶき》芝居の御殿の背景みたいに、幾《いく》つもの部屋を打抜いて、極度の遠近法で、青畳《あおだたみ》と格子《こうし》天井《てんじょう》が遙か向うの方まで続いている様な光景が、藍《あい》を主とした泥絵具《どろえのぐ》で毒々しく塗りつけてあった。左手の前方には、墨黒々と不細工《ぶさいく》な書院風の窓が描かれ、同じ色の文机《ふづくえ》が、その傍《そば》に角度を無視した描き方で、据えてあった。それらの背景は、あの絵馬《えま》札《ふだ》の絵の独特な画風に似ていたと云えば、一番よく分るであろうか。

その背景の中に、一尺位の丈《たけ》の二人の人物が浮き出していた。浮き出していたと云うのは、その人物丈けが、押絵細工で出来ていたからである。黒天鵞絨《くろびろうど》の古風な洋服を着た白髪《しらが》の老人が、窮屈《きゅうくつ》そうに坐っていると、(不思議なことには、その容貌が、髪の色を除くと、額の持主の老人にそのままなばかりか、着ている洋服の仕立方までそっくりであった) 緋鹿《ひか》の子《こ》の振袖《ふりそで》に、黒繻子の帯の映りのよい十七八の、水のたれる様な結綿《ゆいわた》の美少女が、何とも云えぬ嬌羞《きょうしゅう》を含んで、その老人の洋服の膝《ひざ》にしなだれかかっている、謂《い》わば芝居の濡れ場に類する画面であった。

　洋服の老人と色娘の対照と、甚だ異様であったことは云うまでもないが、だが私が「奇妙」に感じたというのはそのことではない。

　背景の粗雑に引かえて、押絵の細工の精巧なことは驚くばかりであった。顔の部分は、白絹は凹凸《おうとつ》を作って、細い皺まで一つ一つ現わしてあったし、娘の髪は、本当の毛髪を一本一本植えつけて、人間の髪を結う様に結ってあり、老人の頭は、これも多分本物の白髪を、丹念に植えたものに相違なかった。洋服には正しい縫い目があり、適当な場所に粟粒《あわつぶ》程の釦《ぼたん》までつけてあるし、娘の乳のふくらみと云い、腿のあたりの艶《なま》めいた曲線と云い、こぼれた緋《ひ》縮緬《ちりめん》、チラと見える肌の色、指には貝殻《かいがら》の様な爪が生えていた。虫眼鏡《むしめがね》で覗いて見たら、毛穴や産毛まで、ちゃんと拵《こしら》えてあるのではないかと思われた程である。

　私は押絵と云えば、羽子板《はごいた》の役者の似顔の細工しか見たことがなかったが、そして、羽子板の細工にも、随分《ずいぶん》精巧なものもあるのだけれど、この押絵は、そんなものとは、まるで比較にもならぬ程、巧緻《こうち》を極めていたのである。恐らくその道の名人の手に成ったものであろうか。だが、それが私の所謂《いわゆる》「奇妙」な点ではなかった。

額全体が余程《よほど》古いものらしく、背景の泥絵具は所々はげ落《おち》ていたし、娘の緋鹿の子も、老人の天鵞絨も、見る影もなく色あせていたけれど、はげ落ち色あせたなりに、名状《めいじょう》し難《がた》き毒々しさを保ち、ギラギラと、見る者の眼底に焼《やき》つく様な生気を持っていたことも、不思議と云えば不思議であった。だが、私の「奇妙」という意味はそれでもない。

それは、若し強《しい》て云うならば、押絵の人物が二つとも、生きていたことである。

文楽《ぶんらく》の人形芝居で、一日の演技の内に、たった一度か二度、それもほんの一瞬間、名人の使っている人形が、ふと神の息吹《いぶき》をかけられでもした様に、本当に生きていることがあるものだが、この押絵の人物は、その生きた瞬間の人形を、命の逃げ出す隙《すき》を与えず、咄嗟《とっさ》の間に、そのまま板にはりつけたという感じで、永遠に生きながらえているかと見えたのである。

私の表情に驚きの色を見て取ったからか、老人は、いとたのもしげな口調で、殆《ほとん》ど叫ぶ様に、

「アア、あなたは分って下さるかも知れません」

と云いながら、肩から下げていた、黒革《くろかわ》のケースを、叮嚀に鍵《かぎ》で開いて、その中から、いとも古風な双眼鏡を取り出してそれを私の方へ差出すのであった。

「コレ、この遠眼鏡《とおめがね》で一度御覧下さいませ。イエ、そこからでは近すぎます。失礼ですが、もう少しあちらの方から。左様《さよう》丁度その辺がようございましょう」

誠に異様な頼みではあったけれど、私は限りなき好奇心のとりことなって、老人の云うがままに、席を立って額から五六歩遠ざかった。老人は私の見易い様に、両手で額を持って、電燈にかざしてくれた。今から思うと、実に変てこな、気違いめいた光景であったに相違ないのである。

遠眼鏡と云うのは、恐らく二三十年も以前の舶来品であろうか、私達が子供の時分、よく眼鏡屋の看板で見かけた様な、異様な形のプリズム双眼鏡であったが、それが手摺《てず》れの為に、黒い覆皮《おおいがわ》がはげて、所々真鍮《しんちゅう》の生地《きじ》が現われているという、持主の洋服と同様に、如何《いか》にも古風な、物懐《ものなつ》かしい品物であった。

私は珍らしさに、暫《しばら》くその双眼鏡をひねくり廻《まわ》していたが、やがて、それを覗く為に、両手で眼の前に持って行った時である。突然、実に突然、老人が悲鳴に近い叫声《さけびごえ》を立てたので、私は、危《あや》く眼鏡を取落す所であった。

「いけません。いけません。それはさかさですよ。さかさに覗いてはいけません。いけません」

老人は、真青《まつさお》になって、目をまんまるに見開いて、しきりと手を振っていた。双眼鏡を逆に覗くことが、何《な》ぜそれ程大変なのか、私は老人の異様な挙動を理解することが出来なかった。

「成程《なるほど》、成程、さかさでしたっけ」

私は双眼鏡を覗くことに気を取られていたので、この老人の不審な表情を、さして気にもとめず、眼鏡を正しい方向に持ち直すと、急いでそれを目に当てて押絵の人物を覗いたのである。

焦点が合って行くに従って、二つの円形の視野が、徐々に一つに重なり、ボンヤリとした虹の様なものが、段々ハッキリして来ると、びっくりする程大きな娘の胸から上が、それが全世界ででもある様に、私の眼界一杯に拡がった。

あんな風な物の現われ方を、私はあとにも先にも見たことがないので、読む人に分らせるのが難儀なのだが、それに近い感じを思い出して見ると、例えば、舟の上から、海にもぐった蜑《あま》の、ある瞬間の姿に似ていたとでも形容すべきであろうか。蜑の裸身《はだかみ》が、底の方にある時は、青い水の層の複雑な動揺の為に、その身体が、まるで海草の様に、不自然にクネクネと曲り、輪廓《りんかく》もぼやけて、白っぽいお化《ばけ》みたいに見えているが、それが、つうッと浮上って来るに従って、水の層の青さが段々薄くなり、形がハッキリして来て、ポッカリと水上に首を出すと、その瞬間、ハッと目が覚めた様に、水中の白いお化が、忽《たちま》ち人間の正体を現わすのである。丁度それと同じ感じで、押絵の娘は、双眼鏡の中で、私の前に姿を現わし、実物大の、一人の生きた娘として、蠢《うごめ》き始めたのである。

十九世紀の古風なプリズム双眼鏡の玉の向う側には、全く私達の思いも及ばぬ別世界があって、そこに結綿《ゆいわた》の色娘《いろむすめ》と、古風な洋服の白髪男とが、奇怪な生活を営んでいる。覗いては悪いものを、私は今魔法使に覗かされているのだ。といった様な形容の出来ない変てこな気持で、併し私は憑《つ》かれた様にその不可思議な世界に見入ってしまった。

娘は動いていた訳ではないが、その全身の感じが、肉眼で見た時とは、ガラリと変って、生気に満ち、青白い顔がやや桃色に上気し、胸は脈打ち（実際私は心臓の鼓動《こどう》をさえ聞いた）肉体からは縮緬の衣裳を通して、むしむしと、若い女の生気が蒸発して居る様に思われた。

私は一渡り、女の全身を、双眼鏡の先で、嘗《な》め廻してから、その娘がしなだれ掛っている、仕合《しあわ》せな白髪男の方へ眼鏡を転じた。

老人も、双眼鏡の世界で、生きていたことは同じであったが、見た所四十程も年の違う、若い女の肩に手を廻して、さも幸福そうな形でありながら、妙なことには、レンズ一杯の大きさに写った、彼の皺の多い顔が、その何百本の皺の底で、いぶかしく苦悶《くもん》の相を現わしているのである。それは、老人の顔がレンズの為に眼前一尺の近さに、異様に大きく迫っていたからでもあったであろうが、見つめていればいる程、ゾッと怖くなる様な、悲痛と恐怖との混り合った一種異様の表情であった。

それを見ると、私はうなされた様な気分になって、双眼鏡を覗いていることが、耐え難く感じられたので、思わず、目を離して、キョロキョロとあたりを見廻した。すると、それはやっぱり淋しい夜の汽車の中であって、押絵の額も、それをささげた老人の姿も、元のままで、窓の外は真暗《まつくら》だし、単調な車輪の響《ひびき》も、変りなく聞えていた。悪夢から醒《さ》めた気持であった。

「あなた様は、不思議相《そう》な顔をしておいでなさいますね」

老人は額を、元の窓の所へ立てかけて、席につくと、私にもその向う側へ坐る様に、手真似をしながら、私の顔を見つめて、こんなことを云った。

「私の頭が、どうかしている様です。いやに蒸《む》しますね」

私はてれ隠しみたいな挨拶をした。すると老人は、猫背《ねこぜ》になって、顔をぐっと私の方へ近寄せ、膝の上で細長い指を合図でもする様に、ヘラヘラと動かしながら、低い低い囁《ささや》き声になって、

「あれらは、生きて居りましたろう」

と云った。そして、さも一大事を打開けるといった調子で、一層猫背になって、ギラギラした目をまん丸に見開いて、私の顔を穴のあく程見つめながら、こんなことを囁くのであった。

「あなたは、あれらの、本当の身の上話を聞き度《た》いとはおぼしめしませんかね」

私は汽車の動揺と、車輪の響の為に、老人の低い、呟《つぶや》く様な声を、聞き間違えたのではないかと思った。

「身の上話とおっしゃいましたか」

「身の上話でございますよ」老人はやっぱり低い声で答えた。「殊《こと》に、一方の、白髪の老人の身の上話をでございますよ」

「若い時分からのですか」

私も、その晩は、何故《なぜ》か妙に調子はずれな物の云い方をした。

「ハイ、あれが二十五歳の時のお話でございますよ」

「是非《ぜひ》うかがいたいものですね」

私は、普通の生きた人間の身の上話をでも催促する様に、ごく何でもないことの様に、老人をうながしたのである。すると、老人は顔の皺を、さも嬉しそうにゆがめて、「アア、あなたは、やっぱり聞いて下さいますね」と云いながら、さて、次の様な世にも不思議な物語を始めたのであった。

「それはもう、一生涯の大事件ですから、よく記憶して居りますが、明治二十八年の四月の、兄があんなに（と云って彼は押絵の老人を指さした）なりましたのが、二十七日の夕方のことでございました。当時、私も兄も、まだ部屋住みで、住居《すまい》は日本橋通《にほんばしとおり》三丁目でして、親爺《おやじ》が呉服商を営んで居りましたがね。何でも浅草の十二階が出来て、間もなくのことでございましたよ。だもんですから、兄なんぞは、毎日の様にあの凌雲閣《りょううんかく》へ昇って喜んでいたものです。と申しますのが、兄は妙に異国物が好きで、新しがり屋でござんしたからね。この遠眼鏡にしろ、やっぱりそれで、兄が外国船の船長の持物だったという奴を、横浜《よこはま》の支那人町の、変てこな道具屋の店先で、めっけて来ましてね。当時にしちゃあ、随分高いお金を払ったと申して居りましたっけ」

老人は「兄が」と云うたびに、まるでそこにその人が坐ってでもいる様に、押絵の老人の方に目をやったり、指さしたりした。老人は彼の記憶にある本当の兄と、その押絵の白髪の老人とを、混同して、押絵が生きて彼の話を聞いてでもいる様な、すぐ側《そば》に第三者を意識した様な話し方をした。だが、不思議なことに、私はそれを少しもおかしいとは感じなかった。私達はその瞬間、自然の法則を超越した、我々の世界とどこかで喰違っている処《ところ》の、別の世界に住んでいたらしいのである。

「あなたは、十二階へ御昇りなすったことがおありですか。アア、おありなさらない。それは残念ですね。あれは一体どこの魔法使が建てましたものか、実に途方もない、変てこれんな代物でございましたよ。表面は伊太利《イタリー》の技師のバルトンと申すものが設計したことになっていましたがね。まあ考えて御覧なさい。その頃の浅草公園と云えば、名物が先ず蜘蛛男《くもおとこ》の見世物《みせもの》、娘剣舞に、玉乗り、源水の独楽廻《こままわ》しに、覗きからくりなどで、せいぜい変った所が、お富士さまの作り物に、メーズと云って、八陣隠れ杉の見世物位でございましたからね。そこへあなた、ニョキニョキと、まあ飛んでもない高い煉瓦造《れんがづく》りの塔が出来ちまったんですから、驚くじゃござんせんか。高さが四十六間と申しますから、半丁の余で、八角型の頂上が、唐人《とうじん》の帽子みたいに、とんがっていて、ちょっと高台へ昇りさえすれば、東京中どこからでも、その赤いお化が見られたものです。

今も申す通り、明治二十八年の春、兄がこの遠眼鏡を手に入れて間もない頃でした。兄の身に妙なことが起って参りました。親爺なんぞ、兄め気でも違うのじゃないかって、ひどく心配して居りましたが、私もね、お察しでしょうが、馬鹿に兄思いでしてね、兄の変てこれんなそぶりが、心配で心配でたまらなかったものです。どんな風かと申しますと、兄はご飯もろくろくたべないで、家内の者とも口を利かず、家《うち》にいる時は一間にとじ籠《こも》って考え事ばかりしている。身体は痩《や》せてしまい、顔は肺病やみの様に土気色《つちけいろ》で、目ばかりギョロギョロさせている。尤《もっと》も平常《ふだん》から顔色のいい方じゃあございませんでしたがね。それが一倍青ざめて、沈んでいるのですから、本当に気の毒な様でした。その癖《くせ》ね、そんなでいて、毎日欠かさず、まるで勤めにでも出る様に、おひるッから、日暮れ時分まで、フラフラとどっかへ出掛けるんです。どこへ行くのかって、聞いて見ても、ちっとも云いません。母親が心配して、兄のふさいでいる訳を、手を変え品を変え尋ねても、少しも打開《うちあ》けません。そんなことが一月程も続いたのですよ。

あんまり心配だものだから、私はある日、兄が一体どこへ出掛るのかと、ソッとあとをつけました。そうする様に、母親が私に頼むもんですからね。兄はその日も、丁度今日の様などんよりとした、いやな日でござんしたが、おひる過《すぎ》から、その頃兄の工風《くふう》で仕立てさせた、当時としては飛び切りハイカラな、黒天鵞絨の洋服を着ましてね、この遠眼鏡を肩から下げ、ヒョロヒョロと、日本橋通りの、馬車鉄道の方へ歩いて行くのです。私は兄に気どられぬ様に、ついて行った訳ですよ。よござんすか。しますとね、兄は上野《うえの》行きの馬車鉄道を待ち合わせて、ひょいとそれに乗り込んでしまったのです。当今の電車と違って、次の車に乗ってあとをつけるという訳には行きません。何しろ車台が少《すく》のござんすからね。私は仕方がないので母親に貰《もら》ったお小遣いをふんぱつして、人力車に乗りました。人力車だって、少し威勢のいい挽子《ひきこ》なれば馬車鉄道を見失わない様に、あとをつけるなんぞ、訳なかったものでございますよ。

兄が馬車鉄道を降りると、私も人力車を降りて、又テクテクと跡をつける。そうして、行きついた所が、なんと浅草の観音様じゃございませんか。兄は仲店《なかみせ》から、お堂の前を素通りして、お堂裏の見世物小屋の間を、人波をかき分ける様にしてさっき申上げた十二階の前まで来ますと、石の門を這入《はい》って、お金を払って「凌雲閣」という額の上った入口から、塔の中へ姿を消したじゃあございませんか。まさか兄がこんな所へ、毎日毎日通《かよ》っていようとは、夢にも存じませんので、私はあきれてしまいましたよ。子供心にね、私はその時まだ二十《はたち》にもなってませんでしたので、兄はこの十二階の化物に魅入《みい》られたんじゃないかなんて、変なことを考えたものですよ。

私は十二階へは、父親につれられて、一度昇った切りで、その後行ったことがありませんので、何だか気味が悪い様に思いましたが、兄が昇って行くものですから、仕方がないので、私も、一階位おくれて、あの薄暗い石の段々を昇って行きました。窓も大きくございませんし、煉瓦の壁が厚うござんすので、穴蔵の様に冷々と致しましてね。それに日清《にっしん》戦争の当時ですから、その頃は珍らしかった、戦争の油絵が、一方の壁にずっと懸け並べてあります。まるで狼みたいな、おっそろしい顔をして、吠えながら、突貫している日本兵や、剣つき鉄砲に脇腹をえぐられ、ふき出す血のりを両手で押さえて、顔や唇を紫色にしてもがいている支那兵や、ちょんぎられた辮髪《べんぱつ》の頭が、風船玉の様に空高く飛上っている所や、何とも云えない毒々しい、血みどろの油絵が、窓からの薄暗い光線で、テラテラと光っているのでございますよ。その間を、陰気な石の段々が、蝸牛《かたつむり》の殻《から》みたいに、上へ上へと際限もなく続いて居ります。本当に変てこれんな気持ちでしたよ。

頂上は八角形の欄干《らんかん》丈けで、壁のない、見晴らしの廊下になっていましてね、そこへたどりつくと、俄《にわか》にパッと明るくなって、今までの薄暗い道中が長うござんしただけに、びっくりしてしまいます。雲が手の届きそうな低い所にあって、見渡すと、東京中の屋根がごみみたいに、ゴチャゴチャしていて、品川《しながわ》の御台場《おだいば》が、盆石《ぼんせき》の様に見えて居ります。目まいがしそうなのを我慢して、下を覗きますと、観音様《かんのんさま》の御堂だってずっと低い所にありますし、小屋掛けの見世物が、おもちゃの様で、歩いている人間が、頭と足ばかりに見えるのです。

頂上には、十人余りの見物が一かたまりになっておっかな相な顔をして、ボソボソ小声で囁きながら、品川の海の方を眺めて居りましたが、兄はと見ると、それとは離れた場所に、一人ぼっちで、遠眼鏡を目に当てて、しきりと浅草の境内《けいだい》を眺め廻して居りました。それをうしろから見ますと、白っぽくどんよりどんよりとした雲ばかりの中に、兄の天鵞絨の洋服姿が、クッキリと浮上って、下の方のゴチャゴチャしたものが何も見えぬものですから、兄だということは分っていましても、何だか西洋の油絵の中の人物みたいな気持がして、神々《こうごう》しい様で、言葉をかけるのも憚《はばか》られた程でございましたっけ。

でも、母の云いつけを思い出しますと、そうもしていられませんので、私は兄のうしろに近づいて『兄さん何を見ていらっしゃいます』と声をかけたのでございます。兄はビクッとして、振向きましたが、気拙《きまず》い顔をして何も云いません。私は『兄さんの此頃《このごろ》の御様子には、御父さんもお母さんも大変心配していらっしゃいます。毎日毎日どこへ御出掛なさるのかと不思議に思って居りましたら、兄さんはこんな所へ来ていらしったのでございますね。どうかその訳を云って下さいまし。日頃仲良しの私に丈けでも打開けて下さいまし』と、近くに人のいないのを幸いに、その塔の上で、兄をかき口説《くど》いたものですよ。

仲々打開けませんでしたが、私が繰返し繰返し頼むものですから、兄も根負《こんま》けをしたと見えまして、とうとう一ケ月来の胸の秘密を私に話してくれました。ところが、その兄の煩悶《はんもん》の原因と申すものが、これが又誠に変てこれんな事柄だったのでございますよ。兄が申しますには、一月ばかり前に、十二階へ昇りまして、この遠眼鏡で観音様の境内を眺めて居りました時、人込みの間に、チラッと、一人の娘の顔を見たのだ相でございます。その娘が、それはもう何とも云えない、この世のものとも思えない、美しい人で、日頃女には一向《いっこう》冷淡であった兄も、その遠眼鏡の中の娘丈けには、ゾッと寒気がした程も、すっかり心を乱されてしまったと申しますよ。

その時兄は、一目見た丈けで、びっくりして、遠眼鏡をはずしてしまったものですから、もう一度見ようと思って、同じ見当を夢中になって探した相ですが、眼鏡の先が、どうしてもその娘の顔にぶっつかりません。遠眼鏡では近くに見えても実際は遠方のことですし、沢山の人混みの中ですから、一度見えたからと云って、二度目に探し出せると極《き》まったものではございませんからね。

それからと申すもの、兄はこの眼鏡の中の美しい娘が忘れられず、極々《ごくごく》内気なひとでしたから、古風な恋わずらいをわずらい始めたのでございます。今のお人はお笑いなさるかも知れませんが、その頃の人間は、誠におっとりしたものでして、行きずりに一目見た女を恋して、わずらいついた男なども多かった時代でございますからね。云うまでもなく、兄はそんなご飯もろくろくたべられない様な、衰えた身体を引きずって、又その娘が観音様の境内を通りかかることもあろうかと悲しい空頼《そらだの》みから、毎日毎日、勤めの様に、十二階に昇っては、眼鏡を覗いていた訳でございます。恋というものは、不思議なものでございますね。

兄は私に打開けてしまうと、又熱病やみの様に眼鏡を覗き始めましたっけが、私は兄の気持にすっかり同情致しましてね、千に一つも望みのない、無駄《むだ》な探し物ですけれど、お止《よ》しなさいと止めだてする気も起らず、余りのことに涙ぐんで、兄のうしろ姿をじっと眺めていたものですよ。するとその時……ア、私はあの怪しくも美しかった光景を、忘れることが出来ません。三十年以上も昔のことですけれど、こうして眼をふさぎますと、その夢の様な色どりが、まざまざと浮んで来る程でございます。

さっきも申しました通り、兄のうしろに立っていますと、見えるものは、空ばかりで、モヤモヤとした、むら雲の中に、兄のほっそりとした洋服姿が、絵の様に浮上って、むら雲の方で動いているのを、兄の身体が宙に漂うかと見誤《みあやま》るばかりでございました。がそこへ、突然、花火でも打上げた様に、白っぽい大空の中を、赤や青や紫の無数の玉が、先を争って、フワリフワリと昇って行ったのでございます。お話したのでは分りますまいが、本当に絵の様で、又何かの前兆の様で、私は何とも云えない怪しい気持になったものでした。何であろうと、急いで下を覗いて見ますと、どうかしたはずみで、風船屋が粗相《そそう》をして、ゴム風船を、一度に空へ飛ばしたものと分りましたが、その時分は、ゴム風船そのものが、今よりはずっと珍らしゅうございましたから正体が分っても、私はまだ妙な気持がして居りましたものですよ。

妙なもので、それがきっかけになったという訳でもありますまいが、丁度その時、兄は非常に興奮した様子で、青白い顔をぽっと赤らめ息をはずませて、私の方へやって参り、いきなり私の手をとって『さあ行こう。早く行かぬと間に合わぬ』と申して、グングン私を引張るのでございます。引張られて、塔の石段をかけ降りながら、訳を尋ねますと、いつかの娘さんが見つかったらしいので、青畳《あおだたみ》を敷いた広い座敷に坐っていたから、これから行っても大丈夫元の所にいると申すのでございます。

兄が見当をつけた場所というのは、観音堂の裏手の、大きな松の木が目印で、そこに広い座敷があったと申すのですが、さて、二人でそこへ行って、探して見ましても、松の木はちゃんとありますけれど、その近所には、家らしい家もなく、まるで狐につままれた様な塩梅《あんばい》なのですよ。兄の気の迷いだとは思いましたが、しおれ返っている様子が、余り気の毒だものですから、気休めに、その辺の掛茶屋などを尋ね廻って見ましたけれども、そんな娘さんの影も形もありません。

探している間に、兄と分れ分れになってしまいましたが、掛茶屋を一巡して、暫くたって元の松の木の下へ戻って参りますとね、そこには色々な露店に並んで、一軒の覗きからくり屋が、ピシャンピシャンと鞭《むち》の音を立てて、商売をして居りましたが、見ますと、その覗きの眼鏡を、兄が中腰になって、一生懸命覗いていたじゃございませんか。『兄さん何をしていらっしゃる』と云って、肩を叩きますと、ビックリして振向きましたが、その時の兄の顔を、私は今だに忘れることが出来ませんよ。何と申せばよろしいか、夢を見ている様なとでも申しますか、顔の筋がたるんでしまって、遠い所を見ている目つきになって、私に話す声さえも、変にうつろに聞えたのでございます。そして、『お前、私達が探していた娘さんはこの中にいるよ』と申すのです。

そう云われたものですから、私は急いでおあしを払って、覗きの眼鏡を覗いて見ますと、それは八百屋お七の覗きからくりでした。丁度吉祥寺《きちしょうじ》の書院で、お七が吉三《きちざ》にしなだれかかっている絵が出て居りました。忘れもしません。からくり屋の夫婦者は、しわがれ声を合せて、鞭で拍子を取りながら、『膝でつっらついて、目で知らせ』と申す文句を歌っている所でした。アア、あの『膝でつっらついて、目で知らせ』という変な節廻《ふしまわ》しが、耳についている様でございます。

覗き絵の人物は押絵になって居りましたが、その道の名人の作であったのでしょうね。お七の顔の生々として綺麗であったこと。私の目にさえ本当に生きている様に見えたのですから、兄があんなことを申したのも、全く無理はありません。兄が申しますには『仮令《たとい》この娘さんが、拵えものの押絵だと分っても、私はどうもあきらめられない。悲しいことだがあきらめられない。たった一度でいい、私もあの吉三の様な、押絵の中の男になって、この娘さんと話がして見たい』と云って、ぼんやりと、そこに突っ立ったまま、動こうともしないのでございます。考えて見ますとその覗きからくりの絵が、光線を取る為に上の方が開《あ》けてあるので、それが斜めに十二階の頂上から見えたものに違いありません。

その時分には、もう日が暮《くれ》かけて、人足《ひとあし》もまばらになり、覗きの前にも、二三人のおかっぱの子供が、未練らしく立去り兼ねて、うろうろしているばかりでした。昼間からどんよりと曇っていたのが、日暮には、今にも一雨来そうに、雲が下って来て、一層圧《おさ》えつけられる様な、気でも狂うのじゃないかと思う様な、いやな天候になって居りました。そして、耳の底にドロドロと太鼓《たいこ》の鳴っている様な音が聞えているのですよ。その中で、兄は、じっと遠くの方を見据えて、いつまでもいつまでも、立ちつくして居りました。その間が、たっぷり一時間はあった様に思われます。

もうすっかり暮切《くれき》って、遠くの玉乗りの花瓦斯《はなガス》が、チロチロと美しく輝き出した時分に、兄はハッと目が醒めた様に、突然私の腕を摑《つか》んで『アア、いいことを思いついた。お前、お頼みだから、この遠眼鏡をさかさにして、大きなガラス玉の方を目に当てて、そこから私を見ておくれでないか』と、変なことを云い出しました。『何故です』って尋ねても、『まあいいから、そうしてお呉《く》れな』と申して聞かないのでございます。一体私は生れつき眼鏡類を、余り好みませんので、遠眼鏡にしろ、顕微鏡にしろ、遠い所の物が、目の前へ飛びついて来たり、小さな虫けらが、けだものみたいに大きくなる、お化じみた作用が薄気味悪いのですよ。で、兄の秘蔵の遠眼鏡も、余り覗いたことがなく、覗いたことが少い丈けに、余計それが魔性《ましょう》の器械に思われたものです。しかも、日が暮て人顔もさだかに見えぬ、うすら淋しい観音堂の裏で、遠眼鏡をさかさにして、兄を覗くなんて、気違いじみてもいますれば、薄気味悪くもありましたが、兄がたって頼むものですから、仕方なく云われた通りにして覗いたのですよ。さかさに覗くのですから、二三間向うに立っている兄の姿が、二尺位に小さくなって、小さい丈けに、ハッキリと、闇の中に浮出して見えるのです。外《ほか》の景色は何も映らないで、小さくなった兄の洋服姿丈けが、眼鏡の真中に、チンと立っているのです。それが、多分兄があとじさりに歩いて行ったのでしょう。見る見る小さくなって、とうとう一尺位の、人形みたいな可愛らしい姿になってしまいました。そして、その姿が、ツーッと宙に浮いたかと見ると、アッと思う間に、闇の中へ溶け込んでしまったのでございます。

私は怖くなって（こんなことを申すと、年甲斐《としがい》もないと思召《おぼしめし》ましょうが、その時は、本当にゾッと、怖さが身にしみたものですよ）いきなり眼鏡を離して、「兄さん」と呼んで、兄の見えなくなった方へ走り出しました。ですが、どうした訳か、いくら探しても探しても兄の姿が見えません。時間から申しても、遠くへ行った筈《はず》はないのに、どこを尋ねても分りません。なんと、あなた、こうして私の兄は、それっきり、この世から姿を消してしまったのでございますよ……それ以来というもの、私は一層遠眼鏡という魔性の器械を恐れる様になりました。殊《こと》にも、このどこの国の船長とも分らぬ、異人の持物であった遠眼鏡が、特別いやでして、外《ほか》の眼鏡は知らず、この眼鏡丈けは、どんなことがあっても、さかさに見てはならぬ。さかさに覗けば凶事が起ると、固く信じているのでございます。あなたがさっき、これをさかさにお持ちなすった時、私が慌《あわ》ててお止め申した訳がお分りでございましょう。

ところが、長い間探し疲れて、元の覗き屋の前へ戻って参った時でした。私はハタとある事に気がついたのです。と申すのは、兄は押絵の娘に恋こがれた余り、魔性の遠眼鏡の力を借りて、自分の身体を押絵の娘と同じ位の大きさに縮めて、ソッと押絵の世界へ忍び込んだのではあるまいかということでした。そこで、私はまだ店をかたづけないでいた覗き屋に頼みまして、吉祥寺の場を見せて貰いましたが、なんとあなた、案《あん》の定《じょう》、兄は押絵になって、カンテラの光りの中で、吉三の代りに、嬉し相な顔をして、お七を抱きしめていたではありませんか。

でもね、私は悲しいとは思いませんで、そうして本望《ほんもう》を達した、兄の仕合せが、涙の出る程嬉しかったものですよ。私はその絵をどんなに高くてもよいから、必ず私に譲ってくれと、覗き屋に固い約束をして、（妙なことに、小姓の吉三の代りに洋服姿の兄が坐っているのを、覗き屋は少しも気がつかない様子でした）家へ飛んで帰って、一伍一什《いちぶしじゅう》を母に告げました所、父も母も、何を云うのだ。お前は気でも違ったのじゃないかと申して、何と云っても取上げてくれません。おかしいじゃありませんか。ハハハハハハ」老人は、そこで、さもさも滑稽《こっけい》だと云わぬばかりに笑い出した。そして、変なことには、私も亦《また》、老人に同感して、一緒になって、ゲラゲラと笑ったのである。

「あの人たちは、人間は押絵なんぞになるものじゃないと思い込んでいたのですよ。でも押絵になった証拠には、その後《のち》兄の姿が、ふっつりと、この世から見えなくなってしまったじゃありませんか。それをも、あの人たちは、家出したのだなんぞと、まるで見当違いな当て推量をしているのですよ。おかしいですね。結局、私は何と云われても構わず、母にお金をねだって、とうとうその覗き絵を手に入れ、それを持って、箱根《はこね》から鎌倉《かまくら》の方へ旅をしました。それはね、兄に新婚旅行がさせてやりたかったからですよ。こうして汽車に乗って居りますと、その時のことを思い出してなりません。やっぱり、今日の様に、この絵を窓に立てかけて、兄や兄の恋人に、外の景色を見せてやったのですからね。兄はどんなにか仕合せでございましたろう。娘の方でも、兄のこれ程の真心を、どうしていやに思いましょう。二人は本当の新婚者の様に、恥かし相に顔を赤らめながら、お互の肌と肌とを触れ合って、さもむつまじく、尽きぬ睦言《むつごと》を語り合ったものでございますよ。

その後、父は東京の商売をたたみ、富山《とやま》近くの故郷へ引込みましたので、それにつれて、私もずっとそこに住んで居りますが、あれからもう三十年の余になりますので、久々で兄にも変った東京が見せてやり度いと思いましてね、こうして兄と一緒に旅をしている訳でございますよ。

ところが、あなた、悲しいことには、娘の方は、いくら生きているとは云え、元々人の拵えたものですから、年をとるということがありませんけれども、兄の方は、押絵になっても、それは無理やりに形を変えたまでで、根が寿命のある人間のことですから、私達と同じ様に年をとって参ります。御覧下さいまし、二十五歳の美少年であった兄が、もうあの様に白髪になって、顔には醜い皺が寄ってしまいました。兄の身にとっては、どんなにか悲しいことでございましょう。相手の娘はいつまでも若くて美しいのに、自分ばかりが汚く老込んで行くのですもの。恐ろしいことです。兄は悲しげな顔をして居ります。数年以前から、いつもあんな苦し相な顔をして居ります。それを思うと、私は兄が気の毒で仕様《しよう》がないのでございますよ」

老人は暗然として押絵の中の老人を見やっていたが、やがて、ふと気がついた様に、

「アア、飛んだ長話を致しました。併し、あなたは分って下さいましたでしょうね。外の人達の様に、私を気違いだとはおっしゃいませんでしょうね。アア、それで私も話甲斐《はなしがい》があったと申すものですよ。どれ、兄さん達もくたびれたでしょう。それに、あなたを前に置いて、あんな話をしましたので、さぞかし恥かしがっておいででしょう。では、今やすませて上げますよ」

と云いながら、押絵の額を、ソッと黒い風呂敷に包むのであった。その刹那、私の気のせいであったのか、押絵の人形達の顔が、少しくずれて、一寸恥かし相に、唇の隅で、私に挨拶の微笑を送った様に見えたのである。老人はそれきり黙り込んでしまった。私も黙っていた。汽車は相も変らず、ゴトンゴトンと鈍い音を立てて、闇の中を走っていた。

十分ばかりそうしていると、車輪の音がのろくなって、窓の外にチラチラと、二つ三つの燈火《あかり》が見え、汽車は、どことも知れぬ山間の小駅に停車した。駅員がたった一人、ぽっつりと、プラットフォームに立っているのが見えた。

「ではお先へ、私は一晩ここの親戚へ泊りますので」

老人は額の包みを抱《かか》えてヒョイと立上り、そんな挨拶を残して、車の外へ出て行ったが、窓から見ていると、細長い老人の後姿《うしろすがた》は（それが何と押絵の老人そのままの姿であったか）簡略な柵の所で、駅員に切符を渡したかと見ると、そのまま、背後の闇の中へ溶け込む様に消えて行ったのである。

押絵と機関車トーマス

小川洋子・解説エッセイ

乗り物が大好きなのに、息子は『機関車トーマス』を怖がった。ソドー島のソドー鉄道で活躍する機関車たちのお話である。テレビにトーマスが映り、目玉をキョロッと動かすだけで、「ママ、テレビ消して」と泣きながら叫んだ。

トーマスは正義感あふれる、心優しい機関車で、怖がる必要などどこにもない。何度もそう言い聞かせたのだが、効き目はなかった。

しかし彼の気持がどこかで分かる気もした。専門的な種類の区分はよく知らないが、『機関車トーマス』はアニメーションではなく、模型の機関車や客車が実際に走っていた。背景の町並みや線路や駅も模型だった。そこが『ドラえもん』とは違うところだった。

平面の中で、絵ではなく、立体的なものが動いている。本当ならぺちゃんこであるべきところが、妙に盛り上がって見える。彼はそこにどうしようもない不安を感じたのかもしれない。

　確かに羽子板の押絵細工には多少不気味な面がある。年末、羽子板市のニュースが流れ、その年話題になった人の似顔絵が押絵になっているのを目にすると、自分とは関係ない話題でありながら、どこか素通りできない引っ掛かりを感じる。あのふくらみに手を当ててみたいような、恐らく綿が詰まっているのだろうそこに指先を埋めてみたいような誘惑にかられる。本当はそんなところに押し付けられたくはなかったのに、何かの手違いで逃れられなくなってしまったのではないだろうか、などと同情してみたりする。

　もしかするとトーマスがテレビ画面に押し付けられたのも、不運な手違いからだったのではないだろうか。本当は三次元のこの世界で、元気よく煙を吐き出しながら客車を引っ張りたかったのに、気付いた時にはなぜか、テレビ画面の中を走っていた。息子はトーマスが発する絶望の信号を感じ取っていたに違いない。

こおろぎ嬢

尾崎翠

尾崎翠（一八九六―一九七一）

鳥取県生まれ。女学校時代に「文章世界」へ投稿を始める。故郷での代用教員ののち上京、日本女子大国文科に入学し、「無風帯から」を発表する。大学中退後、文学に専念。「アップルパイの午後」「第七官界彷徨」で一部の注目を浴びるものの、帰郷後、音信を絶つ。「こおろぎ嬢」の初出は一九三二年の女性文芸誌「火の鳥」。

名前をあかしても、私たちのものがたりの女主人を知っている人は、そう多くないであろう。私たちのものがたりの女主人は、この世の中で知己《ちき》に乏《とぼ》しく、そしていろんな意味で儚《はかな》い生きものであった。その原因をたずねたら、いろいろ数多いことであろうけれど、しかし、それは、このものがたりに取ってあまり益もないことである。ただ、私たちは曾《か》つて、微《かす》かな風のたよりを一つか二つ耳にしたことがある。風のたよりによれば、私たちの女主人がこの世に誕生したとき、社交の神、人間の知己関係を受持つ神などが、匙《さじ》かげんをあやまったのだという。または、その神々が短かい午睡《ごすい》の夢《ゆめ》をむすんでいた不運なときに、私たちの女主人がこの世に生を享《う》けたのだともいうことである。また、すこし理屈の好きな風は、私たちに向ってまことらしく言った——この儚いものがたりの女主人の生れた頃は、丁度《ちょうど》神々の国で、何とかという思想が流行していた。この思想のかけらが、ふと、女主人の頭の隅《すみ》っこにまぎれ込んだものであろう。或《あるい》は心臓の隅っこかも知れない。この何とかという思想は（と、理屈の好きな風は、なおも私たちに向って続けたのである）たいへん静寂《せいじゃく》な思想であったともいうし、非常に騒々《そうぞう》しい思想だったという説もある。神々の国の真相は、われわれ風には摑《つか》めそうもないから、それは神様に預けて置こう。それで、この女主人は、神々の静寂な思想のかけらを受けて、騒々しいところ、たとえば人間のたくさんにいるところなどを厭《いと》うようになったのか、或は神々の騒々しい思想のために耳がつんぼになったのかも知れない。つんぼというものは、もともと（理屈の好きな私たちの来客は、いくらか声を大きくして、最後の断言をした）社交的性情に乏しいものである！　厭人的性癖《えんじんてきせいへき》に陥《おちい》りやすいものである！　逃避人種である！

この理屈好きな風の見解は、私たちに半分だけ解ったような感じを与えた。解らない部分は、私たちも、やはり、神々の国の、霧のなかに預けておくことにしよう。そして私たちは、朧《おぼ》ろげながら思ったことである。このものがたりの女主人は、たぶん、よほどの人間ぎらいなのであろう。それならば、私たちは、よほど心して彼女を扱わなければならない。彼女の影を見失わないように、私たちは静かに蹤《つ》いて行きたいのである。

ものがたりの初めを、いろんな風のたよりで汚してしまったけれど、私たちは、なお、薬に就《つ》いて何程かのたよりを耳にした。聞くところによれば、私たちのものがたりの女主人は、褐色《かっしょく》の粉薬の常用者だという。この粉薬の色については、説がまちまちで、私たちはどれを採用していいか解らないのである。褐色でなくて黄色っぽい薬だともいうし、白い細かい結《けっ》晶体《しょうたい》とも聞いた。褐色にみえるのは罎《びん》の色で、だから中味は劇薬にちがいないともいうし、黄色っぽくみえるのは柔軟オブラアトの色だという風説もあった。所詮《しょせん》こんな問題は、煩瑣《はんさ》なものごとをつかさどる神様に預けておくほか仕方もないであろう。ただ私たちは地上の人の子として、薬の色などを受持たれる神の神経が弥《いよ》よ細かに、そして総《あら》ゆる感官のはたらきも豊かでいて下さるよう願うのみである。

色はどうにもあれ、私たちの女主人は、一種の粉薬の常用者であった。これは争う余地もない事実であった。けれどその利き目について、私たちは確かな報道をすることが出来ないようである。私たちのものがたりの女主人が、身のまわりの騒々しい思想のために、つんぼにされているかも知れないことは前にも述べたけれど、彼女は、このつんぼの憂愁《ゆうしゅう》から自身を救いだすために、このような粉薬を用いはじめたともいうし、よけいつんぼになるために用い続けているともいう。何にしても、これは精神麻痺剤《まひざい》のたぐいで、悪徳の品にちがいない。健康な良心や、円満なセンスを持つ人々の口にすべき品ではないであろう。

それから私たちは、その粉薬の副作用について、一握の風説をきいた。この粉は、人間の小脳の組織とか、毛細血管とかに作用して、太陽をまぶしがったり、人ごみを厭ったりする性癖を起させるということである。その果てに、この薬の常用者は、しだいに昼間の外出を厭いはじめる。まぶしい太陽が地上にいなくなる時刻になって初めて人間らしい心をとり戻《もど》し、そして二階の借部屋を出る。(こんな薬の常用者は、えて二階の借部屋などに住んでいるものだと私たちは聞いた)それから彼等《かれら》が借部屋を出てからの行先について、私たちは悪徳に満ちたことがらを聞いた。こんな粉薬の中毒人種は、何でも、手を出せば摑み当てれるような空気を摑もうとはしないで、何処《どこ》か遠い杳《はる》かな空気を摑もうと願望したり、身のまわりに在るところの生きて動いている世界をば彼等の身勝手な意味づけから恐れたり、煙たがったり、はては軽蔑したり、ついに、映画館の幕の上や図書館の机の上の世界の方が住み心地が宜《よろ》しいと考えはじめるということだ。薬品のせいとはいえ、これは何という悪い副作用であろう。この噂をはじめて耳にしたとき、私たちは、つくづくと溜息《ためいき》を一つ吐《つ》いて、そして呟いたことであった。この粉薬は、どう考えても、悪魔の発明した品にちがいない。人の世に生れて人の世を軽蔑したり煙たがるとは、何という冒瀆《ぼうとく》、何という僭上《せんしょう》の沙汰《さた》であろう。彼等常用者どもがいつまでも悪魔の発明品をよさないならば、いまに地球のまんなかから大きい鞭《むち》が生えて、彼等の心臓を引っぱたくにちがいない。何はともあれ、私たちは、せめてこのものがたりの女主人ひとりだけでも、この粉薬の溺愛《できあい》から救いださなければならない。けれどそのような願いにも拘《かかわ》らず、私たちはその後彼女に逢うこともなくて過ぎた。すると彼女は、このごろ、よほど大きい目的でもある様子で、せっせと図書館通いを始めてしまったのである。

さて私たちは、途上《とじょう》の噂ばなしなどを意味もなく並《なら》べて、よほど時間を取ってしまった。けれど人々はそれ等の話によって私たちのものがたりの女主人を、一人の背徳の女と決めてしまわれなくても好いであろう。何故といえば、私たちが並べた事々は、みな途上の風のたよりである。ただ私たちはものがたりを最初に戻して、この女主人は、あれこれの原因から、名前をあかしてもあかさなくてもの生きものであった。

時は五月である。原っぱの片隅に一群れの桐の花が咲いて、雨が降ると、桐の花の匂いはこおろぎ嬢の住いにまで響いてきた。こおろぎ嬢の住いは二階の借部屋で、三坪の広さを持っていた。障子《しょうじ》のそとの濡縁《ぬれえん》はもうよほど木が古びていて、部屋の女あるじが静かに歩いても、きゅう、きゅう、きゅうと啼《な》く。

今日は丁度あつらえむきの雨で太陽もさほど眩《まぶ》しくはなかったので、こおろぎ嬢は昼間から図書館へ出掛けることにした。ざっと一時間前にとやかく身支度《みじたく》をして、空模様について考えているあいだに、私たちのこおろぎ嬢は、何となくうつらうつら睡《ねむ》くなって来たので、机の下に足をのばし、頭の下には幾冊かの雑誌を台にして、丁度有りあわせの枕の上で嬢は一時間の仮睡《かすい》を取ったところであった。そして眼がさめてみると、都合よく雨の音がはじまっていて、身辺には桐の花の匂いがひと頃よりは幾らか白っぽく褪《あ》せ漂《ただよ》っていたわけである。それで、外套《がいとう》だけ羽織《はお》れば身支度が終った。こおろぎ嬢の外套はそう新らしい品ではなくて、丁度桐の花の草臥《くたび》れているほどに草臥れていたのである。左のポケットには、これは外套よりもひとしお時を経た小型の手鞄《てかばん》。右のポケットからは四折りにした分厚《ぶあつ》な洋服の端《はし》がはみ出していた。こおろぎ嬢の様子は略《ほぼ》こんなありさまで、あまりくっきりと新鮮な風采《ふうさい》ではなかった。そして外套の中の嬢自身も、私たちの眼には、やはり外套とおなじほどの新鮮さに見えた。

　雨降りの原っぱに出る。桐の匂いが、こおろぎ嬢の雨傘の裡《うち》いっぱいに入ってきた。これは仕方もないことである。この原っぱでは、このごろ、空気のあるかぎり桐の花の匂いもあった次第である。けれどこおろぎ嬢は、此処の空気をあまり歓《よろこ》ばない様子であった。嬢は、鼻孔《びこう》の奥から、せっかちな鼻息を二つ三つ、続けさまに大気のなかに還《かえ》した。しかしこおろぎ嬢がこの原っぱを出ないかぎり、吸う息も吸う息も、みな草臥れた桐の花の匂いがした。それでこおろぎ嬢は知らず知らず左手で左のポケットの手鞄をつかみ当てつつ鼻息の運動を幾たびかくり返した。

　雨の降る原っぱを行きながらこおろぎ嬢が桐の花の匂いを拒《こば》んだわけに就《つ》いて、私たちは幾らか説明しようと思う。私たちの知るかぎり、桐の花というものは昔から折々情感派などの詩人のペンにも止ったほどの花で、その芳香《ほうこう》を拒んだりするのは、よほど罰あたりな態度と思うのである。とはいえ、いまこおろぎ嬢の身のまわりを罩《こ》めている桐の匂いは、もはや散りぎわに近く、疲れ、草臥れ、そしてもはや神経病にかかっているのは争われない事実であった。そしてこおろぎ嬢の方でも、悪魔の粉薬ののみすぎによって、このごろ多少重い神経病にかかってしまった。

　話はいくらか飛ぶけれど、私たちは曾つて分裂心理病院という病院の一医員幸田当八氏を知っていた。幸田当八氏は、曾つて、分裂心理研究に熱心するあまり、ひと抱《かか》えの戯曲全集とノオト一冊を持って各地遍歴《へんれき》の旅に発ち、そして到着さきの一人の若い女の子に、とても烈《はげ》しい恋の戯曲をいくつでも朗読させ、その発音やら心理変化のありさまをノオトに取るなど、神秘の神に多少の冒瀆をはたらいてきた医者であった。当八氏のノオトについて、私たちは愛すべき一握の話題を持っているけれど、それは別の日に残しておいて、私たちはいま、図書館へ向けて雨のなかを歩いているこおろぎ嬢の一つの心理を説くために、曾つての旅で幸田当八氏が発見した学説の片《き》れ端《はし》を思い浮べたいのである。五月の原っぱは一面の糠雨《ぬかあめ》。季節に疲れた桐の匂い。そしてこおろぎ嬢の色あせた春の外套は、借部屋を出て二分あまり、すでにいちめん湿《しめ》っぽかった。人間の後姿というものは、時に、見るものの心を湿っぽくするものらしい。いま、五月の原っぱの情景に、私たちはしぜんと吐息《といき》を一つ洩《も》らしてしまったのである。こおろぎ嬢の風姿は、それはあまり春の光景にふさわしいものではなかった。嬢の後姿を包んでいるものは、一枚の春の外套であるとはいえ、もはや色あせて、秋の外套の呼名にふさわしい色あいであった。そして私たちは、こおろぎ嬢の風姿をいっそ秋風の中に置きたいと思ったことである。さて幸田当八氏の学説は、おおよそ次のようなものであった。——人間が薬品の副作用とか心の重荷などによってひとたび脳神経の秩序をこわしてしまうと、彼は夏の太陽のごとき強烈なものから頻りに逃避しようとする。同時に彼は、凋落《ちょうらく》に近い花の芳香のごとき繊弱《せんじゃく》なものをも拒むようになる。これは罹病者《りびょうしゃ》の体質に由来する心理的必然であって、敢《あえ》て余等《ら》分裂心理学徒の牽強附会《けんきょうふかい》ではないのである！　もしこの罹病者が太陽の光線の強い季節に於《お》いて外出の必要に迫られたらば、彼は昼間の外出を夜に延《の》ばし、または窓をとざした部屋に籠居《ろうきょ》して、雨の降る日まで幾日でも待つであろう。また晩春の桐の花の下などを通らなければならないときは、彼はしきりに鼻孔を鳴らし、性急な鼻息をもって神経病に罹《かか》っている桐の芳香を体内に入れないようにするであろう。これを要するに、神経病者は神経病者を拒否するものである。これは同族者への哀感《あいかん》を未然に防ぐためであって、彼と桐の花とは、たとい人類と植物との差ありとはいえ、ひとしく神経病に侵されている廉《かど》をもって同族者である云云《うんぬん》。

朧《おぼ》ろな記憶力のために私たちは幸田当八氏の学説を曲げたかも知れないけれど、こおろぎ嬢が桐の匂いを吸わないように努めたのは、丁度以上のような心理からであった。そして嬢は桐のそばを通り抜け、停車場から図書館へ運ばれた。

私たちは、ごく小さい声で打明けることにしよう。悪魔の製剤の命ずるままに、私たちのものがたりの女主人は、このごろ一つの恋をしていたのである。この恋情《れんじょう》のはじまりを私たちは何と説明したらいいのであろう。これはなかなか迂遠《うえん》な恋であった。

一日、こおろぎ嬢は、ふとしたことから次のような一篇《いっぺん》のものがたりを発見した。

「むかし、男女、いとかしこく思いかわして、ことごころなかりけり」

という古風な書出しで、一人の変な詩人の恋愛ざたを述べたものであった。詩人の名をうぃりあむ・しゃあぷ氏といって、ふとした心のはずみから、時の女詩人ふぃおな・まくろおど嬢に想いを懸《か》けてしまった。二人の恋仲は、人の世のあらゆる恋仲にも増して、こころこまやかなものであった。そしていろいろ、こころをこめた艶書《えんしょ》のやりとり、はては詩のやりとりもあったという。私たちの国のならいにしたがえば、たぶん

君により思ひ習ひぬ世の中の
　人はこれをや恋といふらむ

かへし

習はねば世の人ごとに何をかも
　恋とはいふと問ひし我しも

などの歌にも似た詩のやりとりがあったのであろう。

けれどここに一つの神秘は、世の人々が、ついぞ、まくろおど嬢のすがたを見かけなかったことである。それ故《ゆえ》まくろおど嬢は、時の世の人々にとっては、何となく空気のようにも思える女詩人であった。嬢は、人に知られない何処かの片隅に生きていて、白っぽいみすてり派の詩というのを書いていたという。時として、まくろおど嬢は、わが思う人しゃあぷ氏のもとに滞在して、幾日かの時を送ることがあった。けれどまくろおど嬢は、此処で、どん

な様子の時間をすごしているのであろう。嬢はただ、詩を書くのみで、ついぞ風姿に接することのできない神秘の詩人であった。そこで、しゃあぷ氏は折々知人などから抗議を申込まれたのである。彼等は、みすてり派などというものを地上に許さぬともがらで、氏に口説《くど》いていうには「ふぃおな・まくろおど嬢は、よほどみめ美しくけざやかな女詩人におわすという。しかるに貴殿《きでん》は、余等《ら》友人に対しまるでやぶさかである。まくろおど嬢を一度たりとも余等にひきあわしたことがない。今日こそ余等は嬢の風姿に接するつもりである。この望みのとどくまで、余等は何時間でも待つことにしよう」

これを聞いたうぃりあむ・しゃあぷ氏は、よほど額を曇らせ、対手《あいて》の顔を見もやらないで呟いた。氏自ら何を言っているのかを知らないありさまで、とぎれとぎれ、晩秋の芭蕉のような呟きであった。「ああ、懶《ものう》きのぞみを聞くものかな。まくろおどは、もう、旅に行ってしまった。嬢は、もはや、余の身近にいない。昨日夕方のことであった、おお、余は、なにゆえともなく放心して、時を、時間の長さを、忘れかかっているけれど、たぶん昨日の晩景のことであった。ふぃおなと余は、寄り添うて、ああ、たがいに寄り添うて、大空の恒星《こうせい》を見ていた。すこし離れて、遊星は……」

「しゃあぷ氏！」と来客はついにたしなめたのである。「余等の望むところは地上のことがらである。天文の事ではないのである。恒星！　そして遊星！　何ということだこれは。空っとぼけとはこの事にちがいない。だから恋をしている人間はだらしなく、そして抜け目がないというんだ。おのろけを半分だけ言って、あとは天文の事に逃げてしまう。しゃあぷ氏！　たがいに寄り添うて、そして貴殿は……」

そこでしゃあぷ氏は答えた。こんな種類の来客というものは、所詮接吻《しょせんせっぷん》のこと寝台のことを語らなければ納らないものである。うぃりあむ・しゃあぷ氏は、吐息《といき》とともに、

「むろん、接吻はした。さはれ、余とふぃおなに、接吻が何であろう。

余が遊星を見ていた折、ああ、余のふぃおなは、余の心臓より抜けいだし、行方もわからず……」

「おお、懶きのろけを聞くものかな。余等は泡だち返す一盞《いっせん》のしとろんと、団扇《うちわ》を欲しくなってしまった。団扇は、東洋の七輪など煽《あお》ぐ渋《しぶ》団扇。なるたけ大きいのを持って来てくれ。余等は聞いたことがある。この品はよほど渋面《じゅうめん》作った色を呈《てい》し、のろけを聞かされた耳に、一脈の涼風《りょうふう》を送ってくれるということだ」

しゃあぷ氏はついに黙っていた。客はなおもまくろおど嬢を引きあわせろと言って、余等の鼻は佳人《かじん》に対してこよなく敏感である。嬢は余等と九尺とは離れないところに居るにちがいない。おおこの香気！　まくろおど嬢は隣室《りんしつ》にいて、化粧にうきみをやつしている！　これはおお、つたんかあめん時代より、てんめんとして人の世に伝わる何とかの香料である！　それが佳人の肌の香と複合するときは、余等伊達男を悩殺《のうさつ》してしまう！　しゃあぷ氏！　まくろおど嬢を化粧部屋から伴《つ》れだせ！　などと叫んだのである。しゃあぷ氏はついに黙って

いた。

かくて、うぃりあむ・しゃあぷと、ふぃおな・まくろおどとの間に、幾多の年月がながれた。年月のあいだ、人々は、ついに、まくろおど嬢の風姿をみることはなかった。そしてついに、しゃあぷの歿《みま》かって幾らかの月日がたったのち、人々は知った。ふぃおな・まくろおど嬢は、よき人うぃりあむ・しゃあぷと同じ日同じ刻に、悠久《ゆうきゅう》の神の領土に召されたのである。しかもうぃりあむとおなじ床、おなじ病いによって召された。ただ、人々の眼にふれたなきがらは一つだけであった。男性うぃりあむ・しゃあぷの骸ひとつ。

さて私たちは、この古風なものがたりを読んでいたこおろぎ嬢の許《もと》に還らなければならない。この古風な一篇を読み進んだこおろぎ嬢は、身うちを秋風の吹きぬける心地であった。このような心地は、いつも、こおろぎ嬢が、深くものごとに打たれたとき身内を吹きぬける感じであって、これは心理作用の一つであるか、それとも一種の感覚か、それを私たちははっきり知らないのである。そして秋風の吹きぬけたのちは、もはや、こおろぎ嬢は恋に陥《おちい》っている習いであった。対手はいつも、身うちに秋風を吹きおくったもの、こと、そして人であった。

ふとした頭のはずみから、私たちは恋というものの限界をたいへん広くしてしまったようである。とまれそんな順序にしたがって、私たちの女主人は異国の詩人に恋をしてしまった。

話が前後したけれど、この古風なものがたりは次のような結びで終っていた。ひとつの骸で両《ふた》つのたましいが消えていった。これは世のつねならぬ死であった。けれどその細かいいわれを誰が知ろう。人々は、地上に生れて大空に心をよせた詩人うぃりあむ・しゃあぷのなきがらを葬《ほうむ》ったのみである。（彼もまた、よき人ふぃおな・まくろおど嬢とおなじにみすてりの詩人で、太陽のあゆみや遊星のあそびに詩魂《しこん》を托《たく》したという）葬りつつ、幾人かの人はひそかに思った——まくろおど嬢は、何処の土地で、うぃりあむの死を歎《なげ》いているであろう、と。また腰のぽけっとにいつもふらんすのはむを、はみ出すばかり詰め込んでいる紳士どもは、野辺おくりの行列で一入《ひとしお》肥満してしまい、心中憚《はばか》りのない大声で思ったことである——これは、どうも、年中雲だの霞《かすみ》だの呟いてたしゃあぷ氏も、ついに天上してしまった！　蒼《あお》ざめた魂め、まるで故郷に還ったつもりでいるだろう！　月だ星だ太陽の通り路《みち》だ無限悠《ゆう》久久遠惝怳《きゅうくおんしょうこう》！　何ということだこれは！　掴みどころのない物ばかし並べてやがる！　だから、たましいは風とともに歩みて涯《はて》しなき空を行き、という事にもなるんだ！　まるで世《よ》迷言《まいごと》ではないか！　ところで、この葬列《そうれつ》が着くべき所に着いた時、余等は太った方の紳士を代表して、しゃあぷ氏の霊《れい》に一片の弔辞《ちょうじ》を捧げることになっている！　何という矛盾だ、これは！　もうじき葬送の行列は着くべき所に着くんだぞ！　仕方がない！　余等は日頃の大声をいくらか湿っぽくして、

　会葬の紳士淑女諸君！

うぃりあむ・しゃあぷ氏は

気体詩人でありました！
氏は栄《はえ》ある生涯に於て
三冊、或は七冊の詩集を書かれたといいますが、
それはみな
抽象名詞の羅列による高貴な思想であります！
と言っておくことにしよう！　次はふぃおな・まくろおど嬢のこと！　おお、まくろおど嬢！　余等は、しゃあぷの吝嗇《りんしょく》のため、ついぞ嬢の眉に触れることなく過してしまった！　しゃあぷのやつ、いつも言を左右に托して、まくろおど嬢を一度も余等に引きあわせないでしまった！　何というやきもちだ！　まくろおど嬢！　今こそ貴嬢は、しゃあぷのやきもちから解き放たれ、のうのうと何処かの土地で欠伸《あくび》していることだろう！　とかく、女というものは、よき人を失った翌日から、すでに御飯を食べるものだ！　これは余等が千の女を体験して樹《た》てた久遠《くおん》の哲理《てつり》である！　眼には泪《なみだ》を流しながら、口にはすでに新しい皿の御飯を食べている奴さ！　余等のまくろおど嬢は、おお、何処の土地で新しい皿を待っているのであろう！　ああ、余等の鼻には、またも、つたんかあめんの香料が匂って来た！　余等は草を分けても嬢の姿を探しだし、そして！　床まきの香料はどれにしたものか、余等は、もう選択に迷ってしまう！　女という生物はみんな体質によって肌の香を異にしているものだからな！　ああ！　余等は、しゃあぷの謂《いわ》れないやきもちによって、まくろおど嬢の肌の香を

まだ知らないのである！　これほどのやきもちが二人とあるか！　何にしても余等は草を分けてもまくろおど嬢を探しださなければならぬ！　嬢は詩の上では、しゃあぷと同じように雲や霧のことばかり言ってるけれど、しかし草を分けても探しだしてみれば、意外の肉体を持っているかも知れないぞ！　噂によれば、しゃあぷに宛てた艶書の中には、彼女の詩境とはまるで反対に、随分烈しいやつもあるという！　まことにさもあるべき事だ！　まくろおど嬢は必定雲や霧のような柳腰《やなぎごし》の女ではないであろう！　このごろ東洋の何とかいう所に変な病院が建てられたということだ！　其処の一医員幸田当八の報告によれば、柳腰の女が却って脂肪に富んだ詩を書いたり、腰の太い女が煙のような詩を書くという！　何とすばらしい説であろう！　余等はいよいよ草を分けてもまくろおど嬢のからだを探しださなければならない！

かくて、静かな葬列は、いろんな思いをのせ、着くべきところへ向って流れたのである。けれど人々は、ふぃおな・まくろおどの居場所について皆思い誤っていた。嬢はいま、人に知られぬ処《ところ》、うぃりあむ・しゃあぷの骸のなかに、肉身を備えない今一人の死者として横《よこた》わり、人知れぬ葬送を受けていたのである。ふぃおな・まくろおどは、まったく幻の女詩人であった。詩人しゃあぷの分心によって作られた肉体のない女詩人。それゆえ嬢は、よき人しゃあぷとともに地上から消えた。けれど生世のうち、二人の艶書のやりとりは、それは間ちがいのない事実であった。分心詩人うぃりあむ・しゃあぷの心が男のときはしゃあぷのペンを取ってよき人まくろおどへの艶書をかき、詩人の心が一人の女となったとき、まくろおどのペンを取ってよき人しゃあぷへ艶書したのである。かかるやりとりについては、今後時を経て、「どっぺるげんげる」など難かしい呼名のもとにしゃあぷの魂をあばく心理医者も現われるであろう。また、ふとして、東洋の屋根部屋に住む一人の儚《はかな》い女詩人が、彼女の儚い詩境のために、異国、水晶の女詩人を、粗末なペンにかけぬとも言えないのである。心理医者、そして詩人。何という冒瀆《ぼうとく》人種であろう。いつの世にも、彼等は、えろすとみゅうずの神の領土に、まいなすのみを加える者どもである。彼等が動けば動くだけ、うぃりあむ・しゃあぷの住んでいたみすてりの世界は崩《くず》されるであろう。

――こおろぎ嬢の読んだ古風なものがたりはこれでおしまいであった。

図書館は、普通街路からいくらか大空に近い山の上にある。全身灰色を帯びていた。この建物の風丰《ふうぼう》は、こおろぎ嬢にとって気まぐれな七面鳥であった。陽が照ると取り澄ました明色の象牙《ぞうげ》の塔《とう》となり、雨が降ると親しみ深い暗色に変った。雨で暗色した灰色は、粉薬で疲れた頭をも、そう烈しくは打たないものである。

とはいえ、こおろぎ嬢の心を捕えてしまったうぃりあむ・しゃあぷ氏は、図書館の建物の中で、何と影の薄い詩人であった。幾日かの調べに拘わらず、こおろぎ嬢のノオトは、いっこう、豊富にはならないのである。そしてこおろぎ嬢は深い悲歎《ひたん》に暮《く》れ、ノオトの空地空地に心を去来するいろんな雲の片はしを書いてみたり、尨大《ぼうだい》な文学史を読み進むことを止めて(何故なら、文学史の図体《ずうたい》が大きければ大きいほど、その作者は、こおろぎ嬢の探し求めている詩人に、指一本染めていなかった。これはこおろぎ嬢の悲しい発見であった)文学史家のセンスについて考え込み、そして私たちのものがたりの女主人は、植物ほどに黙り込んだ、効果ない時間殺しをしてしまう。これは地球上誰の役にも立たない行いであった。

しゃあぷ氏に関するこおろぎ嬢のノオトは、前にも述べた訳から大変貧弱であった。そしてついに、こおろぎ嬢の手にした幾冊目かの文学史には、嬢の哀愁にあたいする一つの序文がついていたのである。

「なお最後に断っておかなければならないことは、この出版書肆《しょし》の主人は、一種気高い思想を持っていて、健康でない文学、神経病に罹《かか》っている文学等の文献は、一行たりとも出版しないことを吾人《ごじん》に告げた。それで吾人は用意した原稿の中から主人の嫌悪に値いする二三の詩人を除かなければならなかった。吾人は此処に割愛された詩人の名前だけを挙げて、心やりとするものである。順序不同、『考える葦《あし》のグルウプ』三氏、『黄色い神経派』中の数氏、『コカイン後期派』全氏。おすか・わいるど氏は背徳行為《はいとくこうい》の故《ゆえ》をもって。うぃりあむ・しゃあぷ氏は折にふれ女に化けこみ、世の人々を惑《まど》わしたかどにより」

こんな序文がこおろぎ嬢にとって何の役に立つであろう。頭痛がひどくなっただけであった。人間とは、悲んだり落胆《らくたん》したりするとき、日頃の病処が一段と重《おも》るものであろう。それ故に、嬢は蹌踉《そうろう》と閲覧室《えつらんしつ》を出て、地下室の薄暗い空気の中に行かなければならなかった。

踏幅《ふみはば》の狭い石段を下りると右の廊下に出る。右は売店二三戸の地下室内の街。左に進むと、からだは自然と婦人食堂へはいる。此処は、食事時のほかはいつもひっそりしていて、薄暗い空気が動かずにいた。そしてこおろぎ嬢のためには粉薬用の白湯《さゆ》も備えてあったわけである。白湯は大きい湯わかしからこんこんと湧《わ》いて出た。窓の薄あかりにすかして、これは灰色を帯びた白湯であった。そしてこおろぎ嬢は古鞄《かばん》の粉薬を服用したのである。人々は見られたであろう。この室内の空気はまことに古ぼけたものであった。また地下室の庭には、窓《まど》硝子《ガラス》の向うに五月の糠雨《ぬかあめ》が降っている。こんな時、人類とは、大きい声で歌をどなるとか、会話をするとか、或はパンを喰《た》べたくなるものだ。私たちのものがたりの女主人は、日頃借部屋の住いの経験から、このような人類の心境をよく知っている。それでこおろぎ嬢は、いま、せめてパンを喰べてみようと思った。丁度この時であった。地下室の片隅から、鉛筆をけずる音が起ったのである。地下室の一隅《いちぐう》のもっとも薄暗い中に一人の先客がいた。そしてこおろぎ嬢は、もはや疑うところもなく、先方を産婆学《さんばがく》の暗記者と信じてしまったのである。これはこおろぎ嬢にとって丁度いい話対手《はなしあいて》であった。しかし先方では、いっこうこおろぎ嬢の挨拶を受ける様子はなくて、無闇《むやみ》と勉強をつづけていたのみである。嬢がよほど長いあいだ先方を知らなかった以上に、先方はまだ此方《こちら》に気づかない有様であった。これは何ということであろう。仕方もないのでこおろぎ嬢は食堂を出てパン屋に行った。

「ねじパンを一本」

会話を忘れかかったこおろぎ嬢の咽喉《のど》が、無愛想な音を吐いてしまった。パン屋の店の女の子は多少呆れた様子でこおろぎ嬢を見上げ、それからパンの袋を渡した。

食堂でねじパン半本を喰べるあいだ、私たちは、こおろぎ嬢の心の色あいについて言うべき事もなかった。嬢はただパンに没頭《ぼっとう》していたのである。そして先刻以来文学史の序文によってひどく打ちつけられている事実をも忘れている様子であった。パンがそれだけ済《す》んだ頃、こおろぎ嬢の喰べかたは非常にのろくなって、そして、チョコレエトのあんこを無精に舐《な》めながら、向うの片隅の対手に向って声は出さない会話を話しかけたのである。

「あのう、産婆学って、やはり、とても、難かしいものですか」

しかし対手は限りなく暗記物の上に俯向《うつむ》いていて、いつまでも同じポオズであった。こおろぎ嬢は、食卓二つを隔《へだ》てた対手の薄暗い額に向って、もう一つだけ声を使わない会話を送った。「御勉強なさい未亡人（この黒っぽい痩《や》せた対手に向って、こおろぎ嬢はこの他の呼び方を知らなかった）この秋ごろには、あなたはもう一人の産婆さんになっていらっしゃいますように。そして暁《あ》けがたのこおろぎを踏《ふ》んで、あなたの開業は毎朝繁盛《はんじょう》しますように。こおろぎのことなんか発音したら、あなたはたぶん嗤《わら》われるでしょう。でも、私は、小さい声であなたに告白したいんです。私は、ねんじゅう、こおろぎなんかのことが気にかかりました。それ故、私は、年中何の役にも立たない事ばかし考えてしまいました。でも、こんな考えにだって、やはり、パンは要るんです。それ故、私は、年中電報で阿母を驚かさなければなりません。手紙や端書《はがき》は面映《おもは》ゆくて面倒臭いんです。阿母は田舎に住んでいます。未亡人、あなたにもお母さんがおありになりますか。ああ、百年も生きて下さいますように。でも、未亡人、母親って、いつの世にも、あまり好い役割りではないようですわね。娘が頭の病気をすれば、阿母は何倍も心の病気に憑《つ》かれてしまうんです。おお、ふぃおな・まくろおど！　あなたは、女詩人として生きていらした間に、科学者に向って、一つの注文を出したいと思ったことはありませんか——霞《かすみ》を吸って人のいのちをつなぐ方法。私は年中それを願っています。でも、あまり度々《たびたび》パン！　パン！　パン！　て騒ぎたかないんです」

地下室食堂はもう夕方であった。

錯覚のおばさん

小川洋子・解説エッセイ

どんな家でも、親戚中を見渡せば、一人くらい毛色の変わったおばさん（もちろんおじさんの場合もあろう）がいるものではないだろうか。若い頃は都会に暮らし、並外れた才能を持ち、将来を嘱望されながらある事情により帰郷を余儀なくされ、今では輝かしい遠い日の姿を知っている親戚はほとんどいない。結婚はせず、子供はおらず、教養はあるが定職はない。その身軽さを生かし、親戚友人に病人、けが人、臨月の妊婦が出ればすぐさま駆けつけ、看病し、幼子の面倒を見る。進んで自らの過去を語ろうとはせず、現在の地味な生活に不満も漏らさず、ひっそりと暮らしている……。そんな魅力的な親戚のおばさん。それが私にとっての尾崎翠のイメージだ。

ある日私はちょっとした用事があって、遠い親戚のおばさん宅を訪ねる。うら寂しい町外れにある一軒家は、伸び放題の庭木に半ば隠れ、表札の文字は消えかけている。用事はすぐに済み、世間話もさほど弾まず、気まずい思いで向き合っていると、呼び鈴が鳴る。町内会費の集金らしい。おばさんは奥の寝室へ入り、ごそごそと財布を捜している。間が持ったことで私はほっとし、改めて客間を見回し、古びた本箱の中にある一冊の本に目を留める。背表紙にある名前がおばさんと同じだったからだ。それは相当に変色していたが、表札の苗字よりはまだ多少読み取りやすい。

その時私は初めて、おばさんが昔作家だったことを知る。財布はまだ見つからないらしい。町内会長さんは玄関で大人しく待っている。私はそっと『こおろぎ嬢』のページをめくる。

こうして自分は尾崎翠と出会ったのだと、私は今でも錯覚している。「終日落合の家の二階に坐りきりで、机に向かう翠の座蒲団の下の畳はそのため腐るほどであった」（稲垣真美・日出山陽子編）。ちくま日本文学全集の年譜にある一行を読んだ時、私は錯覚のおばさんを思い、涙ぐんだ。

兎

金井美恵子

金井美恵子（一九四七―）

高崎市生まれ。一九六七年「愛の生活」が太宰治賞次席となる。同年、現代詩手帖賞受賞。小説に『岸辺のない海』『プラトン的恋愛』（泉鏡花文学賞）『タマや』（女流文学賞）『恋愛太平記』『軽いめまい』『柔らかい土をふんで、』等。「兎」の初出は一九七二年の「すばる」。

when suddenly a White Rabit
with pink eyes ran close by her.

Lewis Carroll

書くということは、書かないということも含めて、書くということである以上、もう逃れようもなく、書くことは私の運命なのかもしれない。

と、日記に記した日、私は新しい家の近くを散歩するために、半ば義務的に外出の仕たくをした。散歩は健康上の必要から医者にすすめられていたので、本当は歩くことなんか好きではないけれど、しかたがなかった。雨が降って来そうな、いやな灰色の空が、すべての風景におおいかぶさっていて、こんな日に健康について考えるなどということは、とても出来そうもなかったけれど、まだ家具もそろっていない殺風景な部屋で、日記と原稿用紙に向かっているよりは、身体を動かす方がまだしもましに思われた。

本当にいやな気分だったのだ。眼をさましている時でも悪夢を見ているような感覚にひきずりこまれ、それは突然なんのきっかけもなくやって来るものだから、年中、私はびくびくしていなければならなかった。はっきりと形にならない幻覚のようないわば一種の匂いとでも言ったらいいのかもしれない、ある物が私につきまとっていた。突然、鼻先をかすめる見えない鳥のような、匂い。その匂いの中になにか、はっきりしない影が存在しているのがわかるのだけれど、そして、以前、その影をはっきり見たことがあるはずだという確信はあるのだけれど、もやもやと風に流れて消えて行く匂いのように、その影はあっというまになくなってしまう。ようやく読みとれる寸前だった砂文字を、一吹きの風が、ただの広い虚しい灰色の砂浜の中に消してしまうように、茫漠とした荒れ果てた苛立たしさだけを残して。

それが何なのかまったくわからなかったけれど、その匂いは一種の吐き気でもあった。匂いによって吐き気が生じるのでもなく、吐き気によって匂いを嗅ぎつけるのでもなく、匂いは私の肉体の内部から発しているのだ。

そして、私は散歩の途中、雑木林に囲まれた空家の庭に迷いこみ、疲れて石に腰をおろして休んでいた時、眼の前を、大きな白い兎が走るのを見たのだった。大きい、と言っても、それは普通の大きさではなくて、ほとんど私と同じくらいの大きさだった。けれど、それは兎であり、それが証拠には、大きな長い耳を持っていたし、ともかく、どこから見ても兎にしか見えないのだ。私は石の上からとび上って兎を追いかけたのだが、追いかけて走っている時、まるで気を失うように、突然、穴の中に落ち込んでしまったのだ。気がついてみると、さきほどの大きな兎が私をのぞきこむようにして、すぐ近くにすわっていた。

「あなたは誰？」

「散歩していたんですけど、迷ってここへ入って来てしまったんです。あなたは、兎ですか？　いえ、兎さんですか？」

「すっかり、そう見えるでしょう？」と、その兎は嬉しそうに咽喉をクックッと鳴らしながら言った。「でも、本当は人間なのです。多分。どっちでもいいような気も最近ではしますけれど」

「本当に、まるで、兎そのものですね」と私は感嘆して言った。白いフワフワした毛皮におおわれて、正面に向いあって良く見れば、眼だって透明な桃色をしているのだ。もちろん、良く見れば、桃色の眼が、頭に被っている兎型のフードと仮面に上手に取りつけられたガラスのレンズだということはすぐにわかったし、全身を覆っている白い毛皮が、赤ン坊の着るロンパースのような仕組みになっていることも見当がついた。けれど、なんでまたこの少女が、これほど念の入った兎の変装をしているのかわからなかった。少女は、私の疑問を素早く見てとり、「あたしがなんで、こんな姿をしているのか、訳を知りたいのでしょう？　お話いたします。父が死んでからというもの、自分以外の者と話をするのは初めてなんです。

それに、誰かにお話しなければなりませんし、そうでなければ、あたし、落ち着きませんの。どうぞ、家にお入りになってください」と、私を荒れはてた家に招き入れるのだった。少女の名前は小百合といい、とりわけ悪い名前とも思わないけれど、鬼百合とか姫百合という名前だったら、自分でも満足できただろう、と説明するのだった。「でも、もちろん、今では誰もあたしの名前を知りませんし、覚えている人もいないのでしょうけれど。だから、あなたはあたしを姫百合と覚えていてくださった方が、いいと思います」

　家の中は、端的に言って、まさしく兎の巣と言えた。床にはすっかり兎の毛皮がしきつめてあり、壁には剝ぎたての兎の生皮がX字型に釘でとめつけてあり、獣じみた異臭がしているのだ。私は毛皮の上にすわって、かぎなれない異臭に胸をむかむかさせていたのだが、少女は私の様子にはまるで無頓着で、しきりと耳を動かしたり、後脚で耳の後を搔いたりしているのだ。むろん、耳の後の部分に痒みがあったからではなく、長い間の習慣となった兎的動作の痙攣のようなものだったのに違いなかった。

「あたしがこんなふうになったことについては、それなりの理由があるのだろうと、自分でもずい分、考えたのです。でも、結局のところ、よくわかりませんでした。こういうことになる最初の出来事は、多分、あの朝にはじまったんだと思いますけれど」

　そうやって、彼女は、ゆっくりと、記憶をたぐるように話しはじめた。

「朝、目を覚して、家中を歩きまわったけれど誰もいませんでした。台所も食堂も居間も、家族の寝室も納戸も風呂場も手洗いも、全部調べたし、念のために洋服ダンスも開いてみたけれど、誰もいなかったのです。台所ではミルクがガスにかかったまま沸騰して、白いクリームが泡立て卵《メレンゲ》のようにミルクパンからあふれ出し、洗面所には、兄の髭そり用のカップ入りのシャボンがまだ泡立ったままで、食堂にはまだ冷蔵庫から出したての冷たいオレンジ・ジュースが小さな水滴で表面をくもらせたコップに注がれていたし、新聞も、読みかけていてちょっと席を立ってそのまま置いたようにテーブルの上に置いてあり、にもかかわらず、家中に誰もいないのです。あたしはミルクパンのかかったガスを消し、テーブルの上のオレンジ・ジュースを飲み、新聞を読みながら（と言うより、新聞紙の上に単に眼を落していたというだけで、大きな活字で報じている大事件のニュースを読んでいたわけではありません。ニュースは、多分、外国の戦争か、外国の首相が暗殺されたか、外国の革命か、いずれにせよ、あたしには関係のないことですもの）、あの人たちは、もう戻ってはこないだろうと考えました。戻ってこなくても、少しも困りはしないし、何故いなくなってしまったのかを考えようとも思わなかったのです。実際、家族たちはその後も戻ってはこなかったし、たとえ戻ってきたとしても、あたしは家族たちに向って、あんたなんか知らないと答えたのに違いありません。家族たちの突然の行方不明に対してあたしがとった態度は少し変っていたかもしれません。あたしは少しも驚かなかったからです。いつもの朝は、オレンジ・ジュースを一杯飲んで、食卓についている家族たちが天気の話やジュースの濃度について批評しあったり、新聞の記事について父親が解説しているのを聞きながら、トーストとベーコン・エッグスと紅茶の朝食を食べ、たまに父親があたしに学校のことを質問する時の他、口をきかず、『今、学校では何を勉強している?』というのが決って父親の口にする言葉で、『いろいろ。物理だの化学だの数学だの』とあたしは答えるのです。会話はそれでおわって、父親は卵の黄身をパン切れで皿からふき取るようにして舌鼓を打ちながら、何にせよ勉強しておけば後になって役立つものだ、とか、人間はいくつになっても勉強する気持をなくしてはいけない、とか、学問に王道はない、といった意味のない言葉をぶつぶつつぶやき、大きなカップで紅茶をすすりました。ちぢれた口髭の先に卵の黄身と紅茶の滴が付着しているのに本人は気づかず、二皿目のベーコン・エッグスとトーストをむしゃむしゃ食べながら、大きな声で(父親はいつも大きな声で喋ったものです。自分ではつぶやいているつもりの時でも、人にはまるで大声で怒鳴っているように聞えました)、いつも同じことを言いました。父親はつぎのように大きな声で言うのが常でした。

『食事をして、腹がくちくなれば、誰だって気持良く眠くなる——もっとも、健康な人間の場合に限るがね——それが疑うべくもない自然の健康な生理というやつだ。それなのに、働かなくてはならないなんて! 朝飯を食べたら、一、二時間うとうとと眠りたいものだ。三度三度の食事の後に、睡眠がほしいものだ』

誰も何も答えなかったし、誰もが父親の言うことを軽い軽蔑をこめて受け取っていたのです。飽食と睡眠を好む赤ら顔の豚、と家族は父親のことを考えていたのです。でも、あたしは別でした。この飽食と睡眠の甘美な快楽に息を切らせ、太った腹を波打たせている父親が一番好きだったのです。夕食の時などは、時々あたしは父親につきあって、他の家族は決して口にしようとしない料理を、お腹がいっぱいでもう眼を開けているのが精一杯というところまで食べたりしました。お互いに無遠慮にげっぷをもらしたりして、お腹がいっぱいで食べられなくなると、ローマの貴族のように咽喉に指をつっ込むという野蛮な方法ではなく、特別の薬草で作った下剤を飲んで、すっきりさせて、また食べはじめたものです。父親は食用の兎を飼っていて、月に二度、一日と十五日に、兎を一匹殺して料理を作るのです。一日と十五日には朝の食事の始まる前に、早起きして小屋から丸々太った兎を一匹選り出して殺しました。おとなしい、何も知らない兎は父親の毛むくじゃらの太った指で耳を握られ、脚をすくめてじっとしていました。ふわふわした柔らかな白い毛に包まれた動物は、臆病そうにじっと身をすくめ、父親の大きな手で簡単に首を絞められてしまうのです。ぐったりと脚を伸ばし、首の関節をへし折られた死体が小屋の前の地面に置かれるのを、あたしは二階の寝室から何度も眺めたことがあります。それから、父親は庭の物置小屋で、兎の首にナイフを入れて血管を切り、逆さまに吊し、すっかり血抜きが出来るまでの間、ゆっくりといつもより多めの朝食をとるのです。そして、朝食がすむと今度は、兎の腹を裂き内臓を取り出し、血がこびりついてすっかり茶色になっている木桶に入れ、手際よく皮を剝ぐ作業にとりかかります。父親の血に濡れた太い指が動くと、純白の毛皮の下から、血と脂肪に包まれた薔薇色の肉が徐々にあらわれてくるのです。すっかり皮を剝ぎおわってしまうと、死体は小屋の壁の釘に吊され、血を洗い落した毛皮は、ひろげて小屋の壁にX字型に釘ではりつけられるのでした。夕方になると、事務所から帰って来た父親は、物置小屋で兎の料理にとりかかり、肝臓と腎臓と生ソーセージのペーストを兎の腹に詰め物して、玉ねぎやシャンピニオンやトマトといろいろな香辛料を入れて煮込むのです。シチューにすることもあったけれど、父親もあたしも、香辛料のきいた詰め物料理の方がずっと好きでした。他の家族は、兎を可愛い小動物《ペット》としてはある程度まで認めていたけれど、毛皮《ファー》としても食用の肉としても軽蔑的で、まして、その小動物《ペット》を殺し、そればかりか料理して食べるということに対して我慢がならないと考えているのでした。首を絞めて、小さな無防備な生きものを殺すということも憎んでいたし、それを捌《さば》いて皮を剝ぐという行為は卑しい恥ずかしいことであり、まして、それを口にするなどということは、見ているだけで胸のむかつく汚らわしいことだと、いつも言っておりました。母親は、しかたなしにその行為を黙認する他なかったけれど（浮気なんぞをされて家庭をメチャメチャにされるよりは、まだましだと思っていたのかもしれません）、台所で料理を作ることには絶対に反対でした。『台所中、家中に兎の臭いが染みつくのを、我慢しろって言うんですか？　動物の血の臭いを家の中に持ち込むなんて、ちゃんとした家でやることじゃありません』

だから、父親とあたしは一日と十五日の晩餐を物置小屋の小さなテーブルで行なうのでした。青い蔓薔薇の模様がある大きな小判型の皿に、飴色に脂光りのする脚付きの兎が盛られ、そのまわりに、溶けかかったトマトや、玉ねぎ、シャンピニオンがこんもりと飾りつけられ、小屋中に湯気と香辛料と兎の血のまじった、うっとりするような匂いが充満して、中世の騎士たちの晩餐のようなはなやかさでした。他には、鳩（これも父親が飼っていました）のお腹に肝臓のペーストと野葡萄を詰め物して葡萄の葉で巻き、キルシュを振りかけた焼き料理、サワー・クリームをかけた内臓のペーストのゼリー寄せ、レモン汁をかけて食べる生の平貝やアオヤギやミル貝、冷たく冷やした数種類の果物のコンポート、赤と白の葡萄酒があったし、生クリームとアーモンドをかけたアイスクリームもありました。食後のデザートの仕上げには、このうえない健啖ぶりをあたしたちは示して、ジャマイカ産のラム入りのココアをたっぷり飲むのでした。長い時間をかけての料理と食事の間、あたしたちはとりたてて話をするわけでもなく、ただ、ひたすら食べることに専念するのです。時々は、話もしました。父親があたしに聞きたがるのは、たいてい人間関係のことで、『どうだい？　お前には、その、ボーイフレンドなんかいるのかね？　学校で、ボーイフレンドが出来たかね？』などと、大きな声でおずおずと質問するのです。『学校でといっても』とあたしは笑いながら答えました。『おとうさんは忘れっぽいのねえ。学校には女の子しかいないのよ。出来るはずないでしょう』『ああ、そうだった。つい、うっかりしていたよ。でも、本当にボーイフレンドはいないのかね?』『いないわ。興味がないもの。若い男の子なんて大嫌いだし、もし、そばに寄ってきたら嚙みついて肉を喰いちぎってやるわ』『でも、いずれは出来るだろう。そしてわたしを捨てて何処かへ行ってしまうよ。きっと』

こんな調子の会話が繰りかえされ、最後のラム入りココアを飲むころは、二人ともすっかり満腹して眠くなり、父親は葉巻きを吸い、あたしは口の中で舌に滲みて行くココアとラムの味をゆっくり味わいながら、満足しきって、眠ることを考えていました。物置小屋から庭を横切って家に帰り、二階の寝室に入るまでに触れる、少しばかりの冷たい外の空気は気持が良く、眠りを益々心地良いものにしてくれるのです。兎小屋では兎がひっそりと寝静まり、鳩小屋からは鳩の喉を鳴らすようなくぐもった低い鳴き声が聞え、花の甘い香りが空気をしっとりとふくらませていました。

『おやすみ』と父は寝室の前で眠た気な声で言い、『さあ、ゆっくりと死ぬか』と、いつもの冗談を言うのです。

そして、今日がその十五日だったのをあたしは思い出し——正確に言えば、新聞の日付けが眼に入ったのですが——父は物置小屋でいつもの作業をやっているのだろうと考えましたが、他の家族と兄と姉がどうしたのかはわかりません。彼等が嫌悪していた血みどろの作業を見物するために、わざわざ物置小屋まで行ったとは、どうしても思えなかったし、他の何処へ行ったとも考えられなかったのです。だから、きっと、あの人たちは神隠しか何かにあって、二度と姿をあらわさないだろう。それは、とてもいいことだ、と思いました。あたしたちは、きっとこのことを待ってたのに違いない、ずっとずっと以前から、と繰り返し考えました。

オレンジ・ジュースを飲んでしまってから、あたしは、朝食の仕たくをする者がいないことを思い出し、父と自分のために朝食を作らなくてはいけないと考えました。ハム・エッグスとミルク紅茶とトーストと、それに特別の朝にふさわしく、お赤飯に類するようなものを作りたかったのです。お赤飯のアナロジイは、おそらく色彩にその根拠がおかれるべきであるとあたしは思いました。赤い食べものが必要なのです。冷蔵庫に、ラディッシュと苺が入っていたので、あたしはそれを食卓に飾り、父はすぐに、このラディッシュと苺の意味に気がつくだろうと思って嬉しくなりました。

父は兎を捌く時用の血の汚点だらけの大きなエプロンをかけたまま勝手口から入ってきて、上機嫌に笑いながら『朝飯にしよう。今日は朝から御馳走にして、学校も休んじゃえばいい』と言いました。『突然、家族が行方不明になってしまった女学生というのは、心配のあまり、学校へ行かないものだよ』あたしは益々嬉しくなって、『じゃあ、やっぱり、あの人たちは本当にいなくなったのね?』と言いました。父親が入って来た時から、台所には動物のあたたかい血の臭いが漂いはじめ、あたしはその臭いを深く吸い込みながら、これからはいつも家中にこの臭いがするようになるだろうと思ったのです」

「それから、あたしたち、とても幸福でした。毎日毎日、変ったお料理を作っては、お腹いっぱい食べて眠ったのです。父が食事のたびに言っていたこと、食事の後に睡眠をとることの自然さと甘美さを、誰にも邪魔されずに思う存分、味わうことが出来ました。あたしも学校にはずっと行かなくなってしまったし、父も事務所は人にまかせっきりで、食事をしては眠ってばかりいたものだから、益々太って、時々心臓の発作でたおれたりしました。それでも、決してお医者を呼んだりしなかったし、あたしが医者に電話をかけようとしたりすると、とてもひどく怒るので、黙って父の言うとおりにする他ありませんでした。それはもう太って、食堂の椅子なんか、みしみし音をたててこわれてしまいそうなくらいでした。ちょっと動くだけでも大変な息切れがして、機関車が動き出す時みたいに、そりゃあもうひどく喘いだのです。それで、いつの間にか、兎を殺して料理する役目はあたしのものになってしまったのです。あたしは、すぐに上手になってその役目を楽しみながら遂行しました。最初はとてもいやだったのですが、すぐにあたしは、殺すことも楽しみの一つだってことを理解できるようになったのです。まだあたたかい兎のお腹に手を入れて、内臓をつかみ出す時は幸福でした。肉の薔薇の中に手をつっ込んでいるみたいで、あたしはうっとりして我を忘れるほどでした。指先に、まだピクピク動いている小さな心臓の鼓動が伝わったりする時、あたしの心臓も激しく鼓動しました。もちろん、兎を抱いて首を絞める時にも、内臓に手をつっ込むのとは違った快楽がありました。首を絞める時の快楽をもっと強烈に高めるために、あたしはいろいろな方法を試してみたものです。兎は耳をつかんでいるととてもおとなしいし、あの柔らかでまっ白なくりくり太った生き物を自分の手で殺すのは、とても残酷なことのように思われたのですが、だんだんそれが甘美な陶酔に充ちた快楽に変って行くのが、はっきりわかりました。手の力を少しずつ強めて行くと、兎は苦しがって脚を蹴るものだから、それがあたしのお腹にあたり、とても興奮しました。それから指の中で兎の首が完全に折れたのがわかり、それと同時に激しい痙攣が兎の身体をかけぬけるのが、あたしのお腹に伝わるのです。はじめのうちは膝に兎をのせて絞め殺していたのですが、胸に横抱きにして、脇腹に腕を思いきり押しつけるようにして殺すやり方もためしてみました。これもわりあい感じがよかったのですけれど、ちょっと油断すると腋の下からするりと兎が逃げてしまうので、あまり良い方法ではありませんでした。結局、あたしが一番満足を味わえた方法は、兎の身体を股の間にはさんでおいて、首を絞める方法でした。これはかなり気に入って、しばらく続けていたのですが、そのうち、裸の脚が直接兎の毛皮に触れていたら、もっと気持がいいだろうと思いつき、いつもは殺す時ブルージンズをはいていたのをスカートにして、スカートをまくりあげて股の間に兎をはさんでみたのです。そして、兎殺しの血の秘儀が全裸で行なわれるようになるまでに、長い時間は必要ではありませんでした。父がほとんど寝台で寝たきりになってからは、あたしは兎の料理を作らない日にも、ただ楽しみのためだけに兎を殺しました。残忍さを持った快楽というものは貪欲なものです。そして、この貪欲さは次々と犠牲の兎の血を飲みこみ決して満足しないのです。あたしが次に思いついたのは、血ぬきをするために吊り下げた兎の血を浴びることでした。全身に血を浴びるためには一匹の血では足りず、三匹か四匹の血が必要でした。両手で満遍なく全身に血をなすりつけ、ことに血で濡れた陰毛をきれいにそろえるのが好きでしたし、首をねじまげて肩や胸や脚の血を舌でペロペロ嘗めるのも好きでした。そして、ついには、兎の毛皮をぬいあわせて身体がすっぽり入るぬいぐるみを着て、頭には長い耳のついたフードと仮面を被って暮すようになったのです。フードはとてもよく出来ていて、耳の内側は桃色のサテンを使い中に針金と糸で細工がしてあるのです。丈夫な編糸が耳の部分から首、腕をとおって右と左の指先にリングで引っかけるようになっていて、同じ細工が尾の部分にもあり、尾からつながっている糸もやはり指先に引っかける仕組みになっていました。手には兎毛皮のミトンをはめていましたから、指に糸のついたリングが引っかけてあるのは外からは見えないのです。ミトンの中で指を動かすと、耳がピンと直立したり、頭の後にぴったり折れまがったり自由に動くのです。尾も同じように自由に動かすことが出来ました。

もちろん、この兎のぬいぐるみがすっかり完成するまでには、ずいぶん時間がかかりました。鞣《なめ》していない生皮は表面にツルツルした赤や茶や紫の膠状のものがこびりついていて、とても固いのです。でも、毛皮を鞣してしまったら、本当の兎の気分になれないと思います。あたしは、まず兎の血を浴びて、濡れた素裸のままで、毛皮の中にすっぽりと入り、兎跳びで歩きまわったものです。もう、その頃には、そこまであたしが兎狂いになってしまった時には、父親は、青黒く浮腫《むく》んだ顔と手をシーツの間から出して、じっとしていることが多くなっていました。気分の良い時は起きて、あたしと一緒に遊んだりもしてはいましたけれど。あたしは毎日、父の世話をみていたのですが、もう、医者に診せようという気持はなくなっていましたし、とにかく、家に他人が入って来ることは父もあたしも大反対だったのです。いつ発作をおこすかわからなかったので、出来るだけ父のそばにいなくてはなりませんでした。その頃はもう家中が兎だらけで、兎の糞と食用の草であらゆる部屋は荒れ放題だったものですから、あたしは、自分の楽しみごとのために、わざわざ庭の物置小屋まで行く必要はありませんでした。発作と言っても、あたしに出来ることといったら水を飲ませてやることくらいで、あとは発作がおさまるのを、じっと待っている以外にないのです。そして、発作が本当におさまるのは、死ぬことなのだということを、父親もあたしもわかっていました」

「そして、やがて父の発作がおさまる時がきました。父は発作のたびにとても苦しそうで、見ているだけで、あたしの方が死にそうでした。あたしは、こつこつ作っていた兎の毛皮のぬいぐるみが出来あがったので、それを着て父に見せるつもりだったのです。父を楽しませてやりたかったし、きっと喜ぶと思いました。『あたしを詰め物料理にして食べてください』と書いたプラカードを持って、首には復活祭の兎のように大きな薔薇色のリボンを結びました。その日は父の誕生日で、あたしは、自分を誕生日のプレゼントにあげるという思いつきにすっかり興奮していました。あたしが兎の毛皮を着て部屋に入って行くと（兎らしい跳び方や動作は、充分練習もしておいたのです）、父は驚いて叫び声をあげました。あたしの計画では、驚きはすぐに笑い声にかわって、あたしたちは兎を絞め殺す儀式を、あたしという一匹の兎を使って行なうつもりだったのです。もちろん、あたしは本来的に無抵抗でおとなしくしていなければなりませんが、父が首に手をかけ絞める真似をすると、少しあばれ、最後には全身を激しく痙攣させ、やがてピンと硬直して、ぐったりと死んだ真似をするのです。それから、いよいよ皮剝ぎの儀式です。毛皮を脱いだ時、さも皮を剝がれた兎らしく見えるように、血をたっぷり全身に浴びておきました。あたしの内臓が父の手でさぐられる時のことを考えてドキドキしていたのです。ところが、父には、あたしがわからなかったのです。『化物め！』と父は叫びました。『化物め、消え失せろ！』あたしは驚いて立ちすくみ、『おとうさん』と声をかけました。父は益々恐怖をつのらせ、咽喉をぜいぜいいわせながら、化物め、化物め、と叫びつづけ、寝台のまわりに置いてあるコップや水差しを手あたりしだいあたしめがけて投げつけました。琺瑯《ほうろう》の大きな水差しが顔に命中して、毛皮で出来た仮面の眼にはめ込んだ桃色のガラスを割ってしまったのです。顔全体に受けた衝撃と、割れたガラスが左の眼につきささった時の、顔から後頭部へ貫くような激痛で、あたしは気を失ってたおれてしまいました。眼の中に、燃える火竜が飛び込んだように、真紅の闇がひろがり、白熱した炎が頭部で燃えあがり、そして、まっ黒な闇の中に落下して行きました。どのくらいの間気を失っていたのか、気がついてみると、あたしは父の寝室の床にたおれたままで、生皮の仮面とフードに覆われた顔と頭がべっとり血に濡れ、激しい痛みが顔中を火照らせていました。ゆっくり起きあがりましたが、ひどくふらふらして吐き気がしました。ようやくの思いで、壁の鏡台の前まで歩き、傷口を調べようとしたのです。桃色のガラスは、ちょうど、まぶたの上から斜め下に深く眼球を貫いていて、左眼は完全に駄目になっているようでした。フードと仮面を顔からはずし、つきささっているガラスの破片を思いきり引きぬきました。ひどく血が流れ、血と一緒に眼球も流れ出しているのではないかと思ったほどです。まるで血ぬきされている兎のようでした。鏡台の引き出しからタオルを取り出し、それを左眼にあて、頭の後で固くゆわえておきましたけれど、またすぐに気が遠くなり、鏡台の前にたおれてしまいました。二度目に意識を取り戻した時、寝台の中で父が死んでいるのに気がついたのです。父の死顔は、一ことで言えば恐怖にひきつって、みにくく歪んでいました。それは怖しい顔で、死顔だったから怖しいと感じたのではなく、父が発作の前に味わった恐怖の量をとどめていたことによって、怖しい顔だったのです。あたしの姿（と申しましても、それは兎の姿だったわけですが）を見て、化物め、と叫んだことからも推測がつくのですが、父はきっと自分の殺した兎たちの亡霊があらわれたと思い、恐怖のために最後の発作を早めたのでしょう。ですから、あたしは自分の父親を殺したのも同然なのです」

「それからというもの、あたしは兎の亡霊が自分にとりついたのをはっきりと自覚し、片目の大兎としてふるまいました。ようするに、もう人間の世界に戻れないということを、改めて、はっきりと確認したのです。考えてみれば、あたしが普通の人間として暮していたのは、何年か前の十四日までのことでした。その時までは、ごくあたりまえの女学生で、同級生たちに父親の変った嗜好――自分で兎を殺して料理するという――をひた隠しておきましたし、自分が兎の料理を食べることに対して、いく分かの後ろめたさがなかったとは言えません。あたしが自分の世話している兎を平気で食べているのがわかったら、同級生の少女たちは、きっとあたしに『鬼百合』というあだ名をつけたでしょう。あの人たちは盲同然で、ええ、それは今のあたしは片目がつぶれているけれど、殺す、という言葉を聞いただけで、あの馬鹿な兎馬《ろば》のような少女たちは鈍重なのっぺりした顔の色を変えてしまうんです。どう思われようと、気にするようなあたしではありませんが、陰口をきかれるのは若い娘として、あまりいい気がしなかったのです。もちろん、今のあたしには関係のないことですし、どうでもいいことなんですけれど——。そう、今ではあたしは、すっかり兎ですわ。そして、最近、右の眼の視力が弱くなっていることに気がついてます。いずれ、右眼の視力がなくなるのも近いでしょう。視力が弱くなると、見えないものが見えて来るようになるものなんです。見えるものを見えなくして、見えないものを見えるようにする力が、自然に生まれてくるのです。あたしには、いつもあの父の死顔が見えるんです。青黒い浮腫んだ顔が眼を見開き、鼻の穴をふくらませて、叫ぶのが見えます。ことに兎を絞め殺す時、突然あの顔があらわれ、あたしはすっかり手の力が脱けてしまい、絞め殺すことが出来なくなってしまうのです。怖しい顔だったし、怖しい経験でした。鏡の中で、あたしの眼に桃色の鋭いガラス（兎の眼がつきささったんですわ）がつきささっているのを見た時も、怖しいことは怖しかったのですが、それは美しかったのです。今まで見たこともないくらい、その時のあたしは、ぞっとするほど綺麗でした。髪の毛は血で頭にべったりはりついて、左の眼に深くつきささった桃色のガラスの破片の鋭い切り口が電灯のあかりでキラキラ光っていました。なんて美しいメーキャップだったでしょう。それを思うと、以前より兎を殺すことに快感がなくなったほどでした。もう、お気づきになってると思いますが、ここの兎たちに眼がないのは、みんなあたしが、刳《くり》ぬいてしまったからなんです。赤い透きとおる薔薇ガラスみたいな兎の眼を刳ぬく時、あたしはあの時の、ぞっとするほど綺麗だった自分の姿をはっきり見ることが出来るからです」

私が二度目に彼女にあったのは、ずっと後になってからだ。あの奇妙な経験を、夢だったのだと思うようになっていた頃（なぜならば、あの雑木林に囲まれた荒れはてた家は、その後いくらさがしても見つからなかったし、誰も、兎のいっぱいいる家のことは知らなかった）、ある日散歩に出かけて、まるで突然に私は道を思い出したのだ。動物の帰巣本能のように、眼に見えない匂いか信号に導かれて、私は歩いて行った。そして、あの、荒れはてた家を見つけ、彼女と話した部屋に入ると、白い毛皮をしきつめた中央に彼女がたおれていて、もっと近づいてみると、彼女の右の眼には桃色の鋭いガラスがつきささっており、頭部の下の白い毛皮の上に血がたっぷり溜って血の表面に薄い膜が出来ていた。薄い膜は、まるで雨あがりの道路の水溜りにこぼれたガソリンの皮膜のように、ギラギラした虹の色をしていた。そして、私が彼女の素顔を見たのはこれが初めてだったのだが、彼女の顔が美しかったかどうか私にはわからない。左の眼はひきつれて落ちくぼんだ黒い穴としか言いようがなかったし、右の桃色のガラスのささった眼からは大量の血と一緒に、筋にぶらさがった眼球が流れ出して、青白い形の良い透きとおるような耳の下に、まるで桃色真珠のイヤリングのように転っているのだった。唇は、私の俗っぽい予想（兎唇ではないかという）に反して、美しいアーチ形の曲線と薄くにじんだ血の色を持っていた。そして、私は彼女の身体をすっぽり覆っている白い兎の毛皮を剝ぎ、自分の着ているものを脱ぎすてて、その中にすっぽり入り込んだ。それから、彼女のかたわらに置いてあったフードと仮面を被り、獣臭い匂いの中で息をつめて長いこと、じっとうずくまっていた。彼女と私の周囲に盲目の兎の群れが集り、兎も彼女も私も、じっとしたまま動こうとしなかった。

兎の目は桃色

小川洋子・解説エッセイ

いつだったか何かの本に、目は脳の一部だ、と書かれているのを読んでがっかりしたことがある。眼球は体の中で、もっと独立した孤高の存在を保っていると思っていたのに、実はそうでもなかった。本来頭蓋骨の中に収まっているべき脳みその一部分が、無防備にも外へ飛び出しているだけだったのだ。

私の眼球に対するイメージは、子供の頃テレビで見たドキュメンタリーに関係があると思う。それはナチスドイツの歴史を扱った番組で、ユダヤ人を見分けるための道具、というのが登場する。頭や鼻の形を測定する物差しと共に、眼球に見立てたさまざまな色合いのガラス玉が埋め込まれた、木のボードがあった。それは目の色の測定器だった。

もちろんそんなものは何の科学的根拠もない、狂気じみたまやかしに過ぎないのだが、子供たちは神妙に一人ずつ前へ進み出て、背筋を伸ばし、目を見開く。すると先生が眼球ボードを目に近づけ、どの色に一番近いかを判定する。

この場面の異様さが忘れられず、以来、目というとナチスドイツの眼球ボードを思い浮かべてしまう。いつしかボードを目に近づけるのではなく、先生が子供の眼球をくり貫き、掌に載せ、ボードのガラス玉と照らし合わせていたかのような気持になり、記憶の映像もそちらに変更されている。だから私にとって眼球は、いつでも取り外し可能な器官なのだ。

確かに兎の目は桃色をしている。おそらく眼球ボードに、桃色はなかったはずだ。ブルー系、ブラウン系は細かく分類されていたが、暖色系の必要性を訴える人は誰もいなかったのだろう。

眼球ボードのガラス玉を取り外し、イヤリングにすればきっと可愛いに違いない。大きさといい、あの丸みといい、申し分ない。でもやはり、桃色が必要だ。青や茶色や黒だけでは地味すぎる。透き通った少女の耳たぶには、桃色が似合う。

風媒結婚

牧野信一

牧野信一（一八九六―一九三六）

神奈川県小田原生まれ。早大英文科卒業後、同人誌「十三人」を創刊。そこで発表した「爪」を島崎藤村に激賞される。初期は父親を題材とした私小説を多く発表したが、中期は夢と現実の交錯する奔放な幻想文学へと転じた。一九三一年季刊誌「文科」を創刊。一九三六年自殺。「父を売る子」「ゼーロン」「鬼涙村」等。「風媒結婚」の初出は一九三一年の「文學時代」。

或る理学士のノートから――

一

この望遠鏡製作所に勤めて、もう半年あまり経《た》ち、飽性《あきしよう》である僕の性質を知つてゐる友人連は、あいつにしては珍らしい、あの朝寝坊がきちんきちんと朝は七時に起き、夕方までの勤めを怠りなくはたして益々《ますます》愉快さうである。おまけに勤めを口実にして俺達飲仲間からはすつかり遠ざかつて、恰《まる》で孤独の生活を繰返してゐるが、好くもあんなに辛抱が出来たものだ――などと不思議がり、若《も》しかすると、あいつ秘《ひそ》かに恋人でも出来て結婚の準備でもしてゐるのかも知れない――そんな噂《うわさ》もあるさうだが――そんなことはどうでも構はない。

兎《と》も角《かく》僕は、この勤めは至極愉快だ。

僕は、Girl shy といふ綽名《あだな》を持つてゐるが、近頃思ひ返して見ると僕のそれ、、は益々奇道に反《そ》れて――これはどうも、変質者と称《よ》んだ方が適当かも知れない。恥しい話だ。

こんな秘かな享楽は、他言はしないことにしよう。

二

製作所の屋上に展望室と称する一部屋があつて、これが僕の仕事場である。僕は此処《ここ》で終日既成品の試験をするために、次々に眼鏡を取りあげて四囲の景色を眺めてゐるわけである。楽器製作所の試音係と同様の立場である。四畳半程の広さをもつた展望室には、僕を長として一人の少年給仕が控へてゐるだけである。

朝九時——僕は窓を展《ひら》き、仕事椅子《いす》に凭《よ》つて、A子の部屋を観《み》る。電車通りを越した向ひ側の高台にあるささやかな洋館の二階であるが、一間《けん》先きに間近《まぢか》く観ることが出来るのだ。勿論《もちろん》向うでは、此処にこんな図々《ずうずう》しい展望者が居て、厭《いや》な眼を輝かせてゐるなどといふことは夢にも知らない。

A子は、朝、一度起き出でて、窓を開け放してから更に眠り直すのが習慣である。潔癖性に富んだ娘である。窓と並行にベッドが置かれてあるので、A子の寝顔が、若《も》し此方《こっち》を向いてゐれば、息づかひも解るほどはつきり見える。その上窓の横幅と寝台《ベッド》の長さが殆《ほとん》ど同じであるから、その寝相までが手にとる如《ごと》く見えるのである。——此方《こっち》に、こんな建物が一つあるが到底肉眼では窓と窓の顔は判別も出来ぬ距離であるし、他にはA子の窓をさへぎるものは、それこそ鳥の影より他にはない渺々《びょうびょう》たる天空に向つてゐるわけであつたから、睡眠者は気兼《きがね》なく窓を開け展《ひろ》げて爽《さわや》かな眠りをとることが出来るわけである。

A子は、規則正しく九時に起床する。僕の執務時間は九時からである。――が、僕は大概八時か八時半に出勤して、直ちに仕事にとりかかるのが慣ひになつた。

稀《まれ》に見る勤勉家だ、何といふ好もしい学者肌の青年だらう――と此処《ここ》の所長は僕のことを噂《うわさ》してゐるさうだ。

思へば汗顔の至りだ。

三

彼女の父親の名前は僕も兼々《かねがね》聞き知つてゐた神経病科の有名な医学博士である。

僕は、好奇心的野心を抱いて、患者となり済まし（が、診察を受けて見ると、やつぱり僕は神経衰弱症患者であつたが――）ビルヂング街にある博士の診療所へ、此方の仕事の合間を見計らつては通つてゐる。僕は、勤めを始めてからは終日の規律則正しい労役！ のお蔭で爽快な健康体に戻つてゐると自分では思つてゐたが、博士に向つては、不眠症だ！ と憂《ゆう》鬱《うつ》な顔をして呟《つぶや》いたりした。

或《ある》日僕が診療所の控室で順番の来るのを待合せてゐた時、隣りの応接部屋で、友達らしい老紳士と博士が雑談に耽《ふけ》つてゐる様子であつたが二人の会話のうちから次のやうな絶れ絶《ぎ》れの言葉を聞きとつたこともあつた。
紳士「……すると、お娘御は間もなく婿君をお選びになるといふわけ……」
博士「……本来ならば、さうでもしなければならんですが、何しろあの通りの我儘《わがまま》者ですし、それに私は、さういふことは一切当人の自由を認めるといふ方針で……」
紳士「……なるほど……恋愛結婚に就いて……」
博士「普通の親らしい意見は僕にには……ハッハッハ……だが、この頃の娘のアメリカ張《ば》りには大分此方もたじたじのかたちで……。……好きな人が出来たら直《す》ぐにお父さんの処《ところ》に連れて来るから、その時……むづかしい顔なんてしないで呉《く》れ！　なんていふほどの勢ひで……どうも、中々それに就いても僕も戦々兢《きよう》々《きよう》の……」
紳士「……特に親しい青年でも……」
博士「交際は大分広いらしいですが、中々自尊心が強いと見えて……」
紳士「自分で自分の美しさを知つてゐるとなると、その点は安心……ハッハッハ……、近頃何処《どこ》へ行つても、娘の話となると屹度《きつと》お宅の噂《うわさ》が人気をさらつてしまふ……なにしろ評判の器量好しで……」
僕も、そんな会話に耳を傾けてゐるうちに、何とも名状し難い不安な心地に襲はれて来て、もう一刻も其処《そこ》にじつとしてゐられなくなり、物をも云はずに慌てて務先《つとめさき》へ引き返したことがある。

真夏の蒸暑い真昼時であつた。この朝は幾分遅れて出勤したのであつたが、例に依《よ》つてA子の部屋を視守《みまも》つてゐたが（寝台の様子で見ると、一刻前に起き出て、取り散らかつたままの様子だつたから、直《す》ぐに現はれるであらう——何時《いつ》も彼女は自分で寝具を取り片づけるのが常である故）何時迄経つても現はれないのである。鳥が飛び出した後の籠《かご》の中のやうに、取り乱れたままの部屋であつた。主の居ない部屋を見守つてゐるのも別種の犯罪的好奇心などが伴つて——おお、枕元に書物が一冊飜《ひるがえ》つてゐるな、何の本だらう？　とか、側卓子の上に珈琲《コーヒー》茶碗が！　おや、二つある！　兼書斎ではあるが、娘の寝室など訪れた者があるのかな？　若《も》し前夜のこととすれば、後片づけの間もない程の夜更けか？　……そんなやうな痴想に暫《しばら》く耽《ふけ》つてゐたが、何時まで経つても娘の姿は現はれようとしないので、僕は苛々《いらいら》として彼方《あつち》へ出向いたのであつた。

——が、再び引き返して、眼鏡を執《と》りあげて見ると、丁度《ちょうど》其処に外出先から娘が戻つて来たところであつた。A子と一緒に入つて来たのは、彼女が常々余程愛してゐると見えて二人が此処《ここ》に現はれると何時まででも抱き合つたり、頰《ほお》をすり寄せて睦言《むつごと》に耽つたりするのが慣ひのA子の妹のやうな女学生のR子（と勝手に僕が称《よ》び慣れてゐる）であつた。

女学生だつたので僕は安心した。あの学生ならば、A子が眠つてゐるところにでも何時でも平気で入つて来るのだ。

二人はラケットを携へてゐた。おそらく学生が朝夙《はや》くA子をテニスに誘ひに来て、二人は此処で珈琲を喫《の》んでから出掛けたに相違ない。

「馬鹿《ばか》な！」

と僕は思はず呟《つぶや》いて自嘲《じちよう》の舌を打ち鳴らしてしまつた。

「珈琲茶碗に飛んだ疑ひなんて掛けて、馬鹿を見てしまつた。俺は余ッ程どうかしてゐるぜ。」

二人の者は、大急ぎで運動シャツを脱ぎ棄《す》てて、寝台に倒れたまま稍々《やや》暫らく風に吹かれながら空を見あげて歌などうたつてゐる様子であつたが、間もなく起きあがるとタオルを羽織つてバスへ出て行つた。

四

（理学士が観《み》た半年もの間のA子の生活に就いての描写を悉《ことごと》く移植することは不可能事である故、此処《ここ》には主にこの一日の話だけに止めて置くつもりである。理学士が此処に奉職したのは冬の終り頃であつた。春、夏、秋――と今や季節はすすんでゐる。彼の手帳を通読すると、一人の娘が約半年の間に、ただ一部屋のうちに於ける営みでさへも、日々に成長があり変転がありして行くことが自《おの》づと知れて、新しい発見を覚ゆるが、それは長大篇であるばかりでなしに、発表は許されぬであらう個所が多くの部分を占めてゐるからである。その上男兄弟のみで成長し、未だどんな恋愛沙汰《ざた》もなかつた彼は、路上で出遇《であ》ふ以外の――それも彼はおそらく迂闊《うかつ》で、恬淡《てんたん》であつた――若き女性の生活などといふものは想像の外であつたから、彼にとつては彼女等は冬はあの外套《がいとう》の下にあんな衣装《いしよう》をつけてゐるのか、下着といふものはあんな風に着るものか、靴下はあんな風に難かしく吊《つ》りあげてゐるものか、夏になるとあんな簡単な下ごしらへで、その上にあんな羅《うす》ものをつけただけで外出してゐるのか、彼女等は独りになると何といふ不思議な不行儀に成り変ることか……などといふことが、全篇を通じて驚嘆の調子をもつて、あまりに臆《おく》することなく、あまりに微細に、あまりに研究的に記述されてゐた。――何の事件もない、最も平凡な一個人の、その上ただ一室内に於ける生活を観るだけでも、傍観者の態度に依《よ》つては、そこに不思議な熱と、新しさとをもつた芸術味が感ぜられる――などと、わたしは彼のノートを飜《ひるがえ》しながら思つた。それは、同じモデルを様々なポーズで描いてゐる熱心な画学生のデッサンを見るかのやうであつた。)

タオルを胸に捲《ま》きつけてバスからあがつて来た二人は、そのまま椅子《いす》に腰を降ろして、アイスクリームを喰《た》べはじめた。二人は並んで前の鏡台に顔を写してゐた。で、僕は鏡の面に眼を向けると、にこにこと笑ひながら氷菓子のスプンを口もとに運んでゐるいとも健やかな二人の顔が、鏡の中にはつきりと写つてゐるのを見た。額ぶちに入つた上半身の動く大写しであつた。

二人は、ふざけて、わざと大きな口をあけて舌の上にスプンを乗せて互《たがい》の顔を見合せたりした。そして、仰山《ぎようさん》に、まんまるく眼を視張《みは》つて、突然笑ひ出すと、何が可笑《おか》しいのか、切なさうに胸をおさへて何時《いつ》までも突伏《つつぷ》して身悶《みもだ》えをした。さうかと思ふとA子は急に、多分虫歯に冷たいものが滲《し》みでもしたかのやうに、露《あら》はな肩をすぼめながら夢見るやうな眼つきを保つたりした。すると、更にR子が、A子のその顔つきについて何か囁《ささや》くと、A子は笑ひ転げて椅子から飛びのき、卒倒でもしたかのやうに烈《はげ》しく寝台に倒れて、頭からタオルをすつぽりとかむつて、その中に四肢《しし》をかぢかめて丸くなつたりした。するとR子が駆け寄つて、タオルを奪ひとつて、打つ真似《まね》をしたり、腕を引つ張り合つたりした。

漸《ようや》く茶卓が終るとA子は、シャツを着換へて、別の側にある姿見の前に立つて、何か誇りげな様子で自分の姿を眺めた。そして、R子に向つて、何か説明しながら体操に似た運動のポーズを次々に示した。

R子は端の方に寄つて、A子の運動をぼんやり眺めてゐた。そして、合間合間何にかいちいち点頭《うなず》いてゐた。

僕は、運動競技に関しては、この若さであるにも拘《かかわ》らず全く無智なる徒輩であつたから、いつもA子はR子に向つて、何かの運動競技の構へや要領に就いてのコーチをしてゐるらしいのだが、僕には、それが何種の運動かさつぱり訳が解らなかつた。

……僕は、いつも彼女の口許《くちもと》の動きを見て、会話を想像するのが癖になつてゐた。動作と営みと表情などを仔細《しさい》に注視してゐれば、言葉などといふものは大概誤りなく想像出来るであらう――と僕は思つてゐる。

A子は頻《しき》りに半身を折り曲げたり、飛び跳ねる恰好《かつこう》をしたり、重たいものを投げるかのやうな姿をとつて、R子に示してゐた。それが姿見にも映つてゐるので、此方《こつち》から眺めると全く二人の運動者が、そこに動いてゐる通りに見えた。

扉を誰かがノックしたと見える――二人は、一斉に其方《そつち》を向いて、

「入つてはいけません。」

と断つたに違ひない。丁度《ちようど》、その時二人は、外出着を着換へようとしてゐるところで、これからコルセットをしめて靴下を穿《は》かうとしてゐたところであつた。

二人が支度が出来あがつて、外出しようとした時分此方も丁度退出時間だつた。僕は宿直日であつたが、夕飯を食べに出かけなければならなかつた。

五

二人が僕の前を歩いてゐた。僕は素知らぬ風を装ひ（自分が、自分だけに――）二人の後を追うて省線電車に乗つた。僕はA子の隣りに澄して（これも、自分だけの――）腰を掛けてゐた。

二人は絶えずお喋《しゃべ》りをしてゐたが、一向《いっこう》僕の耳には入らなかつた。――僕は、真に眼近にA子を見ると、却《かえ》つて、何だか、嘘のやうな気などがして、ただ索漠たる夢心地に居るばかりであつた。僕には、あのA子の部屋のみが、輝ける空中楼閣であつて、「地上」で見出《みいだ》すA子の姿などには、どんな魅力も感じてゐない自分を知つた。――僕は、二月も前から電車の中でだけ読むために携へてゐるが未だ十頁《ページ》も読んでゐない（何故《なぜ》なら僕はA子の部屋を眺めてゐない他の時間でも、不断にあの部屋の幻ばかり夢見てゐて何事も手につかぬのであつた。）「花の研究」といふ小冊子をとり出して、何時《いつ》になく落《おち》ついた心地で、冒頭の一節を読んでゐた。

「試みに路傍の草の一葉をとりあげて見るならば、吾等《われら》はそこに独立不撓《ふとう》の計らざる小さな叡智《えいち》が働いてゐることを知るであらう。例へば此処《ここ》に吾等が散歩に出づる時は何処《どこ》ででも常に見出《みいだ》す二つのしがない葡萄《ぶどう》草がある。これは一握りの土のこぼれた不毛の片隅にでも容易に見出される野生のルーサン即《すなわ》ちウマゴヤシの二変種である。最も通俗の意味で二種の『雑草』である。Aは紅《べに》色の花をつけ、Bは豌豆《えんどう》大の小さな黄色の球をつけてゐる。彼女等が尊大振つた野草の間に匍《は》ひ隠れてゐるのを見る際、誰が、かのシラキウスの著名なる科学者よりも遥か昔に、彼女等が自らアルキメデスのスクリウを発見して、これを飛行の術に応用してゐるのに気づいたであらうか。」などと読んでゐるうちに新橋駅に着いたので僕は、独りになるつもりで先にたつて降車すると、二人も続いて降りるのであつた。

脚並豊かに歩いて行く二人は忽《たちま》ち僕を追ひ越して改札口を出ると、傍らから一人の紳士に呼びかけられた。見るとA子の父親である博士であつた。

「おいおい、丁度《ちようど》好いところで出逢《であ》つた。一緒に銀座でも散歩しようぢやないか。」

と博士は娘達を誘うた。と娘達は何故《なぜ》か、ちよつと狼狽《ろうばい》の気色《けしき》を浮べてたじろいだが、苦笑を浮べて点頭《うなず》いた。

「やあ、君も……」

その傍らに、思はずぼんやり立つてゐた僕を見出して博士は、

「娘と一緒なのかね?」と訊《たず》ねた。娘達は吃驚《びつくり》して僕の方を振り向いた。

「いいえ――」と僕は慌てて否定した。

「差支《さしつかえ》なかつたら一緒に散歩し給《たま》へな。」気易《きやす》い博士は緩やかな微笑を浮べて、「紹介しよう、これが僕の娘で、こちらが……」と二人を僕に引き合せた。

僕は、落ついてゐるつもりでゐたが、いろいろなことを思ひ出して、わけもなく慌ててしまつた。僕は、今、執務時間であるから――などといふことを、いんぎんな調子で述べてから、それがどんなに非常識な行動であつたかといふことも気づかず、切符を買つて再びプラットホームへ引き返して行つた。途中で振り返ると、向方《むこう》の三人は此方《こつち》を見送つてゐた。それでも僕は、自分の奇行に気づかずに、もう一度帽子の縁に手をかけて、

「さよなら」と挨拶《あいさつ》した。娘達も手を振つたが、向方の三人が、あまりに意味もなくニコニ

コとして此方を見送つてゐるので、僕はもう一度帽子をとらうとして、不図《ふと》気づくと、帽子などはかむつてゐなかつた。

僕は孤独を愛す。

僕の世界はこの展望の一室だけで永久に事足りるであらう。僕は僕の胸のうちにあるアルキメデスの測進器に寄り、風を介して、無言の現実と親しむのである。

六

A子に関する彼の記述は、この十倍あまりもあるのであつたが、そのうち最も平凡な以上の記述で中断されてゐる。あれ以来彼とA子とは親しく往来する仲になつてゐたが、何故《なぜ》か彼の眼鏡は方向を転じて、町端《は》づれの裏道にある薄暗い長屋に向けられてゐた。A子の部屋と同様に手にとる如《ごと》く観察出来る一室の家を見出《みいだ》した。

その家にも娘がゐた。理学士のノートには、この一室の展望記が日毎《ひごと》に誌《しる》されてゐた。——彼は、この娘の父親とも偶然に裏町の食堂で知り合ひになり、娘と友にもなつた。が、その精密な記述も、やはり、そのあたりで中断されてゐる。

やがて、洋室の娘にも、長屋の娘にも相前後して恋人が到来した。どちらも秘かに窓を乗り越えて来るそれぞれに二組のロメオとジュリエットであつた。

それまでの間は主に海に向つて船舶の観察に余念のない彼であつたが、再び彼の眼鏡は異常な執念を含んで、それぞれの娘の窓に向つてゐた。そして、眼を覆ひたくなるほどの濃厚な情景が、数限りなく彼のノートに誌し続けられてあつた。

それぞれの恋人同志が決して人目に触れぬと思つてゐるそれぞれの部屋で、熱烈な想ひを囁《ささや》き合うてゐる光景を、じつと視守《みまも》つてゐると、奇怪な生甲斐《いきがい》を覚える――と彼は或時《あるとき》震へながら私に告白した。

私も、その展望台に行つて見ようか？　と云ふと、彼は、うつかり飛んだ事を洩《も》らして了《しま》つたといふやうな後悔の色を浮べ、厭《いや》に慌てて、「それは困る、それは迷惑だ。」と苦しさうな吃音《きつおん》で断つてゐた。「あの展望台は僕の仕事場であると同時に、寝室でもあり、その上僕はあの室でだけ結婚の夢を見てゐるのだから、うつかり入つて来られるとどんな迷惑を蒙《こうむ》るかも解らない。結婚の夢は見るが僕は、おそらく真実の結婚は何時《いつ》まででも出来ないであらう……それこそ僕は夢にも望まない。あの部屋の秘密だけは君、許して、見逃して呉《く》れ給《たま》へ。」

妙なことを云ふ奴《やつ》だ――と私は思つた。私にはその意味がさつぱり解らなかつた。ひよつとすると、どちらかの娘の恋人は彼自身なのかも知れないぞ？

折を見て展望室に忍び込んでやらう。

自分専用の宙の一室

小川洋子・解説エッセイ

展望鏡製作所の屋上にあるという展望室。ここに登ってみたい。

展望室と言っても、観光地の展望台のように、大勢の人々が集まって望遠鏡を覗いたり、写真を撮ったり、看板の絵と実際の風景を見比べて指差したりしているような、広々とした場所ではない。四畳半ほどの小さな一部屋である。

その小ささがいい。宙にぽつんとくり貫かれた空間は、地面から切り離され、空は更に遠く、どこにも行き場がないまま取り残されている。必要最小限の品以外、余分なものは一切なく、こぢんまりとよく整理され、静けさに包まれている。訪ねてくる人は滅多にいない。そういうところで仕事をしたら、凄い小説が書けるのではないかという気がする。

パリやプラハやウィーンを訪れて教会の塔に登ると、いつも降りたくなくなる。てっぺん付近にある、管理人室のような小部屋を借りて、一年くらい閉じこもってみたいと思う。適度な薄暗さと冷たさ、犯しがたい孤独、歪む焦点、低い天井、淀む時間。小説を書くのに必要な要素が、宙の一室にはすべてそろっている。

灯台もまたいい。堂々と陸地を拒否し、たった一人海に向かっている後ろ姿がたまらない。装飾を拝した輪郭、真っ直ぐに伸びる一筋の光、岬の突端に踏ん張る忍耐。これもまた小説を書くのにうってつけの条件を備えている。

『風媒結婚』の「僕」は狭い展望室にいる時だけ、自由に羽ばたける。理想の恋愛ができる。ところが地表に降りてくると途端に自分らしさを失い、どぎまぎとし、被ってもいない帽子の縁に二度三度と手を掛けて挨拶する始末だ。

この世には、宙の一室でこそ才能を発揮できるタイプの人間がいる。そうだ、私だって自分専用の展望室さえ持っていれば、もっといい小説が書けるはずだ。きっとそうだ。そうに決まっている。

過酸化マンガン水の夢

谷崎潤一郎

谷崎潤一郎（一八八六―一九六五）
東京生まれ。東大国文科中退。「刺青」「麒麟」が永井荷風に絶賛され一躍文壇の寵児になる。関東大震災後、関西へ移住。官能美と古典美に溢れた世界を描く。『痴人の愛』『卍』『春琴抄』『陰翳礼讃』『細雪』（毎日出版文化賞、朝日文化賞）『鍵』『瘋癲老人日記』（毎日芸術賞）等。「過酸化マンガン水の夢」の初出は一九五五年「中央公論」。

八月八日朝いでゆにて上京。予、家人、珠子さん、フジの四人なり。七月中は近年稀なる炎暑つゞきのところ本月四日夜おそく久し振に降雨を見、華氏にて九度程低下大いに凌ぎよくなったので、もう大丈夫と思ったのに今朝は又暑さブリ返したり。昨夜既にいでゆの切符を買って置いたので暑熱を冒し出かける。十時廿七分新橋下車直ちに虎の門長谷川に至り一先ず休憩。予は過去二三年来夏の盛りにはなるべく東京へ出ないようにしていたのが、今年になってから高血圧漸次快方に向い先月も一度上京、今度で二度目なり。昔の夏の東京は大阪京都に比べて多少涼しい筈であったが、今日はそうでもなし。新橋より電車通りを虎の門に赴く間何回となく自動車が停止する毎に車内の熱気堪え難し。小憩の後家人と珠子さんとフジとは買い物旁々《かたぐ》銀座ケテルにて昼の食事をしたゝめるとて外出、一時半には戻るとの約束なり。予は丸の内日活に「青い大陸」の後半を見て宿に帰りトーストパンを一片オレンジジュースを一罎飲んで日課の昼寝に入る。しかし茹だるような熱気に加え此の旅館は目下増築中のため工事の音響喧しきこと限りなし。此の旅館と道路を一つ隔てた向う側にも数階のビルディング建築中なり。コンクリートを流し込む音鉄筋を打ち込む音しきりなしに耳を聾《ろう》す。共済会館と元満鉄ビルとが近き故にや前を通る自動車オートバイ等の地響きと騒音も相当なものなり。已むを得ず用心のために持参した久しく用いたことのなかった睡眠剤を少量服す。三四十分トロトロとする。

今度の上京の主たる目的は、悦子の結婚用の衣裳や箪笥等を京都の家と熱海の家と東京の親戚とにバラバラに保管して置いたのを、全部取り纏めてKR会社の京橋倉庫に委託することになり、他の家財道具類もそれと一緒に少しは運び込んだので、明朝整理のため該《がい》倉庫に赴くのであって、今日一日はさしたる用事もない。家人と珠子さんはかねてよりストリップショウと云うものを見せてほしいと云っており、本日午後予を促して日劇小劇場ミュウジックホールへ行くことにきめている様子なり。これは去年あたりから、女だけでは這入りにくいから一度連れて行けと頻りに促していたのだが、此の春河原町の京劇で「裸の女神」（原名Ah! Les Belles Bacchantes!）と云うパリで評判のバレスクの映画を見てから、急に日本のミュウジックホールの実演が見たくなったものと察せられる。予は女の観客は稀にパンパンが外人同伴で来ている程度で、夫人令嬢はめったに見かけたことがないからまあ止した方が宜しからん、たって行きたいなら誰か他の人と行くがよし、一家の主人が妻や妻の妹を案内することは余りよい趣味ではないと思うと云って、今日まで自分一人では行くけれども家族との同行は御免蒙っていた次第。然るに先月北白川の美津子（珠子嫁）が今年ばかりは京都の炎熱に閉口して美袁利《みをり》同伴伊豆山へ避暑に来、或る日美袁利を珠子さんに預けて東京へ出かけたついでに勇敢にも小劇場を見に這入り、東郷青児、村松梢風、三島由紀夫と云ったところが作者陣に名を連ねている「恋には七つの鍵がある」を見て帰ってから、ストリップとは云うけれども踊り児たちが案外可愛らしい女ぞろいでそんなにイヤらしいものではないこと、女性の観客も数人はいたこと、ジプシーローズと云う娘が殊にきれいであったことなどを語り「あれなら伯母さんやお母さんが見にいらしってもおかしいことはないわ」と焚きつけたので、「それ御覧なさい、あたしたちだって連れてって頂戴よ」と、遂に今日の仕儀となりたり。

約束通り家人等午後一時過帰宿。直ぐ又四人で出かける。日劇前で「君は何処か好きな所へ映画でも見に行っておいで」とフジを捌き、三人にて小劇場指定席の一番後列のなるべく目につかぬ座席を買う。出し物は美津子の時とは既に変り構成演出並びに脚本丸尾長顕「誘惑の愉しみ」全二十景、Aqua-girl's bottom-up mambo などゝプログラムにあり。入場後十五分程にて開演となる。予等の前方の席は外人ばかりなれども満員とは行かず先ずは六七分の入りなり。日本人は全部普通席にて此の方も七八分の入り。開演後もポツポツ入場する者あり、指定席にもアメリカ人らしき男女の客入り来り予等と同じ列に席を占む。つゞいてGIが二三人パンパンを連れて予等の直ぐ前列に居並ぶ。見渡すところそのアメリカ婦人とパンパン嬢を除いては家人と珠子さん以外指定席にも普通席にも婦人客は一人もおらぬようなり。恐らく和装の中年以後の婦人の姿を二人迄も見ることは珍しき出来事なるべし。一体こゝの小劇場は日劇の頂辺《てっぺん》までエレベーターで上り、そこから又もう一階歩いて昇らねばならない所にあって、天井の低い、屋根裏のような窮屈な小屋なので何となく息苦しい感があり、同じミュウジックホールでも大阪のＯＳＫの方が居心地よし。冷房はしてあるけれども十分には利かぬようにて、場内に這入った瞬間ちょっとヒヤリとしたゞけで席につくと間もなく蒸し暑さを感じ絶えず扇を使う。第一景マンボくらべより第二十景グランフィナーレまで時間にして二時間たっぷり数々のヌードの艶冶《えんや》なる姿態の千変万様が乱雑に記憶に存するのみで、第何景に何と云う娘がどんな役を演じたのか何も頭に残っていない。こう云うものは見たら直ぐに忘れてしまって何も残らない方がよいのであろう。家人は途中から居眠りをし出し「やっぱり『裸の女神』の方がよかったわ、フランスのヌードには敵わないわね」と小声で不平らしく云い「それでも踊り児は綺麗だけれど男優が案外大勢出るのが面白くないわ」と云う。これは予も同感にて今回の出し物は特に男のする役が多過ぎるように思う。美津子が推賞のジプシーローズはこゝのプリマドンナらしいけれどもやゝ老けていて体に脂肪があり過ぎるのと、混血児らしい容貌なのとが予の趣味に合わず、家人も珠子さんも此の点同感の由なり。春川ますみと云う娘に予は最も魅せられたり。（このこと家人には語らず心中ひとり左様に思いしのみ）他の場面は皆忘れ去ったが第十六景に「裏窓」と云う場あり。ホテルの一室に投宿したる老人の客、ふと向う側の窓を覗くと、妙齢の美女入浴中にて体の彼方此方を洗うにつれて胸、腰、背、脚、足の先から足の蹠《うら》まで見えるので悦に入っていると、やがて彼女の旦那と見えて禿げ頭の男が同じ浴室に姿を現わし何か甘ったるい言葉をかける、ホテルの客途端にガッカリして眼を廻すと云う寸劇《すんげき》で、入浴中の美女は春川ますみなり。昨今日本にもかように胸部と臀部と脚部の発達した肉体は珍しくないが、予は総じて猫のような感じのする顔、往年のシモーン・シモン式の顔の持主にあらざれば左程《さほど》愛着を感ぜざるなり。

夕刻再び長谷川に戻って小憩。田村町の某と云う中華料理店に夕食をたべに行く。高血圧以来中華料理は兎角過食する恐れがあるので久しくたべたことがなく先月の陶々亭が病後初めてにて今回が二度目なり。麻油《ゆう》と醤油に漬けた海月《くらげ》、椎茸、白鶏、鮑、トマト、胡瓜等々を一皿に盛った前菜、蝦の巻揚げ、芙蓉魚翅《フーヨンイーツー》と云う鱶の鰭に卵の白身のスープ、胡桃と鶏のたゝきの煮付、豆腐と鶏肉のどろ〳〵煮、杏仁湯と棗《なつめ》の餡の這入った八宝飯、最後に口が曲るように辛い支那の漬物とお茶づけ御飯。予は此の支那の漬物が昔は大好物であったが、血圧症には禁忌なるを以て手をつけず。父が九州の炭坑に勤めているフジは、福岡辺でもこれとよく似た漬物を食う由にて、田舎を思い出して懐しいと云い頻りにこれを貪り食う。食後予は真っ直ぐ長谷川に戻り家人と珠子さんは銀座を一と廻りして来る。フジは赤坂の親戚の家に預ける。

九日朝九時頃フジが長谷川に来るのを待ち受け家人等三人は倉庫へ荷物の整理に行く。予は午前中在宿、東洋公論社その他一二の出版書肆《しゅっぱんしょし》の来訪を乞うて用談を済ませ正午少し前日比谷映画劇場に問題の映画「悪魔のような女」を見に行く。熱海にも映画館は四軒あるのだが外国物の余り一般向きでないのはめったに来らず、それに冷房や煖房の装置がないので真夏と真冬は到底老人は入場するに堪えられない。たまに上京する機会を待って、――と云うよりも、予に関する限りむしろ演劇や映画見物を主たる目的として上京することしば〳〵なり。「悪魔のような女」（原名Les Diaboliques）は嘗ての「恐怖の報酬」の製作者でスリラー物を得意とするアンリ・ジョルジュ・クルウゾオの脚色監督したもの。最後の瞬間まで犯人が誰であるか分らないように出来ており、此の映画を御覧になった方々はこれから御覧になる方々の興味を殺《そ》がないために筋を人に語らないで戴きたい、と云う断り書が冒頭に現われる。大体の事柄は、巴里郊外でドラサール学園と云う私立小学校を経営している校長ミシエルと、その妻でその学校の所有者であり女教師でもあるクリスチナと、同じ学校のもう一人の女教師で且校長の情婦であるニコルと、三人を中心とする物語で、校長ミシェルにはポール・ムーリッス、妻のクリスチナには監督クルウゾオの夫人ヴェラ・クルウゾオ、情婦の女教師ニコルにはシモーン・シニョレが扮している。妻のクリスチナは南米生れの物持ちで学園に資金を投じているが、心臓病を患っていて気が弱く、残酷な暴君である夫ミシェルの云うなり次第になっている。彼女は剰《あまつさ》え同僚ニコルに夫を寝取られており、もうそのことは彼女は勿論学校中教師も生徒も誰知らぬ者もない。ミシェルは妻よりも情婦の女教師の方に傾いているらしいけれども、さればと云ってそんなに彼女を可愛がる風でもなく、乱暴に取り扱うことは妻に対する時と大した変りはない。妻クリスチナは夫の悪虐に堪えかねていた折柄、いっそ二人であの男を殺してしまおうではないかと云う相談を情婦ニコルから持ちかけられ、最初は身ぶるいしていたが結局ずる〳〵に引き込まれる。

三日つゞきの休暇の日にニコルはクリスチナを誘い、学校の荷物運搬用の自動車に人間が這入れるくらいな大型のバスケットを積んで、ニオールと云う田舎町にある彼女の家へ泊りに行く。そしてそこからミシェルを電話に呼び出して離婚を請求するようにクリスチナに云いつける。ミシェルは金主のクリスチナと離婚する意志はないので、思いとゞまらせるためにニオールへ飛んで来る。ニコルは此の機会を逸してはならぬと云い、ウイスキーに強烈な睡眠剤の点滴を混入したものをクリスチナに与え、躊躇する彼女を怒り励まして夫に飲ませる。二人の女は昏睡したミシェルを抱きかゝえて浴室に運び、水を張った浴槽の中に沈めて、ニコルが男の首を水中に抑えつけて窒息させる。そして屍体をバスケットに詰めて自動車に入れ、夜を徹して学園に帰り、校庭のプールに投げ込んでしまう。誰も気づいた者はなく計画通りに事が運んだので、ミシェルは酔っ払って水に落ちたものとして、やがてプールに屍骸が浮かび上るべきであったが、夜が明けても浮かんで来ない。奇怪なことがそれから次々に起って来る。

クリスチナは故意に己れの部屋の鍵をプールに落し、学童に命じて水中を探らせる。水に潜った学童は鍵を手にして出て来るが、その鍵はクリスチナの鍵ではなく、ミシェルの部屋の鍵である。クリスチナは門番の男にプールの水を一滴も残さず乾させて見るが、屍骸はいつの間に何処へ行ったのか影も形もない。二三日すると洗濯屋から見覚えのある背広服が届けられる。それはあの夜ミシェルが着ていた背広である。教師と生徒が校舎の前に集って記念撮影をし、それを現像させて見ると、うしろの窓ガラスに校長の顔がぼんやり写っている。生徒の一人が、窓ガラスを破《こわ》したのを校長さんに見付けられて叱られたと云って来る。深夜ミシェルらしい人の足音が聞えたり校長室でタイプライターを叩く音がしたりする。心臓の悪いクリスチナは日夜恐怖に苛《さいな》まれて半病人になって行く。最後に、一夜彼女は浴室の浴槽にあの夜の通りの状態で水に漬かっているミシェルの幻影?――――を発見する。ミシェルが満身にびっしょり水をしたゝらしつゝ浴槽から立ち上る瞬間、キャーッと云う叫び声を放って急激に体を「く」の字に折り曲げ、横倒しに扉に靠《もた》れ眼を吊り上げてクリスチナが悶絶する。と、彼女と仲違いをしていたニコルが忽ち何処からか現われてミシェルに抱き着き接吻する。「心臓病だと云いながらしぶとい奴だった。案外骨を折らせやがった」とミシェルが云う。そこへかねてから不審に感じていた私立探偵の男が這入って来て二人を逮捕し、「十五年か二十年の刑を受ければ出られるだろう」と云って引き立てゝ行く。

クリスチナが悶絶し、ミシェルとニコルが抱擁するところでドンデン返しになるのであるが、観客はその数分前ぐらい迄はどう云う結末になるのかとワクワクさせられる。が、見終ってから考えると、此の映画はあまりに観客のスリル本位に作られていて、多くの不自然があることに気がつく。何より校長と情婦とがそんなヤヤこしい手数のかゝる方法で細君を謀殺し、それが発覚しないで済むと思っていたのが可笑《おか》しい。それならいっそ最後まで発覚しなかったことにした方が、まだ芝居になりそうである。直ぐに露顕して捕えられてしまうのでは余り馬鹿々々しい。探偵が校長と情婦の奸計を嗅ぎ付けるに至る径路もはっきりしない。妻は心臓病患者であったとしても、彼女をショック死させるために水槽に漬かって殺された真似をしたり、死んだ振りをして何時間もバスケットで揺られて行ったり、プールに投げ込まれたりして、それが首尾よく（此の場合のように）成功すればよいが、註文通り行かない場合も有り得ることとなり。妻をショック死させる前に謀略がバレることもあろうし、ショックを起しても死ぬ迄には至らぬこともあろう。さような危険率を計算に入れずにそんな手数のかゝる仕事に耽るであろうか。プールに投げ込まれてから再び妻の前に幻影となって現われるまで何処に隠れていたのかも明瞭でない。要するにこれは見物人を一時脅やかすだけの映画にて、おどかしの種が分ってしまえば浅はかな拵え物であるに過ぎない。

しかし此の絵が評判になり多くの映画ファンの好評を博したのは、しまいには一杯食わされることになるけれども、観客をそこまで引き擦って行く手順の巧妙さと俳優の演技に依る。或る雑誌には「恐怖満点のスリラー映画」、「本当にぞっとする映画」、「気の弱い女性は男性の連れでもなければ帰りの夜道が恐いような映画」など、書いてある。予は先月「女優ナナ」の時に此の予告篇を見、ニコルに扮するシモーン・シニョレの異常に残忍な感じのする風貌に惹かれたが、「悪魔のような女」と云う日本訳の題名も、あの風貌にはよく当て嵌まる。大柄で薄汚れのしたような顔、濁った疲れたような皮膚、冷酷で、豪胆で、いかにも腹黒そうな女、——あゝ云うタイプを主役に持って来なければあの絵が狙う凄味は出せない。あの女なら情夫の頭を両手で摑んで水槽に押し込むことくらい出来そうに思える。クリスチナのヴェラ・クルウゾオも人柄が適してい、夫や情婦に圧迫されている病弱な妻女と云う様子が見えるが、此の女のしどころは心臓麻痺でショック死を遂げる刹那の動作と表情にあり。予は西洋の女のかような死にざまを、実際は勿論映画の上でも見るのは始めてなり。悶絶した彼女はポキンと二つに折れ屈《かゞ》まって横さまになるが、背後に扉が締まっているので、それにズルズルと体を擦りつけながら倒れる。そのために観客の方へ最もよくその死に顔が見えるような姿勢で死ぬ。それは咄嗟《とっさ》に息の根を止められた大きな昆虫の屍骸のように印象的。彼女の眼は、情婦ニコルの毒を含んだギラギラ光る眼と対照的に、常に虐《しいた》げられている女の物に怯えた細い弱々しい眼であるが、突然それが一杯に白眼を剝《む》き出し、黒眼を右の角に吊り上げたまゝ、動かなくなる。ミシェルが「してやったり」とばかりに悠々と水槽から歩み出て、屍骸の傍に寄って死相を眺め、腕を摑んで見て放し、「やれ〱」と云った顔つきをする。此の映画中で一番悪魔的な凄さを感じさせる場面は、ニコルがミシェルを浴槽の中へ押し込むところと、此のクリスチナのショック死のところと、此の時浴槽から立ち上ったミシエルが、妻を脅やかすために篏めていた偽眼《ぎがん》を取り外すところである。偽眼は実物の眼球の上にぴったり張り付くように作られた、薄い凸面レンズのようなものなり。ミシェルは死に顔を一層恐く見せるためにこれを嵌めて死んだ振りをしていた訳なり。彼が両手を眼の中にさし込んでその偽眼を取り出した時は予も覚えずギョッとさせられたが、予の隣席にありし婦人は微かに「あッ」と云いて顔を蔽いたり。

午後二時頃退場。街上の熱気は昨日に劣らず。予は先刻暑さに堪えかね場内にてソフトアイスクリームを喫《きっ》せしが、再び渇《かつ》を催すこと甚し。且《かつ》長谷川にて朝食を取ったゞけなので漸く空腹を覚えつゝあり。依って向う側の三信ビル地階に入りもう一度ソフトアイスクリームを喫し、ケーキ二個を食べ、タキシーを拾いて長谷川に帰る。聞けば家人等三人も倉庫の用事を早く片附けて日比谷映画劇場に至り、ついさっきまであの絵を見ていたのだが、今朝予と約束した時間に遅れることを懸念《けねん》し、中途で退場して四五十分前に戻って来たところなりと云う。それでは予と同時刻に場内にありし訳なり。いったい家人は彼女自身が心臓が弱いと医者に云われてい、平素ショックを受けることを恐れていたので、此の映画は見たくもあるし恐くもあるし、どうしたものかと先日来躊躇していたのだが、そのうち追い〳〵見て来た人の話などを聞いて筋をすっかり知ってしまい、「もう恐くなくなったから私も見に行く」と云っていたのであった。が、中途で退場したところを見ると、矢張幾分ショックを恐れる気持があったのかと察せられる。予が、前半よりも後半の方が凄かったこと、クリスチナの死ぬところとミシェルが偽眼を外すところがちょっと薄気味悪かったことを語りしに、「それなら見ないでよかったわ」とのことなりき。

それより一二時間休憩、五時長谷川を辞し、銀座の小松ストーア等々に立ち寄り八重洲口に至り、大丸地階辻留《つじとめ》にて夕食を取る。此の辻留の京料理も予等を東京に惹き着ける魅力の一つなり。殊に本年は東京方面に用事ありていつ頃京都へ帰り得るか今のところ予定立たず、そのためひとしお関西料理に憧れつゝあり。分けても目下食べたいのは鮎と鱧《はも》なり。熱海の夏は鰹と鮪には不自由しないが、鮎は早川と狩野川のものにて、到底保津峡の鮎のような訳には行かず、鱧も近頃は伊豆山方面にて手に入ることがあり、たまに買っては見るけれども、味も骨切りも悪く、あとで一層関西の鱧が恋しくなるばかりなり。家人は鰹は生臭《なまぐさ》いと云って口にしたがらず、せめて近々東京へ出て辻留の牡丹鱧《ぼたんはも》をたべたいと此の間より云い暮らしていたのであった。牡丹鱧とは鱧の肉を葛にて煮、それに椎茸と青い物を浮かした辻留得意の吸物碗にて、日本料理の澄まし汁としては相当濃厚で芳潤な感じのものなり。今夜の辻留の献立は、ふくこ（鱸の子）の洗い、さゝ掻き牛蒡《ごぼう》と泥鰌《どじよう》の赤だし、茄子《なす》と豇豆《さゝげ》の胡麻あえと鰯の生薑《しようが》煮と梅干の小皿、小芋を揚げたのと鶏のじく煮と粟麸の小皿、素麺の小皿、飯を円く型で打ち出したものに奈良漬と生薑を添えた小皿、鱧のつけ焼と待望の牡丹鱧、なおその外に京より取り寄せた鮎の大きいのがありますからとてその塩焼に蓼酢《たです》を出したが、これは全く予期しなかった珍味であった。食後に大阪鶴屋八幡の葛餅があったが、さすがに腹が一杯で手が出ず。いつも日本料理だとつい安心して食い過ぎるのであるが、これだけ食べると洋食や支那料理以上にカロリーを取ったように思われ、血圧が上りはしなかったかと心配になる。食後直ちに乗車口に駆けつけ午後八時過ぎの電車に乗る。何か事故があった様子にて廿一分発のところが数分遅れて発車。今時分の二等車は空いている筈なのに今夜は大船辺に至るまで満員にて人いきれのため一倍蒸し暑し。十一時近く熱海に着。帰宅するや否や一浴して浴衣に着かえ、庭の芝生を蹈んでデッキチェーアに凭りつゝ伊豆半島の夜景を望む。下弦の月空にかゝりて伊豆山、熱海、網代《あじろ》、川奈の燈火点々たり。昨日と今日の東京の暑かったことを思えば何と云っても此の丘の上の草廬は別天地なり。

就寝後、午前二三時頃かと覚ゆ、家人の呻き声に眼を覚まし慌てゝ彼女を揺り起す。二三回強く揺り動かして辛うじて眼を覚まさせる。近頃家人が悪夢に魘《うな》され夜中に息が詰まると云い出して俄然恐ろしき呻き声を発することしば〳〵なり。或はその原因は寝台のスプリングの凹《へこ》み工合が悪く、胸の辺が妙に落ち込むようになるため心臓を圧迫される故にやあらん。同じ構造の寝台を用いながら予には左様なことなきは矢張家人の心臓に欠陥があるせいであろうか。兎も角も近々に家具屋を招いてスプリングの加減を見て貰うつもりであるが、夫婦の寝台の間には小さきナイトテーブルがあるため、大急ぎで彼女を揺り起そうとしても咄嗟には手が届かず、此方の寝台から向うの寝台まで起きて歩いて行くこともあり、そんな騒ぎのために此方もすっかり眼を覚まされて眠れなくなってしまうこともある。家人の話では魘されるる時の気持は何とも云えず、二三分間は全く呼吸困難に陥り、いくら息をしようとしても息が出来ず、そのまゝになってしまいそうな気がするとのことにて、それきり再び寝ようとせず、上半身を起したまゝ枕元の書物をひろげて払暁《ふつぎょう》に及ぶことが珍しくない。まして今夜は二日つゞけて中華料理や辻留の御馳走をたべたあとなので、それでなくても心臓の負担が過重になっていたせいであろう。予も先刻の呻り声に安眠を破られてからは巧い工合に眠り得ず、寝苦しさを覚えて輾転反側す。予は元来寝つきのよい方にて、夜中に用事のため眼を覚ましても用を済ませば直ぐ又眠ることが出来るのであるが、今夜は矢張御馳走の食い過ぎにて腹が非常に張っている様子なり。ふと心づけば久しく起らなかった脈搏の結滞が起りつゝあり。結滞は三度目に一度ずつ規則的に生じ、その度毎に何処かの動脈がピクリピクリとする。別に苦痛は伴わないが、何か心臓に異状のあることが察せられ余り気持のよいものではない。そのピクリピクリとする感覚はきまって動脈の何処か知らに、或る時は胸部上方の肩に近いところ、或る時はもっと腋の下の方に寄ったところ、或る時は左の乳の右側もしくは右の乳の左側に感じるのであるが、今夜は胃の真上の鳩尾《みぞおち》の辺に感じられる。結滞は過食する時に起り易いからと、かねてより医師の忠告を受けていたのだが、鳩尾の辺にそれが感じられるのは此の二日間の鮎や牡丹鱧や八宝飯や芙蓉魚翅の祟《たゝ》りであること云う迄もなし。こう云う時は睡眠剤を服して意識をぼんやりさせ不安を紛れさせるに如かずと、今夜もラボナ一錠とアダリン二錠を飲み漸次半醒半睡の境に入る。

予はこんな工合に眠っているのか覚めているのか自分でもよく分らない朦朧とした状態にあることを楽しむ癖がある。最初は半ば意識しながらさま〴〵な幻想が泡のように結ぼれては消えるのを楽しんでいるうちに、いつしかそれが本当の夢につながって行く。あゝ、これから夢になるんだなと云う半意識状態のまゝで夢を見ている。フロイドの「夢判断」などにはどんな風に説明してあるか、又一般の人はどうであるか知らないが、予は或る程度までは自分で自分の夢を予覚し、時には支配することさえも出来るような気がする。そう云う気がする時は実はその全体が夢なので、覚めて見れば夢の中で又夢を見ていたのである、と云う人もあろうけれども、予は一概にそうは思わない。……予は胃袋が充満して腹部がひどく圧迫されつゝあるのを感じ、彼方へ寝返り此方へ寝返りして睡眠剤が早く利いて来るようにと願いながら、昨夜の牡丹鱧のことを考えていた。鱧の真っ白な肉とその肉を包んでいた透明なぬる〳〵した半流動体。それがまだその姿のまゝで胃袋の中で暴れているように思う。鱧の真っ白な肉から、浴槽の中で体じゅうの彼方此方を洗っていた春川ますみの連想が浮かぶ。葛の餡かけ、……ぬる〳〵した半流動体に包まれていたのは鱧ではなくて春川ますみ、……いや、いつの間にかドラサール学園の校長ミシェルが浴槽にいる。シモーン・シニョレの情婦がミシェルを水中に押し込んでいる。ミシェルはもう死んでいる。濡れた髪の毛がぺったりと額から眼の上に蔽いかぶさり、その毛の間から吊り上った大きな死人の眼球が見える。その時もう一つ奇怪な幻想が這入って来た。予の書斎には予の専用の水洗式の洋式便所があり、予は毎朝そこで用を足しながら不思議なことを考えるのだが、それが浮かんで来たのである。いったい予がこう云う洋式便所を設けるに至ったのは、大阪国立病院の布施博士の意見に依るもので、高血圧症の人は成るべく日本式の蹲踞《うずくま》る便所を避ける方がよい、老人はしゃがんで力《りき》む時に脳溢血を起し易い、と云う警告に基づいて腰掛け式便所を作ったのであるが、自分の排泄物を自分の眼で検査するには此の式のものが最も便利である。日本式水洗ではあまり露骨で見るに堪えないが、洋式のものは水中に沈んでいるのでアルコール漬の摘出物を見るように冷静に観察し得る。胃潰瘍の血便や子宮癌の出血などは早期に発見することが出来る。予も此の間、便通の度毎に水が真紅に染まるのに心づき、さては胃潰瘍ではないのかと不安の数日を送ったことがあったが、それは朝食にレッドビーツ（サラダ用火焔菜）を好んで食べるのが原因であることが分り、安心した。蓋し胃潰瘍の血便は黒色を呈している筈だが、レッドビーツの場合は実に美しい紅色の線が排泄物からにじみ出て、周辺の水を淡い過酸化マンガン水のように染める。予はその色が異様に綺麗なので暫時見惚れていることがある。その紅い溶液の中に浮遊している糞便も決して醜悪な感じがしない。時としてその糞便のかたまりが他の物体の形状を思い起させ、人間の顔に見えたりもする。今夜はそれが、あのシモーン・シニョレの悪魔的な風貌に、………あれが紅い溶液の中から予を睨んでいる。予は水を流し去ることを躊躇してじっとその顔を視つめる。………と、その顔が粘土が崩れ出したように歪み、曲りくねって又一つに固まり、ギリシャ彫刻のトルソーのようになる。史記呂后本紀に云う、「太后遂ニ戚夫人ノ手足ヲ断チ、眼ヲ去リ耳ヲ煇《フス》べ、瘖薬《インヤク》ヲ飲マシメテ厠《シチユウ》中ニ居ラシメ、命《ナツ》ケテ人彘《ジンテイ》ト曰ウ」と。予はシモーン・シニョレの顔が変じて人彘になっているのを見る。……

予の脳裡に人彘のことが如何にして浮かんだのであろうか。潤一郎新訳源氏物語賢木《さかき》の巻一五〇頁の本文に「戚夫人のような憂き目には遭わないまでも」の句があり、その頭注に「漢高祖の夫人。高祖の崩後呂后に妬まれて手足を断たれ、眼を抜かれて厠の中に置かれた」とあるが、予は何かの機会にこれを種材にして見たいと思っていたのが、たま〳〵水洗便所の幻想と一緒になったのであろうか。「呂太后ハ高祖ノ微ナリシ時ノ妃ナリ。孝恵帝、女魯元太后ヲ生ム。高祖漢王トナルニ及ビテ定陶ノ戚姫《セキキ》ヲ得、愛幸シ、趙ノ隠王如意ヲ生ム。孝恵、人トナリ仁弱なり。高祖以為《オモ》エラク、我ニ類セズト。……戚姫幸セラレ、常ニ上ニ従イテ関東ニ之《ユ》キ、日夜啼泣シ、其ノ子ヲ立テテ太子ニ代ラシメント欲ス。呂后年長ジ、常ニ留守シ、上ニ見《マミ》ユルコト希《マレ》ニ、益々疏《ウト》ンゼラル。……高祖、十二年四月甲辰長楽宮ニ崩ズ。……呂后、最モ戚夫人及ビ其ノ子趙王ヲ怨ム。廼《スナワ》チ永巷ヲシテ戚夫人ヲ囚エシメ、而シテ趙王ヲ召ス。……孝恵帝慈仁ニシテ太后ノ怒レルヲ知リ、自ラ趙王ヲ覇上ニ迎エ、与《トモ》ニ宮ニ入リ、自ラ挟《タス》ケテ趙王ト与ニ起居飲食ス。太后之《コレ》ヲ殺サント欲スレドモ間ヲ得ズ。孝恵元年十二月、帝晨《ツト》ニ出デテ（雉ヲ）射ル。趙王少《ワカ》クシテ蚤《ハヤ》ク起キルコト能ワズ。太后、其ノ独リ居ルヲ聞キ、人ヲシテ酖《チン》ヲ持チテ之ヲ飲マシム。孝恵帝還《カエ》ル犂《コロ》オイ趙王已ニ死セリ。……太后、遂ニ戚夫人ノ手足ヲ断チ、……命ケテ人彘ト曰ウ。居ルコト数日、廼チ孝恵帝ヲ召シテ人彘ヲ観シム。孝恵見テ問イ、廼チ其ノ戚夫人ナルヲ知ル。廼チ大イニ哭シ、因《ヨ》ッテ病ミ、歳余起《タ》ツコト能ワズ。人ヲシテ太后ニ請ワシメテ曰ク、此レ人ノ為ス所ニ非ズ、臣、太后ノ子トナリ、終ニ天下ヲ治ムルコト能ワズト。孝恵此レヲ以テ日ニ飲ミ淫楽ヲナシ、政ヲ聴カズ」――史記にはこう書いてあるのだが、「国訳漢文大成」の注に「彘は豚なり、戚夫人の有様、豚の如きによりて、ヒトブタと曰う」とある。又「彘は牝豕《めすぶた》、母彘のことで、人彘とは『めすのおいぼれぶた』のようになった人間」と云う解もある。「眼ヲ去リ耳ヲ煇《フス》べ」は「眼球をくじり去り、薬を以て耳を熏べて聾ならしむる也」とあり、「瘖薬」は「物言うこと能わざらしむる薬」となり、「厠中」は、「便所の中なり。漢書外戚伝には『鞠域中』に作る、鞠域は窟室なり」とある。

予が過酸化マンガン水の美しい紅い溶液の中に四肢を失った人間の胴体、牝豕の肉のかたまりに似たものが浮かんでいるのを見ていると、「御覧、その水の中にいるのは人彘だよ」と云う者がある。振り返ると予の傍に漢の皇太后の服装をした夫人が立っている。「あッ、この人彘は戚夫人ですね」と云って予は思わず眼を蔽う。予は予の傍にいる貴夫人が呂太后であり、予自身は孝恵帝であることを知る。………ふと眼が覚めると午前四時半で障子の外が薄明るくなっている。山上の興亜観音の太鼓の音が聞えつゝある。予の腹はまだ張っていて苦しい。家人はいつの間にか安らかに眠っている。予がほんとうの夢に這入ったのはどの辺からであったろうか。シモーン・シニョレの風貌が歪んで崩れ出したあたりからであろうか。………予はそんなことを考えながら再び睡り始めた。

鱧の計らい

小川洋子・解説エッセイ

鱧が食べたくなる小説である。夏が来るか来ないかのうちに、関西の人が鱧鱧鱧、と言い出すのを、岡山出身の私は毎年不思議な思いで聞いている。正直、それほど美味しい魚かなあ、と思う。もちろんきちんとしたお店で湯引きやお椀をいただければ、確かに見事な味であるのは間違いないのだが、それは料理人の技がかもし出す美味しさであって、魚が元々持っている本質的な味とは多少ずれている気がする。

わざとらしく可愛げに丸まった縁、肉食の気の荒さとはアンバランスな淡白な白身、いくら骨切りしても消えないあの舌触り。それらはみな、鱧という魚が持つある種の邪悪さを象徴していないだろうか。

ただこの小説で大事なのは、鱧ではなく、「……その肉を包んでいた透明なぬる〳〵した半流動体」なのだ。半流動体は春川ますみの裸体を呼び覚まし、ミシェル校長の眼球とレッドビーツの赤色を映し出し、ギリシャから中国へと自在にうごめいてゆく。しかしこうなるのもやはり、ぬるぬるの奥にある鱧の仕業ではあるのだろうが。

睡眠剤を服用してからの展開は、本当に夢に出てきそうなほどの存在感を持っている。それまでの暢気な東京滞在のスケッチが一気に転調をきたし、一見バラバラに思えた事柄が、大きな邪悪の部分部分となって、音もなく収まってゆく。しかも谷崎が工夫してそうしたというのではなく、鱧が仕組んだ計画に操られるかのごとく、そうなってゆくのだ。

夢、と聞くとつい、書き手の独りよがりに付き合わされる怖れを抱くものだが、本作は違う。過酸化マンガン水が起こす反応は、鱧の計らいによるものだ。

これを読めば、昨日と同じ暢気な気分ではもう鱧は食べられないだろう。しかし過酸化マンガン水の夢の中で食べる鱧は、暢気な鱧よりずっと美味しいはずだ。何より邪悪の濃度が違うだろうから。

花ある写真

川端康成

川端康成（一八九九―一九七二）

大阪生まれ。医師の息子として生まれるが、両親、姉、祖父母と次々に肉親を失い、十五歳で孤児となる。東京帝国大学英文科に入学後、今東光らと第六次「新思潮」を発刊し、新感覚派の旗手として創作・批評に活躍する。著書に『伊豆の踊子』『雪国』『山の音』『眠れる美女』『古都』等。一九六八年にノーベル文学賞を受賞。一九七二年に自殺。「花ある写真」の初出は一九三〇年の「文學時代」。

一

卵巣を取ってしまったいとこが、僕には一人あります。その手術は、彼女が結婚をし、また男の子を一人産んでからのことでした。

卵巣がなくなると、彼女は急に太り出しました。そして、もうそれ以上太りようがなくなった、ちょうどその時に——全くこれは、海のけだもののように張りつめた脂肪が、彼女の体のなかの魂を押しつぶしてしまったのでしょうか——彼女は少し気がちがって、今度は急に痩せて来ました。

それから色のどす黒い女になってしまいました。

——これらの彼女の移り変りは、僕が少年時代のことでありました。少年の僕が大変悲しんだことでありました。

なぜかといえば、僕は彼女と山寺へお参りをしたことがあったからです。

その頃、彼女は女学生でありました。僕は幼い子供でありました。僕は彼女に手を引かれておりました。僕は彼女の頤《あご》を見上げながら歩いておりました。いや、見上げてばかり歩いていたらしいのです。彼女の頤の白くやわらかい膨らみのほかには、僕は山寺も、そこへ行く道も、また彼女の顔も、何一つ憶えていないのです。

木蓮の花びらのような、また白い半月のような――しかし、もっと温いものですね、霧の夜の乳色の街燈のように――とにかく彼女のその白い円みは、思い出す度に、僕をいつでも子供心にしてくれます。

僕はもう一度、美しい娘の頤を子供心で見上げてみたいと思います。

二

けれども、僕のいとこが手術をした時には、彼女の子供がもう五つ六つになっていたのです。無論、僅か十七のみさ子とは、すっかり話がちがいます。ただしかし、卵巣を取るということについての、僕の感情は、いとこの場合から生まれて来ているにはちがいないのです。だから尚のこと――だって、そうではありませんか、みさ子が若い娘であっただけに尚のこと、彼女の手術は僕の感情を染めたのでありましょう。彼女の写真を取ってやったりしたのも、そのためでありましょう。

ところがその写真です。

現像してみると、彼女の姿と一しょに、七つの花がぼんやり浮んで来たではありませんか。

ある大学病院のコンクリイトの屋上に、みさ子は立っていたのです。遠景には高架線と街がありました。僕の写真機では、その時のピントの合せ方では、そんな遠さのものの形が写るはずはありませんし、事実また写ってもおりませんでした。しかし、たとえ高架線や街が写ったにしたところで、花は写るわけがないのです。花はどこにもなかったのですから。

それなら、二重写しなのでしょうか。僕がまちがって、同じ乾板を二度使ったのでしょうか。しかし、僕は花を写した憶えはありませんでした。

してみると、考えられるただ一つの場合は、僕の知らないうちに、誰かが僕の写真機を使ったのです。その人が花を写した乾板で、僕がまたみさ子を写したのです。それもしかし、現像された乾板を一目見ると、そうではないということが分るのです。七つの花はそれぞれちがった距離にありましたから。その花のうちのどの一つにも、ピントが合っていませんし、ちょうど飛んでいる蝶々を写したように、花の枝も、花の器もありませんでしたから。

三

ほんとうにそれは、飛んでいる蝶々のような花でありました。藤の花か、豌豆《えんどう》の花か——とにかく、房を思わせる花であるらしいのです。なんの花とははっきりいうには、形がぼんやりしているのです。

しかしその花も、空を飛んではいるのですね。――いや、空に漂っているいきものはないから、飛んでいるというので、漂っているという方が正しい感じのようでした。

その写真を見て、僕は考えたのですよ。花という花は、ことごとく散り落ちてしまうものです。けれども、もし花が、枝や茎を離れるやたちまち昆虫となって、空をひらひら飛び廻るならば、大変愉快なことにちがいないとね。

ちょっとまあ、そういういきものらしい感じが、その写真の花にはありました。

ここで新しい疑いが起ります。写真に写っているのは、花のように見えるが、実は蝶々ではないでしょうか。それは緑の新しい、昆虫の季節ではありましたし。

とにかく僕は同じ場所から改めて写真を取ってみることにしました。高架線や街やの景色がすっかり写るように、今度はピントの定め方を変えてです。そして、みさ子なしにです。

――花は写りませんでした。

肉眼で眺めても、病院の屋上からそのような花は見えませんでした。

この前の写真は、妙な花がぼんやり写ってしまって、大変すまないんですが、もう一度写しますからと、僕は結局みさ子にわびるよりしかたがなかったのです。

あら、私こんな眼になってしまいましたの？

みさ子は施療患者なのです。施療患者なぞというものは、鏡を余り見ないものでしょうか。

彼女は自分の写真に驚いているようでありました。

四

ここにまた――と、僕は語気を強めるのですが、美しい令嬢がありました。

その美しさと、派手な身なりとで彼女はずいぶんと目立っておりました。それが六ヶ月も入院しているので、尚のことでした。

彼女には婚約者があるのだそうです。――そして彼女は、病院で結婚を待っているのでありました。もっとはっきりいえば、彼女は立派な卵巣を待っているのでありました。

いよいよ、あの娘さんが、と、病院の廊下で看護婦が僕にいいました。頭にかぶった白い花のような布で、みさ子の後姿を指しながらです。

九号室のお嬢さまに結婚させてあげそうでございます。

手術はもうすんだのですか。

明日だそうでございます。

僕は足を早めて、みさ子を追い越すと直ぐ看護婦に、あの娘さんはまだ子供らしいではありませんか。

十七だそうでございます。

それがどうして卵巣を取るのです。

そうでございますね、あの娘さんは施療の方ですから、何か可哀想なわけがございましょう。

あれでもう結婚したことがあるのですか。結婚しなくとも――子供の出来るようなことが？

御免なさいまし、患者の秘密のようなことを言いまして。――でも、きっとあの方の境遇のためじゃございませんでしょう。この病院では医学上の理由でなければ、どんな手術だって、いたさないはずでございます。

自分の卵巣を、あのお嬢さんにくれてやるのだということをですね――娘さんは知っているんですか。

多分知らないのでございましょう。くれる方も、貰う方も、医者から申しますれば、ただの卵巣で――どの女のものでもございませんのでしょう？

五

ただの卵巣で？

なるほどと、僕は鋭い美しさに打たれて、屋上庭園へ登って行ったものです。高架線を黒い貨物列車が通っていました。

卵巣が英雄なのか。医者が英雄なのか。はたまた、令嬢が英雄なのか。――とにかくこの手術には、一匹の新しい英雄がひそんでいると、僕は思ったのでありました。

二つの手術台です。そのそれぞれに、若い女が真裸で横たわっています。魔睡剤で眠ります。同じように腹を切り開かれます。そして、彼女等が眼を醒ますまでに、第一の女の卵巣が、第二の女の腹の中へ移されてしまっています。

令嬢は貧しい娘のその卵巣で結婚をします。――子供を産みます。子供は誰の子供でしょうか。令嬢のですか、みさ子のですか。

ただの卵巣で――どの女のものでもございませんのでしょう、と、看護婦はうまいことを言ったものです。僕はその真似をしてみますと、ただ一人の子供で――どの母のものでもないのでしょう？

けれども、病院の標本室のガラス罎《びん》の中で、アルコオル漬けになって死ぬのと、令嬢と一しょに結婚をし、子供を作るのと――これはみさ子の卵巣にとって、大変ちがった二つの運命です。

つまり、一個または二個の卵巣の来し方、行く末について、屋上庭園でぼんやり、考え過ぎていたのでしょうか。いつの間にか、僕は初夏の夕暮前の甘寂しい疲れに、つつまれてしまったとみえます。だっておしまいには、いかにも投げやりな考えに、落ち込んでいたのですから。

二つの運命——どっちだって、たいした変りはない。印度の虎の肉を組織していた物質が、いつ僕の心臓の組織の中へ入り込まないものでもなし、アルコオル罎の中で、永久に死んでいる物質なんて、この世にありはしない。

六

しかしここに、僕には不思議なことがあるわけです。

もっと、変った手術をお受けになる、御婦人だってございますわ、と、看護婦は僕に言ってくれるのです。医学上の手術をですね、余りに詩人的な感情でいじくり廻している僕を哀れむかのようになんです。

勿論この哀れみは、僕の急所を突いていたにはちがいないでしょう。なぜかって、貧しい娘の卵巣を奪い取ってまで、自分の結婚を健康にしようとする強い令嬢——僕は彼女をこの手術のために、どうやらひそかに恋するようになっていたらしいからです。

あのお嬢さんは、これまでに一度結婚したことがあるんじゃないですか。卵巣が悪くて離縁になったのでしょう。

いいえ、ほんとうのお嬢さまでございます。お年もまだ二十前かと思います、と、看護婦はいわゆる患者の秘密のために、嘘をついていそうにもないのです。

ところが、僕がその令嬢を好きになったのは、卵巣のためだとも言えるのですが、それはまあふとした感情の狂いで、取るに足らないとしてもです。その手術の結果は、女としての令嬢に、どのような光を加えるか、僕には想像出来ないのです。みめ形や気だても、変るにきまっています。

としてみると、卵巣をなくした方のみさ子はどうなりましょうか。僕の頭には、いとこの場合が思い浮びます。

人間には魂というものがあるかないか——そんなことは、女には卵巣があるかないかと考えたことがないのと同じように、僕は考えてみたことがありません。けれども、この二人の女の場合だけを見ると、僕には不思議なわけですが、卵巣とは女の魂であったのでしょうか。

七

思いちがいをしないで下さい。卵巣は女のしるしだから、女の魂だなんて、そんなしゃれみたいなことを、僕は言いたいのではないのですよ。

卵巣はみさ子の腹から令嬢の腹に移っても、卵巣としての働きを生き続けております。一個の独立した、いきもののようではありませんか。これを看護婦に言わせると、ただの卵巣で——どの女のものでもございませんのでしょう。

さて、その卵巣を魂としてみますと、ただ一個の魂で――誰のものでもないのでしょう。ということになりはしないですか。もしみさ子の魂が、彼女から令嬢に移っても、魂としての働きを生き続けるならば――なるほどこれは、花が昆虫となって空を飛ぶのと同じように、なかなか愉快だと、僕には思われるのです。

そこで――といっては、話が少し飛び過ぎますが。とにかく、卵巣を奪い取った令嬢が僕をひきつけたとすれば、卵巣を奪われたみさ子も、僕をひきつけるのがあたりまえです。

病室から先きに出歩けるようになったのは、みさ子でありました。彼女は痩せておりました。指先が時々ふるう娘でありました。僕は間もなく彼女の写真を撮るほどの知り合いとなりました。

今度は壁の前に立って下さい。あんな花のようなものが写ったりしないようにね。

彼女は瞼が気になるようでありました。それの開き加減をいろいろにやってみて、とうとう目を伏せてしまいました。曇り日です。まぶしい光はないのです。

けれどもどうでしょう。現像してみると、今度は大輪の花のかわりに、光が入っているのです。鋭い刃のような光が幾筋も、彼女のうしろに入り乱れて浮んでいるのです。

その頃看護婦が言っておりました。

あの娘さんは寝つきが悪いそうで、枕もとについていてあげる人の手のひらに、仮名文字を書きながら眠るんだそうでございますよ。

なんと書くのです。
なんと書くのでございますか。

八

僕がみさ子を引き取ることになりました。入院中の妻——言わない方がよさそうなほど、彼女は散文的な病いですが、脚気と胃病を患って、長いこと病院にいます。——その妻にも引き合せて僕の家へ帰ったのは、もう夜の十時過ぎでありました。

梅雨のような雨が二日つづいておりました。門口の戸の裾が濡れておりました。それをぎしぎしあけようとする僕を、みさ子は瞬きもせずに見ているのです。僕は腹が立ちました。その力でしょう。僕は戸の辷《すべ》るのといっしょに、よろつきました。

すると、かたかたかたかたかた——二階から梯子段を、木の玉のようなものが転げ落ちて来る音なのです。鼠か——と思うまもなく、玄関の上に焔が燃えているのです。僕はみさ子を抱き寄せていました。暗いのです。焔は襖にぶっつかる音がして、吸われるように消えました。ちょっと、病院へ電話をかけてみるからね、と、僕は自分の声で、はじめて恐ろしさに気がついたほどです。

奥さん？　奥さんならお変りありません。ただ今は看護婦に本を読ませていらっしゃるのが、私に分ります。

とにかく心配だからね。一人でいるのがこわかったら、疲れてるだろうが、自働電話まで来てくれないか。

門を出てみると、みさ子の額にはいっぱい汗の玉が浮んでいるではありませんか。それでよく歩けたと思います。

妻はみさ子の言う通りでした。

僕の家で、みさ子が第一番に目をつけたのは、鏡台でありました。

私、鏡を見てもようございます?

しかし、彼女がそれを言い終らないうちに、鏡台は宙に浮いて、一尺ほどこちらへ飛んで来たのでありました。

九

僕の家は長い坂の上にあります。僕は外出好きですが、勤人《つとめにん》ではありませんから、出る時も、帰る時も、でたらめなのです。

にもかかわらず、僕が坂の下まで帰って来ると、みさ子はいつでも坂の上から下りて来るのです。坂の中ほどで出会います。

お帰りなさいまし、と、ちょっとはにかんでから眼をそらせて、そのまま坂を登って行くのです。

僕の帰って来るのが分って、必ず道まで出迎えてくれるということは――彼女をたまらなく寂しいものにします。僕のことばかりを考えているからこそ、そういうことも出来るのにちがいないではありませんか。坂を登り切ってしまうまでに、僕が彼女をいとしく思うようになったところで、不思議はありますまい。

僕は彼女に訊きたいことが、あり余るほどありました。――なぜ卵巣を取ったか。結婚のようなものをしたことがあるか。精神病であるか。彼女の卵巣が、令嬢の腹の中へ移って、結婚することを知っているか。

しかし、そういう問いは、うっかりすると彼女の痛いところに触れるでしょうし――そうです、彼女は僕のうちへ来てから、いつも綺麗に桃割髪に結っておりました。妻の化粧品を使ってもよいと言ったら、彼女は喜んでお化粧をしたにちがいありません。そのように、それはまことに女らしい感じの桃割髪であったのです。けれどもこの女らしさは、焰の消える前の美しさ、あれではなかろうかと、僕には思われてならなかったのです。僕のいとこのようにです。みさ子も太って、気が変になって、痩せて、どす黒い女になってしまうものなら。

今のうちに、みさ子の美しい顎《あご》を、下から見上げておかねば可哀想でしょう。

十

突然、部屋中に鈴が鳴り渡ったり、焔が燃えたり、帽子が走り廻ったり、机が飛び上ったり——そういうことは、みさ子が来てからというもの、僕の家では一向珍らしいことではなくなってしまいました。

けれどもただ、例えば僕が、お前はひとの手に字を書くと、直ぐ寝つけるのだってね、と言いながら彼女の枕もとに、手のひらを突き出した時なんかです。冷やりと、彼女でないものが、僕の手に触れたりする——これにはさすが僕も驚くのでありました。

あら、花が、花がいっぱいです、と、僕の写真機をじっとのぞきこんでいた彼女が、声を立てたこともありました。その乾板を現像してみると、いかにも花が一ぱい、ぼんやりと浮んで来るのでありました。

それらのことが、彼女の失われた卵巣と、果して何かの関係があるか、それは僕には分らないことです。けれども、彼女の卵巣の結婚は日々に近づいているのでありました。

海に行こう。僕が空を見て、そう思った七月の朝でした。僕は空を一そうよく見るために表へ出て、ついでに新聞を拾って来たのです。

ところが、その三つの新聞をみさ子の部屋に投げ込むと、どうしたわけでしょう、一つだけがいきなり立ち上って、彼女の寝床の上を飛び廻るのです。彼女はまだ眠っていたのでありました。

僕はその新聞の落ちつくのを待っていました。そして開いてみたのです。

そうだったか。——と、僕が思わずつぶやいたというのは、あの令嬢の婚礼の写真が出ているのです。

この写真にも花があります。これは本物の花であります。だが、この婚礼は虚偽だ。しかし静かに考えてみると、これは真実である。

僕はみさ子の静かな寝顔に見入りました。そして、そこに澄み通った悲しみを見出しそうになった時に、あわてて彼女を揺り起したのでありました。

婚礼の夢を見てたんだろう。

ええ。

お前も結婚をするんだよ。さあ。

しかし、彼女は少しもびっくりしないのでありました。僕に抱かれたことにです。しかしまたこれは僕でなくどんな男にであっても、彼女はびっくりしないのでありましたでしょうか。

「だまされてますよ」

小川洋子・解説エッセイ

アンバランスな小説が好きだ。落ち着きよく形を整えられ、きれいに掃き清められた庭より、落葉樹も常緑樹も、花も蔓も苔も、池も噴水も、全部が好き放題にやっている庭の方が、散歩してみたくなる。できれば自分もそういう庭のある家に住みたいと思う。家に帰るたび、茂みの奥から何が迎えに飛び出してくるか、予測がつかないような家だ。

この小説の最もアンバランスなところは、唯一名前を与えられ、その分特別な扱いを受けている、みさ子という女性ではなく、その他の名前もない女性たちの方が魅惑的な点にある。卵巣を取ってしまい、紆余曲折を経て最後にはどす黒くなったいとこ。卵巣を移植して結婚式を挙げる令嬢。「どの女のものでもございませんのでしょう?」という名台詞を残す看護婦。「散文的な病い」のために入院生活を送っている妻。みさ子より、彼女たちの方が私にはずっと気に掛かる。

しかし主人公の「僕」は私の要求になどお構いなしに、他の女性陣を置き去りにして、みさ子ばかりをどんどん物語の中央へと引っ張ってゆく。みさ子は抵抗するどころかすんなりと家へ上がり込み、早速妻の鏡台を使いはじめる始末。

「あなた、だまされてますよ」

私は主人公の耳元に向かって、そうささやきたいほどだった。

アンバランスな小説を書くのは決して易しいことではない。秩序がなく、手前勝手で辻褄が合わず、わけが分からない小説を書け、と言われたら、私はきっと途方に暮れるだろう。

いよいよみさ子は本領を発揮しはじめる。外出から帰ってくる主人公を、毎日坂の途中まで迎えに出る。その姿はまさに、アンバランスな庭から飛び出してくる小動物ではないか。

「ほら、やっぱり、だまされているんです」

私はしつこく彼に耳打ちする。

春は馬車に乗って

横光利一

横光利一（一八九八―一九四七）

福島県生まれ。早大高等予科在学中から小説を書き始め、一九二三年「日輪」「蠅」で注目を浴びた。川端康成とともに新感覚派の旗手となる。『上海』を執筆後、『機械』で心理主義に転じた。純文学にして通俗文学という『純粋小説論』を唱え、長篇の『旅愁』に取り組んだが未完に終わった。「春は馬車に乗って」の初出は一九二六年の「女性」。

海浜の松が凩《こがらし》に鳴り始めた。庭の片隅で一叢《ひとむら》の小さなダリヤが縮んでいった。

彼は妻の寝ている寝台の傍《そば》から、泉水の中の鈍い亀《かめ》の姿を眺めていた。亀が泳ぐと、水面から輝《て》り返された明るい水影が、乾いた石の上で揺れていた。

「まアね、あなた、あの松の葉がこの頃それは綺麗《きれい》に光るのよ」と妻は云《い》った。

「お前は松の木を見ていたんだな」

「ええ」

「俺は亀を見てたんだ」

二人はまたそのまま黙り出そうとした。

「お前はそこで長い間寝ていて、お前の感想は、たった松の葉が美しく光ると云うことだけなのか」

「ええ、だって、あたし、もう何も考えないことにしているの」

「人間は何も考えないで寝ていられる筈《はず》がない」

「そりゃ考えることは考えるわ。あたし、早くよくなって、シャッシャッと井戸で洗濯がしたくってならないの」

「洗濯がしたい?」

彼はこの意想外の妻の慾望《よくぼう》に笑い出した。

「お前はおかしな奴《やつ》だね。俺に長い間苦労をかけておいて、洗濯がしたいとは変った奴だ」

「でも、あんなに丈夫な時が羨《うらや》ましいの。あなたは不幸な方だわね」

「うむ」と彼は云った。

彼は妻を貰《もら》うまでの四五年に渡る彼女の家庭との長い争闘を考えた。それから妻と結婚してから、母と妻との間に挟まれた二年間の苦痛な時間を考えた。彼は母が死に、妻と二人になると、急に妻が胸の病気で寝て了《しま》ったこの一年間の艱難《かんなん》を思い出した。

「なるほど、俺ももう洗濯がしたくなった」

「あたし、いま死んだってもういいわ。だけども、あたし、あなたにもっと恩を返してから死にたいの。この頃あたし、それはかり苦になって」

「俺に恩を返すって、どんなことをするんだね」

「そりゃ、あたし、あなたを大切にして、……」

「それから」

「もっといろいろすることがあるわ」

——しかし、もうこの女は助からない、と彼は思った。

「俺はそう云うことは、どうだっていいんだ。ただ俺は、そうだね。俺は、ただ、ドイツのミュンヘンあたりへいっぺん行って、それも、雨の降っている所でなくちゃ行く気がしない」

「あたしも行きたい」と妻は云うと、急に寝台の上で腹を波のようにうねらせた。

「お前は絶対安静だ」

「いや、いや、あたし、歩きたい。起してよ、ね、ね」

「駄目だ」

「あたし、死んだっていいから」

「死んだって、始まらない」

「いいわよ、いいわよ」

「まア、じっとしてるんだ。それから、一生の仕事に、松の葉がどんなに美しく光るかって云う形容詞を、たった一つ考え出すのだね」

妻は黙って了った。彼は妻の気持ちを転換さすために、柔らかな話題を選択しようとして立ち上った。

海では午後の波が遠く岩にあたって散っていた。一艘《そう》の舟が傾きながら鋭い岬の尖端《せんたん》を廻っていった。渚《なぎさ》では逆巻く濃藍《のうらん》色《しょく》の背景の上で、子供が二人湯気の立った芋を持って紙屑《かみくず》のように坐《すわ》っていた。

彼は自分に向って次ぎ次ぎに来る苦痛の波を避けようと思ったことはまだなかった。このそれぞれに質を違えて襲って来る苦痛の波の原因は、自分の肉体の存在の最初に於《おい》て働いていたように思われたからである。彼は苦痛を、譬《たと》えば砂糖を甜《な》める舌のように、あらゆる感覚の眼を光らせて吟味しながら甜め尽してやろうと決心した。そうして最後に、どの味が美《う》味《ま》かったか。——俺の身体《からだ》は一本のフラスコだ。何ものよりも、先《ま》ず透明でなければならぬ。と彼は考えた。

ダリヤの茎が干枯《ひから》びた縄のように地の上でむすぼれ出した。潮風が水平線の上から終日吹きつけて来て冬になった。

彼は砂風の巻き上る中を、一日に二度ずつ妻の食べたがる新鮮な鳥の臓物を捜しに出かけて行った。彼は海岸町の鳥屋という鳥屋を片端から訪ねていって、そこの黄色い俎《まないた》の上から一応庭の中を眺め廻してから訊《き》くのである。

「臓物はないか、臓物は」

彼は運好《よ》く瑪瑙《めのう》のような臓物を氷の中から出されると、勇敢な足どりで家に帰って妻の枕《まくら》元《もと》に並べるのだ。

「この曲玉《まがだま》のようなのは鳩《はと》の腎臓《じんぞう》だ。この光沢のある肝臓はこれは家鴨《あひる》の生肝《いきぎも》だ。これはまるで、噛《か》み切った一片の唇のようで、この小さな青い卵は、これは崑崙山《こんろんざん》の翡翠《ひすい》のようで」

すると、彼の饒舌《じょうぜつ》に煽動《せんどう》させられた彼の妻は、最初の接吻《せっぷん》を迫るように、華やかに床の中で食慾のために身悶《みもだ》えした。彼は惨酷《ざんこく》に臓物を奪い上げると、直《す》ぐ鍋《なべ》の中へ投げ込んで了うのが常であった。

妻は檻《おり》のような寝台の格子《こうし》の中から、微笑しながら絶えず湧《わ》き立つ鍋の中を眺めていた。

「お前をここから見ていると、実に不思議な獣《けもの》だね」と彼は云った。

「まア、獣だって、あたし、これでも奥さんよ」

「うむ、臓物を食べたがっている檻の中の奥さんだ。お前は、いつの場合に於ても、どこか、ほのかに惨忍性を湛《たた》えている」

「それはあなたよ。あなたは理智《りち》的で、惨忍性をもっていて、いつでも私の傍から離れたがろうとばかり考えていらしって」

「それは、檻の中の理論である」

彼は彼の額に煙り出す片影のような皺《しわ》さえも、敏感に見逃さない妻の感覚を誤魔化すために、この頃いつもこの結論を用意していなければならなかった。それでも時には、妻の理論は急激に傾きながら、彼の急所を突き通して旋廻することが度々あった。

「実際、俺はお前の傍に坐っているのは、そりゃいやだ。肺病と云うものは、決して幸福なものではないからだ」

彼はそう直接妻に向って逆襲することがあった。

「そうではないか。俺はお前から離れたとしても、この庭をぐるぐる廻っているだけだ。俺はいつでも、お前の寝ている寝台から綱をつけられていて、その綱の画《えが》く円周の中で廻っているより仕方がない。これは憐《あわ》れな状態である以外の、何物でもないではないか」

「あなたは、あなたは、遊びたいからよ」と妻は口惜《くや》しそうに云った。

「お前は遊びたかないのかね」

「あなたは、他の女の方と遊びたいのよ」

「しかし、そう云うことを云い出して、もし、そうだったらどうするんだ」

そこで、妻が泣き出して了うのが例であった。彼は、はッとして、また逆に理論を極めて物柔らかに解きほぐして行かねばならなかった。

「なるほど、俺は、朝から晩まで、お前の枕元にいなければならないと云うのはいやなのだ。それで俺は、一刻も早く、お前をよくしてやるために、こうしてぐるぐる同じ庭の中を廻っているのではないか。これには俺とて一通りのことじゃないさ」

「それはあなたのためだからよ。私のことを、一寸《ちよつと》もよく思ってして下さるんじゃないんだわ」

彼はここまで妻から肉迫されて来ると、当然彼女の檻の中の理論にとりひしがれた。だが、果して、自分は自分のためにのみ、この苦痛を嚙み殺しているのだろうか。

「それはそうだ、俺はお前の云うように、俺のために何事も忍耐しているのにちがいない。しかしだ、俺が俺のために忍耐していると云うことは、一体誰故《だれゆえ》にこんなことをしていなければ、ならないんだ。俺はお前さえいなければ、こんな馬鹿《ばか》な動物園の真似《まね》はしていたくないんだ。そこをしていると云うのは、誰のためだ。お前以外の俺のためだとでも云うのか。馬鹿馬鹿しい」

こう云う夜になると、妻の熱は定《きま》って九度近くまで昇り出した。彼は一本の理論を鮮明にしたために、氷嚢《ひょうのう》の口を、開けたり閉めたり、夜通ししなければならなかった。

しかし、なお彼は自分の休息する理由の説明を明瞭《めいりょう》にするために、この懲《こ》りるべき理由の整理を、殆《ほとん》ど日日し続けなければならなかった。彼は食うためと、病人を養うためとに別室で仕事をした。すると、彼女は、また檻の中の理論を持ち出して彼を攻めたてて来るのである。

「あなたは、私の傍をどうしてそう離れたいんでしょう。今日はたった三度よりこの部屋へ来て下さらないんですもの。分っていてよ。あなたは、そう云う人なんですもの」

「お前と云う奴は、俺がどうすればいいと云うんだ。俺は、お前の病気をよくするために、薬と食物とを買わなければならないんだ。誰がじっとしていて金をくれる奴があるものか。お前は俺に手品でも使えと云うんだね」

「だって、仕事なら、ここでも出来るでしょう」と妻は云った。

「いや、ここでは出来ない。俺はほんの少しでも、お前のことを忘れているときでなければ出来ないんだ」

「そりゃそうですわ。あなたは、二十四時間仕事のことより何も考えない人なんですもの、あたしなんか、どうだっていいんですわ」

「お前の敵は俺の仕事だ。しかし、お前の敵は、実は絶えずお前を助けているんだよ」

「あたし、淋《さび》しいの」

「いずれ、誰だって淋しいにちがいない」

「あなたはいいわ。仕事があるんですもの。あたしは何もないんだわ」

「捜せばいいじゃないか」

「あたしは、あなた以外に捜せないんです。あたしは、じっと天井を見て寝てばかりいるんです」

「もう、そこらでやめてくれ。どちらも淋しいとしておこう。俺には締切りがある。今日書き上げないと、向うがどんなに困るかしれないんだ」

「どうせ、あなたはそうよ。あたしより、締切りの方が大切なんですから」

「いや、締切りと云うことは、相手のいかなる事情をも退けると云う張り札なんだ。俺はこの張り札を見て引き受けて了った以上、自分の事情なんか考えてはいられない」

「そうよ、あなたはそれほど理智的なのよ。いつでもそうなの、あたし、そう云う理智的な人は、大嫌い」

「お前は俺の家の者である以上、他から来た張り札に対しては、俺と同じ責任を持たなければならないんだ」

「そんなもの、引き受けなければいいじゃありませんか」

「しかし、俺とお前の生活はどうなるんだ」

「あたし、あなたがそんなに冷淡になる位なら、死んだ方がいいの」

するとと、彼は黙って庭へ飛び降りて深呼吸をした。それから、彼はまた風呂敷《ふろしき》を持って、その日の臓物を買いにこっそりと町の中へ出かけていった。

しかし、この彼女の「檻の中の理論」は、その檻に繋《つな》がれて廻っている彼の理論を、絶えず全身的な興奮をもって、殆ど間髪《かんぱつ》の隙間《すきま》をさえも洩《も》らさずに追っ駈《か》けて来るのである。このため彼女は、彼女の檻の中で製造する病的な理論の鋭利さのために、自身の肺の組織を日日加速度的に破壊していった。

彼女の曾《かつ》ての円く張った滑らかな足と手は、竹のように痩《や》せて来た。胸は叩《たた》けば、軽い張子のような音を立てた。そうして、彼女は彼女の好きな鳥の臓物さえも、もう振り向きもしなくなった。

彼は彼女の食慾をすすめるために、海からとれた新鮮な魚の数々を縁側に並べて説明した。

「これは鮟鱇《あんこ》で踊り疲れた海のピエロ。これは海老《えび》で車海老、海老は甲冑《かっちゅう》をつけて倒れた海の武者。この鰺《あじ》は暴風で吹きあげられた木の葉である」

「あたし、それより聖書を読んでほしい」と彼女は云《い》った。

彼はポウロのように魚を持ったまま、不吉な予感に打たれて妻の顔を見た。

「あたし、もう何も食べたかないの、あたし、一日に一度ずつ聖書を読んで貰いたいの」

そこで、彼は仕方なくその日から汚《よご》れたバイブルを取り出して読むことにした。

「エホバよわが祈りをききたまえ。願くばわが号呼《さけび》の声の御前にいたらんことを。わが窮苦《なやみ》の日、み顔を蔽《おお》いたもうなかれ、なんじの耳をわれに傾け、我が呼ぶ日にすみやかに我にこたえたまえ。わがもろもろの日は煙のごとく消え、わが骨は焚木《たきぎ》のごとく焚《やか》るるなり。わが心は草のごとく撃《うた》れてしおれたり。われ糧《かて》をくらうを忘れしによる」

しかし、不吉なことはまた続いた。或《あ》る日、暴風の夜が開けた翌日、庭の池の中からあの鈍い亀《かめ》が逃げて了っていた。

彼は妻の病勢がすすむにつれて、彼女の寝台の傍からますます離れることが出来なくなった。彼女の口から、啖《たん》が一分毎《ごと》に出始めた。彼女は自分でそれをとることが出来ない以上、彼がとってやるよりとるものがなかった。また彼女は激しい腹痛を訴え出した。咳《せき》の大きな発作が、昼夜を分《わか》たず五回ほど突発した。その度に、彼女は自分の胸を引っ掻《か》き廻して苦しんだ。彼は病人とは反対に落ちつかなければならないと考えた。しかし、彼女は、彼が冷静になればなるほど、その苦悶《くもん》の最中に咳を続けながら彼を罵《ののし》った。

「人の苦しんでいるときに、あなたは、あなたは、他《ほか》のことを考えて」

「まア、静まれ、いま呶鳴《どな》っちゃ」

「あなたが、落ちついているから、憎らしいのよ」

「俺が、今狼狽《あわ》てては」

「やかましい」

彼女は彼の持っている紙をひったくると、自分の啖を横なぐりに拭《ふ》きとって彼に投げつけた。

彼は片手で彼女の全身から流れ出す汗を所を択《えら》ばず拭きながら、片手で彼女の口から咳出す啖を絶えず拭きとっていなければならなかった。彼の蹲《しゃが》んだ腰はしびれて来た。彼女は苦しまぎれに、天井を睨《にら》んだまま、両手を振って彼の胸を叩き出した。汗を拭きとる彼のタオルが、彼女の寝巻にひっかかった。すると、彼女は、蒲団《ふとん》を蹴《け》りつけ、身体をばたばた波打たせて起き上ろうとした。

「駄目だ、駄目だ、動いちゃ」

「苦しい、苦しい」

「落ちつけ」

「苦しい」

「やられるぞ」

「うるさい」

彼は楯《たて》のように打たれながら、彼女のざらざらした胸を撫《な》で擦《さす》った。

しかし、彼はこの苦痛な頂天に於てさえ、妻の健康な時に彼女から与えられた自分の嫉妬《しっと》の苦しみよりも、寧《むし》ろ数段の柔かさがあると思った。してみると彼は、妻の健康の肉体よりも、この腐った肺臓を持ち出した彼女の病体の方が、自分にとってはより幸福を与えられていると云うことに気がついた。

——これは新鮮だ。俺はもうこの新鮮な解釈によりすがっているより仕方がない。

彼はこの解釈を思い出す度に、海を眺めながら、突然あはあはと大きな声で笑い出した。

すると、妻はまた、檻の中の理論を引き摺《ず》り出して苦々しそうに彼を見た。

「いいわ、あたし、あなたが何《な》ぜ笑ったのかちゃんと知ってるんですもの」

「いや、俺はお前がよくなって、洋装をきたがって、ぴんぴんはしゃがれるよりは、静に寝ていられる方がどんなに有難いかしれないんだ。第一、お前はそうしていると、蒼《あお》ざめていて、気品がある。まア、ゆっくり寝ていてくれ」

「あなたは、そう云う人なんだから」

「そう云う人なればこそ、有難がって看病が出来るのだ」

「看病看病って、あなたは二言目には看病を持ち出すのね」

「これは俺の誇りだよ」

「あたし、こんな看病なら、して欲しかないの」

「ところが、俺が譬《たと》えば三分間向うの部屋へ行っていたとする。すると、お前は三日も抛《ほ》ったらかされたように云うではないか、さア、何とか返答してくれ」

「あたしは、何も文句を云わずに、看病がして貰《もら》いたいの。いやな顔をされたり、うるさがられたりして看病されたって、ちっとも有難いと思わないわ」

「しかし、看病と云うのは、本来うるさい性質のものとして出来上っているんだぜ」

「そりゃ分っているわ。そこをあたし、黙ってして貰いたいの」

「そうだ、まあ、お前の看病をするためには、一族郎党を引きつれて来ておいて、金を百万円ほど積みあげて、それから、博士を十人ほどと、看護婦を百人ほどと」

「あたしは、そんなことなんかして貰いたかないの、あたし、あなた一人にして貰いたいの」

「つまり、俺が一人で、十人の博士の真似と、百人の看護婦と、百万円の頭取の真似をしろって云うんだね」

「あたし、そんなことなんか云ってやしない。あたし、あなたにじっと傍にいて貰えば安心出来るの」

「そら見ろ、だから、少々は俺の顔が顰《ゆが》んだり、文句を云ったりする位は我慢しろ」

「あたし、死んだら、あなたを怨《うら》んで怨んで、怨んで、そして死ぬの」

「それ位のことなら、平気だね」

妻は黙って了《しま》った。しかし、妻はまだ何か彼に斬《き》りつけたくてならないように、黙って必死に頭を研ぎ澄しているのを彼は感じた。

しかし彼は、彼女の病勢を進ます彼自身の仕事と生活のことを考えねばならなかった、だが、彼は妻の看病と睡眠の不足から、だんだんと疲れて来た、彼は疲れれば疲れるほど、彼の仕事が出来なくなるのは分っていた。彼の仕事が出来なければ出来ないほど、彼の生活が困り出すのも定《きま》っていた。それにも拘《かかわ》らず、昂進《こうしん》して来る病人の費用は、彼の生活の困り出すのに比例して増して来るのは明かなことであった。然《しか》も、なお、いかなることがあろうとも、彼がますます疲労して行くことだけは事実である。

――それなら俺は、どうすれば良いのか。

――もうここらで俺もやられたい。そうしたら、俺は、なに不足なく死んでみせる。

彼はそう思うことも時々あった。しかし、また彼は、この生活の難局をいかにして切り抜けるか、その自分の手腕を一度はっきり見たくもあった。彼は夜中起されて妻の痛む腹を擦《さす》りながら、

「なお、憂《う》きことの積《つも》れかし、なお憂きことの積れかし」

と呟《つぶや》くのが癖になった。ふと彼はそう云う時、茫々《ぼうぼう》とした青い羅紗《らしゃ》の上を、撞《つ》かれた球《たま》がひとり飄々《ひょうひょう》として転がって行くのが目に浮んだ。

――あれは俺の玉だ、しかし、あの俺の玉を、誰がこんなに出鱈目《でたらめ》に突いたのか。

「あなた、もっと、強く擦ってよ、あなたは、どうしてそう面倒臭がりになったのでしょう。

もとはそうじゃなかったわ。もっと親切に、あたしのお腹《なか》を擦って下さったわ。それだのに、この頃は、ああ痛、ああ痛」と彼女は云った。

「俺もだんだん疲れて来た。もう直《す》ぐ、俺も参るだろう。そうしたら、二人がここで呑気《のんき》に寝転んでいようじゃないか」

するると、彼女は急に静になって、床の下から鳴き出した虫のような憐《あわ》れな声で呟いた。

「あたし、もうあなたにさんざ我ままを云ったわね。もうあたし、これでいつ死んだっていいわ。あたし満足よ。あなた、もう寝て頂戴《ちょうだい》な。あたし我慢をしているから」

彼はそう云われると、不覚にも涙が出て来て、撫でてる腹の手を休める気がしなくなった。


庭の芝生が冬の潮風に枯れて来た。硝子戸《ガラスど》は終日辻馬車《つじばしゃ》の扉のようにがたがたと慄《ふる》えていた。もう彼は家の前に、大きな海のひかえているのを長い間忘れていた。

或る日彼は医者の所へ妻の薬を貰いに行った。

「そうそう。もっと前からあなたに云おう云おうと思っていたんですが」

と医者は云った。

「あなたの奥さんは、もう駄目ですよ」

「はア」

彼は自分の顔がだんだん蒼ざめて行くのをはっきりと感じた。

「もう左の肺がありませんし、それに右も、もう余程進んでおります」

彼は海辺に添って、車に揺られながら荷物のように帰って来た。晴れ渡った明るい海が、彼の顔の前で死をかくまっている単調な幕のように、だらりとしていた。彼はもうこのまま、いつまでも妻を見たくないと思った。もし見なければ、いつまでも妻が生きているのを感じていられるにちがいないのだ。

彼は帰ると直ぐ自分の部屋へ這入《はい》った。そこで彼は、どうすれば妻の顔を見なくて済まされるかを考えた。彼はそれから庭へ出ると芝生の上へ寝転んだ。身体《からだ》が重くぐったりと疲れていた。涙が力なく流れて来ると枯れた芝生の葉を丹念にむしっていた。

「死とは何だ」

ただ見えなくなるだけだ、と彼は思った。暫《しばら》くして、彼は乱れた心を整えて妻の病室へ這入っていった。

妻は黙って彼の顔を見詰めていた。

「何か冬の花でもいらないか」

「あなた、泣いていたのね」と妻は云った。

「いや」

「そうよ」

「泣く理由がないじゃないか」

「もう分っていてよ。お医者さんが何か云ったの」

妻はそうひとり定めてかかると、別に悲しそうな顔もせずに黙って天井を眺め出した。彼は妻の枕元《まくらもと》の籐椅子《とういす》に腰を下ろすと、彼女の顔を更《あら》めて見覚えて置くようにじっと見た。

――もう直ぐ、二人の間の扉は閉められるのだ。

――しかし、彼女も俺も、もうどちらもお互に与えるものは与えてしまった。今は残っているものは何物もない。

その日から、彼は彼女の云うままに機械のように動き出した。そうして、彼は、それが彼女に与える最後の餞別《せんべつ》だと思っていた。

或る日、妻はひどく苦しんだ後で彼に云《い》った。

「ね、あなた、今度モルヒネを買って来てよ」

「どうするんだね」

「あたし、飲むの、モルヒネを飲むと、もう眼が覚めずにこのままずっと眠って了うんですって」

「つまり、死ぬことかい？」

「ええ、あたし、死ぬことなんか一寸《ちょっと》も恐《こわ》かないわ。もう死んだら、どんなにいいかしれないわ」

「お前も、いつの間にか豪《えら》くなったものだね。そこまで行けば、もう人間もいつ死んだって大丈夫だ」

「でも、あたしね、あなたに済まないと思うのよ。あなたを苦しめてばっかりいたんですもの。御免なさいな」

「うむ」と彼は云った。

「あたし、あなたのお心はそりゃよく分っているの。だけど、あたし、こんなに我ままを云ったのも、あたしが云うんじゃないわ。病気が云わすんだから」

「そうだ。病気だ」

「あたしね、もう遺言も何も書いてあるの。だけど、今は見せないわ。あたしの床の下にあるから、死んだら見て頂戴」

彼は黙って了った。——事実は悲しむべきことなのだ。それに、まだ悲しむべきことを云うのは、やめて貰いたいと彼は思った

花壇の石の傍で、ダリヤの球根が掘り出されたまま霜に腐っていった。亀《かめ》に代ってどこからか来た野の猫が、彼の空《あ》いた書斎の中をのびやかに歩き出した。妻は殆《ほとん》ど終日苦しさのために何も云わずに黙っていた。彼女は絶えず、水平線を狙《ねら》って海面に突出している遠くの光った岬ばかりを眺めていた。

彼は妻の傍で、彼女に課せられた聖書を時々読み上げた。

「エホバよ、願くば忿恚《いきどおり》をもて我をせめ、烈《はげ》しき怒りをもて懲《こ》らしめたもうなかれ。エホバよ、われを憐れみたまえ、われ萎《しぼ》み衰うなり。エホバよわれを医《いや》したまえ、わが骨わななき震う。わが霊魂《たましい》さえも甚《いた》くふるいわななく。エホバよ、かくて幾その時をへたもうや。死にありては汝《なんじ》を思い出《い》ずることもなし」

彼は妻の啜《すす》り泣くのを聞いた。彼は聖書を読むのをやめて妻を見た。

「お前は、今何を考えていたんだね」

「あたしの骨はどこへ行くんでしょう。あたし、それが気になるの」

——彼女の心は、今、自分の骨を気にしている。——彼は答えることが出来なかった。

——もう駄目だ。

彼は頭《こうべ》を垂れるように心を垂れた。すると、妻の眼から涙が一層激しく流れて来た。

「どうしたんだ」

「あたしの骨の行き場がないんだわ。あたし、どうすればいいんでしょう」

彼は答えの代りにまた聖書を急いで読み上げた。

「神よ、願くば我を救い給《たま》え。大水ながれ来《きた》りて我たましいにまで及べり。われ立止《たちど》なき深き泥の中に沈めり。われ深水《ふかみず》におちいる。おお水わが上を溢《あふ》れ過ぐ。われ歎《なげ》きによりて疲れたり。わが喉《のど》はかわき、わが目はわが神を待ちわびて衰えぬ」

彼と妻とは、もう萎《しお》れた一対の茎のように、日日黙って並んでいた。しかし、今は、二人は完全に死の準備をして了った。もう何事が起ろうとも恐がるものはなくなった。そうして、彼の暗く落ちついた家の中では、山から運ばれて来る水甕《みずがめ》の水が、いつも静まった心のように清らかに満ちていた。

彼の妻の眠っている朝は、朝毎《あさごと》に、彼は海面から頭を擡《もた》げる新しい陸地の上を素足で歩いた。前夜満潮に打ち上げられた海草は冷たく彼の足にからまりついた。時には、風に吹かれたようにさ迷い出て来た海辺の童児が、生々しい緑の海苔《のり》に辷《すべ》りながら岩角をよじ登っていた。

海面にはだんだん白帆が増していった。海際《うみぎわ》の白い道が日増しに賑《にぎ》やかになって来た。或《あ》る日、彼の所へ、知人から思わぬスイトピーの花束が岬を廻って届けられた。

長らく寒風にさびれ続けた家の中に、初めて早春が匂《にお》やかに訪れて来たのである。

彼は花粉にまみれた手で花束を捧《ささ》げるように持ちながら、妻の部屋へ這入っていった。

「とうとう、春がやって来た」

「まア、綺麗《きれい》だわね」と妻は云うと、頰笑《ほほえ》みながら痩《や》せ衰えた手を花の方へ差し出した。

「これは実に綺麗じゃないか」

「どこから来たの」

「この花は馬車に乗って、海の岸を真っ先きに春を撒《ま》き撒きやって来たのさ」

妻は彼から花束を受けると両手で胸いっぱいに抱きしめた。そうして、彼女はその明るい花束の中へ蒼《あお》ざめた顔を埋めると、恍惚《こうこつ》として眼を閉じた。

馬車と私

小川洋子・解説エッセイ

今までの人生で馬車に乗ったことがあっただろうかと考えてみたら、答えは否だった。子供の頃連れて行ってもらった遊園地にはメリーゴーランドがあり、木馬にまじって二頭立ての馬車も回転していたが、私は絶対に乗らなかった。気持が悪くなるからだった。

「あんたって子は、皆が楽しんでる時に一人青ざめた顔色をして、雰囲気を台無しにしちゃうんだから」

乗り物酔いのひどかった私は、家族でのお出掛けの時、よく母にそう言われた。

ウィーンに行った時、市内を走る観光用の馬車に乗ってみようかと、チケット売場の前まで行ったのだが、予想以上にお値段が高かったのでやめた。

古い西部劇を観ていると、しばしば乗り合い馬車が登場する。てっぺんに荷物をくくりつけ、幌をバタバタさせながら赤茶けたでこぼこ道を走る。途中、なぜか必ず盗賊に襲われる。そういうストーリーになっているのだ。山中に響く馬のいななき、銃声、女性たちの悲鳴、横倒しになる馬車、空回りする車輪。悲劇はここからスタートする。

こうして考えてみると、馬車は決して優雅な乗り物ではないということが分かる。シンデレラの馬車はかぼちゃ製でそのうえ時間限定だったし、現代のシンデレラ、ダイアナ妃がご成婚パレードで乗った馬車は、結局は彼女を悲しい結末へと導いた。

この小説に登場する馬車は、死の床にある妻へ、スウィートピーを運んできた。妻が病に倒れる前、夫婦の間に何があったのか、ここには一切書かれていない。しかし春を乗せてきた馬車に、鳥の臓物のにおいが染み付いていることだけは確かだ。瑪瑙や曲玉や翡翠のようなそのにおいは、ありありとこちらに伝わってくる。

もしこの馬車に私が乗ったら、すぐさま酔ってしまうだろう。そして母に、嫌な顔をされるのだ。

二人の天使

森茉莉

森茉莉（一九〇三―一九八七）

東京生まれ。森鷗外の長女。二度の離婚後、一九五七年、鷗外の回想を集成した随筆集『父の帽子』で日本エッセイスト・クラブ賞を受賞。五十歳を過ぎて作家としてスタートした。小説に『恋人たちの森』（田村俊子賞）『贅沢貧乏』『甘い蜜の部屋』（泉鏡花文学賞）、エッセイに『私の美の世界』『記憶の絵』等。「二人の天使」は一九四九年刊『鷗外選集』第三巻付録に収録。

未里《マリイ》が百日咳《ひやくにちぜき》で、もうあと二十四時間と言われた時であった。父親も母親も、看護婦達も呆然《ぼんやり》して、気が抜けたようになっていた。しかし手当ては簡略にされはしたが怠りなく、半ば無意識のように、続けられていた。いつものように火鉢《ひばち》でお粥《かゆ》を煮ていたお民さんが、召《あ》上《が》りますかしら、と言うように母を見たので、母は未里に顔を寄せて、言った。「お粥を喰《た》べるかい」子供は不明瞭な声で、言った。「牛《ぎゅう》と葱《ねぎ》」母は父と顔を見合った。母親の顔には、食べさせて遣《や》りたい一方、もし助かるのだったらと言う、苦しい躊躇《ちゅうちょ》が現れていた。「よし、精養軒へ電話をおかけ、俺が出る」と父が言った。父親は病人の回復期に転換する場合の、微妙な境界《さかい》に願いをかけて、いた。直るものなら直るだろうと、父は思った。子供は叩き肉のステエキと柔かな葱の煮たものをお粥に添えて、二碗のおかわりをしたが、その食事が転換期をつくったように、子供の病気はその夜から、快方に向った。四五日後であった。もう熱も平熱に近く、子供はあれこれとおかずの注文をして、お粥の膳《ぜん》を枕元に控え、看護婦の手から一匙《ひとさじ》一匙、口へ運んで貰っていた。隣の部屋で、医者の声がしていた。「もう大丈夫でしょう。しかし当分は流動物と言うことに、追い追い柔かなものから上げて下さい」父親は真面目に答えている。秘密を守ることを命じられていた看護婦も、母も、おかしさを抑えていた。少時《しばらく》すると、医者を送った父親が入って来た。「未里《マリイ》は又こんなに喰べています。朽木《くちぎ》さんの仰言《おつしや》るのが聴えておかしくて」看護婦は、糊《のり》の硬い服をごわごわ言わせて笑っている。父親も笑って言った。「よく喰うなあ、よしよし、未里はもう直ぐによくなる。そうして何処《どこ》へでも行かれる」看護婦が起《た》って、障子を開いた。何十日かの間吸入器の湯気と、人々の不安とに濁っていた病室にも、明るい庭の光が差し込み、父親の心も母親の心も、久し振りで軽かった。「普烈《フリッツ》は死んだが、未里は助かった」と父と母との胸の中には切ない喜びが、あった。その前の日は、普烈の柩《ひつぎ》が家を出た日であった。白い衣《きもの》を着せられた小さな亡骸《なきがら》を、もう一度胸に抱き上げた母親は、そうしながら心の中で、思った。「慾《よく》をふかくしてはいけない。普烈は死んだが神様は未里をお返し下さった」と。可哀《かあい》い普烈は小さな白木の柩に入って、家を出た。野辺送りをした人々の胸にも、未里の回癒《かいゆ》が、温い灯《ともしび》を点じていた。生の天使と死の使いとが門の敷居に小さな翅《はね》を休めていた、生の華やかさと、死の寂しさとが人々の胸に交錯した、それは不思議な葬式であった。

普列《フリッツ》

高い熱に冒されて、絶えず苦しげな咳を咳き続ける未里《マリイ》と弟の普烈《フリッツ》とは、隣合せの部屋に寝かされていた。未里は子供心にこの弟を可哀く思っていて、気分がいい日は「普烈ちゃんを伴《つ》れて来て」と言って、見たがった。「はいはい、今日《こんにち》は坊っちゃまもお元気ですよ」、そう言って、額にお猿《さる》のような皺《しわ》を寄せてにこにこしたお民さんは、隣に寝ている普烈をそっと抱き上げて、未里の部屋に来る。赤子にしては大きな、髪の濃い頭と、むくむくと着せられた紅木綿の綿入れの肩とが、地味なお民さんの羽織の腕の中に見えて、近づいて来る。未里は喜んで、「普烈ちゃん、普烈ちゃん」と、呼んだ。普烈は薄い檸檬色《レモンいろ》の顔に、眉が長く一文字に灰色で、眼鼻が繊《ほそ》い線の、美しい顔で未里の心に、残っている。普烈の死後、普烈の小さな胸像は未里のピアノの上に、置かれた。そうして父と母と、未里との、賑《にぎ》やかな、生きている世界の中に、白い、寂しい影を交えていたが、型を取る時、口に綿を詰めた為《ため》に唇《くちびる》が開いているその顔は、見ていて哀れで耐えられなかったので、母親はその胸像を紙で幾重にも包み、押入れに、蔵《しま》った。

蜘蛛《くも》

百日咳の熱が四十度を越えた時、未里《マリイ》は奥の座敷に寝かされていたが、或夜眼を開いて天井を見ていると、天井から蜘蛛が円く輪をつくって落ちて来る。小さな蜘蛛が護謨毬《ゴムまり》程の大きさに足を繋《つな》いで円をつくり、大きな蜘蛛はお月様位もある灰色の円をつくって、フワリ、フワリと、落ちて来る。細長い足で囲むようにしているのが気味悪く、恐ろしい、今にも蜘蛛は蒲団《ふとん》に触れそうだ。「蜘蛛。蜘蛛」未里は叫んだ。母親の手が「大丈夫ですよ。もういませんよ」と言って蒲団の上を軽く払っている。いろいろな大きさをした灰色の、透徹《すきとお》った蜘蛛の球は、あとからあとからと落ちて来た。最も大きな球がいよいよ蒲団の上に附いた時、未里は呻《うめ》き声を上げた。熱に冒された子供の頭を襲った、恐ろしい幻視であった。

鉱物のような作品

小川洋子・解説エッセイ

ある特定の成分が、ある特定の条件にさらされた時、一つの鉱物が誕生する。人間が手出しなどせずとも、自然は自らが持つ設計図に従い、最も抵抗の少ない形を作り上げてゆく。こうして全く無欲に生まれた結晶が、本質的な美を表現する。

以前、こんなお話を鉱物の専門家の先生にうかがったことがある。その時なぜか森茉莉を思い出した。

今目の前にあるものが、ごく自然な成り行きで結晶になる。するとそこから誰も予想しなかった美が光を放ちはじめる。難しいことなど何も為されていない。むしろ結晶はシンプルであろうとしている。なのになぜ今まで誰もその美のありかに気付かなかったのか。不思議でならない。真似をして自分もやってみようとする人間が次々現れるが、結局成功した人は一人もいない。地中深い暗黒に、宝石のような作品を結実させることができるのは、宇宙の中で、森茉莉一人だけなのだ。

「生の天使と死の使いとが門の敷居に小さな翅を休めていた……」

　これが宝石でなくて何だろうか。私は黄鉄鉱やトルマリンやトパーズを手にしたかのように、じっとこの一行に見入ってしまう。これが結晶になるまでの長い時間と、闇の深さを思う。傍らで森茉莉は、何かと何かを混ぜたり引っ付けたり伸ばしたり叩いたりしている訳ではない。ただ黙ってたたずんでいるだけだ。

　誰に教えられたこともないのに、赤ちゃんが生まれてすぐおっぱいを吸えるのと同じように、森茉莉は小説が書ける人なのではないかと思う。おっぱいを吸う赤ちゃんの姿に畏怖を感じ、感動するのと同じものを、私は森茉莉の小説に感じる。

　なぜこんなすごい文章が書けるのか、誰も答えを知らない。どうしてこんなに美しい鉱物を作れるのですか、と尋ねても地球が答えてくれないのと同じだ。

藪塚ヘビセンター

武田百合子

武田百合子（一九二五—一九九三）

横浜生まれ。一九五一年、作家・武田泰淳と結婚。一九七七年『富士日記』を出版、田村俊子賞受賞。『犬が星見た』『遊覧日記』『日日雑記』等。「藪塚ヘビセンター」の初出は一九八六年「挿花」。

浅草発、東武電車準急あかぎ。黒レースの服を着た中年の女が駈け入ってきて、通路をへだてた右隣りに腰かける。財布から一万円札をとり出し、何度も息をふきかけては膝の上で折目をのばし、香典袋に入れると黒い手提袋にしまった。乗客の大半は出張の会社員らしい男たちで、二人三人、組になって発車まぎわに乗り込んできた。坐るとすぐ缶ビールをあけ、会社の話か野球の話をはじめる。館林、足利、太田、次々と男たちは降りて行き、一時間半、急行停車駅とは思えない小ぢんまりした木造の藪塚駅に着く。構内に矢車草が咲きほうけている。一緒に降りた二人の男は改札を先に通っていなくなってしまった。駅員もすぐひっこんでしまった。駅前の案内板を見て、桑畑と麦畑の中の幅広い舗装道路をてくてくと歩く。荷台が銀色の大トラックが、キラキラしながら彼方からやってきて、一瞬、タイヤの摩擦音を残してすれちがうと、しばらく車の影もない。人の姿もない。風が吹いて麦の匂いがする。

桑畑の間の坂を丘の中腹まで上ると、赤土の剥き出た空地に群馬ナンバーの乗用車が三台駐っている。奥に白いアーチの入口。三台、ということは、少なくとも三人は見物にきているのだ。土曜日でない普通の日にだ。案外いいところかもしれない。

数年前、東武電車の中でヘビセンターの広告を見た。それ以来、「世界の蛇がいる」という其処へ、いつか行ってみたいと思っていた。昨日ヘビセンターへ電話で問い合せたところ、年中無休で朝は八時半からやっているという返事に、(もしかしたら、駅のすぐ隣りのものさびしい小屋かなんかで、ちょこっと蛇を見せてくれるだけなんじゃなかろうか、このように一生けん命の会社は)と却《かえつ》て心配になっていたのだ。

へビセンター(正式には、ジャパン・スネークセンター、日本蛇族学術研究所)。入場料一人五百円。

「きれいな蛇いたあ？　俺まだ見つからない」

「俺、赤いの見つけた」

「センセーイ、蛇がかたまってるゥ」

揃いの運動着を着た男女小学生が、傾斜地に何棟かある建物への石段を上り下りしたり、いくつかある水のない小プールのようなものの間をかけずりまわったりしている。お昼弁当のあとの自由時間らしい。

小プールのようなものは、アオダイショウ、ジムグリ、ヤマカガシ、シマヘビなど『身近に見られる蛇の放飼場』だ。コンクリートの囲いのへリが内側へ庇のようにつき出ている。蛇が這い上るのを防ぐためらしい。まん中に灌木と草むらの茂みが作っている。

真上にきた日射しに影を縮めているその茂みから、四十センチばかりの赤茶に黒い縞のあるのが一匹、乾いた赤土の上に滑り出てきて、ぬめぬめした棗形《なつめがた》の頭をかかげた。先が二枚に裂けている細い舌を、あたりの気配を調べるかのように二度三度出し入れしてから、囲いの内側のぐるりに張ってある浅い水溜りへ向って動き出す。

気がつくと、草むらの四方八方から、蛇が姿を現わしていた。そして、黒い縞を紫に光らせて、平らなところでは真直ぐに伸び、わずかな凸凹にも神経質にS字にくねり、ときおり煙のように舌を出し入れしながら、あとになり、さきになりして水溜りへ向って行くのだった。水溜りまできた蛇は顎から尾まで長々と伸ばして気持よさそうに水を呑んだ。水を呑んだあと、体を滑りこませ、とぐろを巻いて顎まで浸る蛇。水溜りを渡って囲いの内側のつるつるした壁を這い上ろうとする蛇。這い上ってずり下がる蛇。相当の高さまで這い上ったけれど、力尽きてハタリと落下、悶える蛇。水溜りを渡るには渡ったけれど、気持が変ってその場でとぐろを巻いて動かなくなる蛇。あきらかに年寄りか病気持ちと分る黒ずんでささくれた蛇。どうしてそんな所で？　と（私には）思える中途半端な場所で死んで干からびている蛇。

「奥さん、袋物お安いですよ」売店には、ハンドバッグ、バンド、靴、草履、印鑑入れ、煙草入れ、財布など、蛇皮製品が並べてある。体にいいという蝮の干物、蝮酒もある。そこの掲示板に「本日の催物、錦蛇との記念撮影」と書いてある。錦蛇を首に巻いて貰って写すのだろうか。私はまだ、大蛇の肌に平手をつけてみたことがない。

子供の時分、キンカクシの上にのって便所の窓から覗くと（多分春から秋にかけてだ）、十文字の青白い花をつけた毒だみやりゅうのひげや笹の生えている日蔭の土手腹を、右（北）から左（南）へ青黒い模様の太い蛇が、遠くの何かにひっぱられているかのように、ゆっくりとおとなしやかに移動して行くのを見ることがあった。家の主《ぬし》だから、そっとしておいてやらなくちゃいけない、と年寄りに言いきかされていたから、息をつめて、尾が消えるまで見送った。そういう日は寝るまで頭の中や眼がどきどきしていて、いつもより宿題なんかもはかどった。

大蛇コーナー（第二生態実験温室）。水飲み場のついた二畳ぐらいの三和土《たたき》の室に、斑紋と条紋、高級絨緞か大昔の壺の色柄をした大蛇が一匹ずついる。どっしりととぐろを巻いて、眼を開けたまま全く動かない。インドニシキヘビ。アミメニシキヘビ。ときどきは広い場所へ出して貰うのだろうか。たまには真直ぐにならないと体に悪いんじゃないだろうか。こんなに大きいのにカナリヤの羽をちぎったような可愛らしいウンコしかしないのだ。

小型ワニも大トカゲも白眼をして肢をへんな恰好にふんばり、横腹をたるませて全く動かない。どんよりと緑青《ろくしょう》色に濁った水槽にいるエラブウミヘビの一匹だけが、粘りを帯びた真鍮色の体を休むことなくくねらせて立泳ぎをしていた。静かだ。全く音がしない。蛇たちには声がないのだ。

毒蛇コーナー（毒蛇集団飼育室）。二十年前の開所記念祝賀会の写真が飾ってある。張子の大蛇を捧げ持って畑の中の道を踊るように行進する地元青年団。藪塚駅前で来賓を迎える小学生鼓笛隊。来賓の中に故徳川夢声氏の元気な顔が見える。

マングローブヘビ、ヤマカガシ、キングコブラ。マムシ。タイコブラ。ハブ。仲間同士、こんがらかって、かたまって、岩のくぼみや木の枝にひっかかっているのが好きらしい。そして、（仲間外れなのか、変りものなのか、当番制なのか）一匹だけが離れて、のろのろと人が歩く速度で動きまわっている。

揚子江マムシは、はじめ肥った一匹かと思って見ていたら、三匹かたまっているのだった。三匹だと思って見ていたら、小学生の男の子がやってきて、一、二、三、四、五六七、七匹いるな、と目ざとく数えて観察ノートに書き入れた。

食堂でチョコモナカというアイスクリームを買って休んだ。がらんとしている。私たちだけだ。まむしから揚げ、まむし蒲焼、しまへびフルコース、まむしフルコース四千五百円、ハブフルコース四千八百円。

農家の家族らしいおじいさんおばあさんと幼女をつれた中年夫婦が入ってきた。どうだ、まむし定食でもとってみるか、と中年の息子が言うと、おじいさんは、とらんでもええ、と言った。その家族もチョコモナカを買って食べる。チョコモナカの銀紙を剝ぎながら、「あーあ、今日は沢山へビ見たなあ」とおじいさんが言った。

「いっぺんになあ。いっぱいいなあ」と、チョコモナカの銀紙を剝ぎながら、おばあさんが言った。

「記念に蝮酒飲もうかな。やめとこうかな」とHは言い、「いままでのあたしは蛇のかもし出す雰囲気は好きでしたが、蛇そのものはキライでした。でも妙なものですね。これで家《うち》へ帰ると、すぐまた来たくなるような気持になりそう。自分で自分に自信がなくなりました」などと、いやに改まった口調で言う。

そして私はといえば、最後の資料館に入って、アメリカ大陸最大の蛇アナコンダの骨と、インドコブラの骨を見たとき（アナコンダは水中を泳ぐ態《さま》に、インドコブラは虚空に牙を剝く態《さま》に仕立ててある）、ほかのものは手足なんかあって、ごたごたしていて汚ない!! と、急にほかのものを馬鹿にし、蛇を讃える気持が湧き起った。蛇のさまざまな交尾写真には簡単で適切な名文句の説明がついている。〈 〉内が説明文の一部。

①出会い

②抱擁〈全身が縄のように絡まって交接する。手足のない蛇にはこれしかテがない〉

③愛の交換〈ながいながい愛の交換〉

「〈ながいながい愛の交換〉だって——いいなあ」と、Hが言った。

小川洋子・解説エッセイ

ありのままの世界

アルマジロ、豆ジカ、鎧地ネズミ、オオアリクイ、イソギンチャク……。

「どうしてそんな姿に?」

と、つい声を掛けてしまいそうになる動物に出会う時、いつも武田百合子さんを思い出す。百合子さんだったらきっと見事に書き表してくれるに違いない。この奇妙さを、と思う。でも、百合子さんはもうこの世にいらっしゃらないので、どうして豆ジカが、シカのくせにこんなにも小さく、その小ささに不釣合いな大きな目玉をしているのか、誰も私に本当のことを教えてはくれないのだ。

この世界にあふれる奇態、醜怪、珍事、原理、奇跡を、忠実に書き写すことができる数少ない人間が、百合子さんである。自分が作った世界の本当の姿を見破られたくない神様は、人間に不自由な言葉しか与えて下さらなかった。しかしその不自由さをものともせず、ぱっと真実をつかみ取る天才が現れた。神様もさぞかし慌てたに違いない。

　百合子さんは目の前の出来事をことさら面白おかしくなるように、脚色しているわけではない。脚色の上手い人ならいくらでもいる。けれど百合子さんがやっているのは、あくまでも、ありのまま、である。これが難しい。凡人にはとてもできない。

　つまりこの世界は、ありのままに見れば、こんなにも面白い場所であるということになるだろう。トイレからへビを見た日は宿題がはかどったり、へビのフンがちぎったカナリヤの羽に似ていたり、へビの間にも当番制が敷かれていたり、〈ながいながい愛の交換〉があったり。

　ああ、ありのままの世界を見たい、と私は切に願う。アルマジロの鱗の成分が何なのか、オオアリクイの鼻と口の位置関係がどうなっているのか、動物学者にではなく、百合子さんに教えてもらいたい。それから、〈ながいながい愛の交換〉についての、もう少し詳しい説明も。

彼の父は私の父の父

島尾伸三

島尾伸三（一九四八―）

神戸生まれ、奄美大島育ち。写真家。両親は作家、島尾敏雄、島尾ミホ。東京造形大学卒。一九七八年、写真家・潮田登久子と結婚。夫婦共著による中国風俗のルポ多数。著書に、『月の家族』『ケンムンの島』『生活』『季節風』『星の棲む島』『小高へ　父島尾敏雄への旅』等。「彼の父は私の父の父」は一九九七年刊『月の家族』に収録。

オーカ

生まれ育った土地の水を広東語で本地水（プン・デイ・ソイ）と言います。本地水はその人の体液のようなもので、ちょっとした病気はこの水を飲むだけで治るとさえ、香港の人たちは信じています。

旅行へは本地水を持っていくと病気にならないというので、香港の友達のおかあさんたちは、私と登久子さんと小さかった長女・マホが中国の内陸部や北方へ出掛けるというと、決まって子供のためにプラスチックのペットボトルに香港の水道水を入れて持って行けと忠告してくれます。マホは東京生まれなのに。

で、シマの外で生まれた私と妹は島の水に体が馴染むまでの五、六年間は、出来物に苦しまなければなりませんでした。カズちゃんの茶色に日焼けした、傷ひとつないツヤツヤしたイタリア映画の女優のように健康な足や腕を見るたびに、自分の出来物だらけの手足が情けなくなってきて、『カズちゃんの足と取り替えたい』と思うのでした。

犬に傷口やおできをなめてもらうと、早く治ると聞いたので、ジョンになめてもらいました。ジョンは嫌がるどころか、大喜びでシッポを振りながら、両足のいたる所にできているおできをなめてくれます。でも、良くないことをしているようで、ジョンに恥ずかしくなって、すぐ止めました。

就寝前になると、二人の子供のカサブタだらけの身体に薬を塗るのが父の日課になっていました。初め、どの薬が効き目があるのか分からずにあれこれ試した結果、オーカという白い塗り薬が、ジクジクしたカサブタを乾燥させて良さそうだということになりました。適量だけを大切に使うので、子供歯磨きのチューブくらいよりも小さなオーカはずいぶん長持ちし、一年ほどは楽に使えました。

そして、すっかり中身を絞り出されたオーカのチューブは、父の座卓の引き出しに大切にしまわれ、すごくゆっくりと増えていきました。

なんでも玩具にしていました

すっかり中身を絞り出されたオーカのチューブが、五、六個にもなった頃に、彼はそれらを、かなり思い切って、書籍小包の封筒を膨らませたゴミ箱もどきへ捨てました。それを私が拾い集め、チューブを破いて広げ、中に残っているわずかな白い膏薬を使っていると、鉛筆の頭で擦り出す方法についで、これもオーカを使い切る方法として父に採用されました。

板になったそれを丸めたり延ばしたりして私が散々遊んだあと捨てると、そのカスを拾ってマヤがままごとで使っていました。青い色のオーカの蓋も遊んでいるうちにどこかへ消えてしまいました。

「ぜいたくな高級玩具」と小学校の担任の先生が言っていた、玩具屋さんに売っているような玩具を持っている子は少なく、形あるすべてが遊びの対象だったのです。

父が使用済みのオーカのコレクションをやめたのは、引き出しにはすでにたくさんの雑多なものが陣取っていたからなのと、収集から記録へ変更したためです。使用するオーカには、マジック・インキで丸を書いて番号が打たれるようになりました。

これは、子供たちがその必要を失ってからも、彼にとって一九八六年十一月の死まで延々と続けられていました。

工場訪問

オーカの製造元が大阪にあるというので、出張で出かけたついでに工場を訪問したと、楽しそうに父は話していました。オーカの製造が中止になると聞くと、とても寂しがり、買いだめをしていたほどでした。一九七〇年代の後半だったと思います。

なぜ彼はこの薬にそれほどにこだわったのでしょうか、彼と子供が互いに、当然のようにして気持ちを通わせた唯一の思い出だったのかも知れません。オーカの匂い、塗り薬のぬるりとした肌触りが小さな子供たちを相手にしていた頃のやわらかな感触を蘇らせ、それが疲弊した彼の神経に安らぎをもたらしていたのでしょうか。

東海道電化記念の切手

家のすべての雨戸は固く閉じられたまま何日も経っていました。父も母も、ふたりの子供も、家のなかでじっとして、外出もしないでいるのです。

台風が来ているわけではありません。外は良い天気です。原因は神戸のおじいちゃん、つまりおとうさんのおとうさんが、奄美まで私たちに会いにきたので、何をそんなに嫌がったのか、母がおじいちゃんを嫌がって、家族で家の中に籠城する命令を出しているからです。おとなたちの間にどんな確執があるのかは知りませんでしたが、小学三年生の私は偵察係にさせられて、朝こっそりとパンを買いに出かけるついでに隣の親戚の家へ行っておじいちゃんがどうしているかの情報を集めて、母へ報告するのです。きのうはタケシおじさんの病院へ私たちの様子を聞きに行ったとか、お金をハルおばさんに預けたとかです。こんな時になるとだらしない父は、ベッドに潜ったまま出てきません。

おじいちゃんは、街の宿に泊まっていて、毎日やって来て、私たちに会おうとしましたが、ついにできませんでした。いいえ、最後の日に私は、雨戸の破れた所から手を出しておじいちゃんの手を握りました。妹のマヤも戸の穴からおじいちゃんと握手しました。

「しんぞう、元気でな、また来るからな」

と言って、おじいちゃんは神戸へ帰っていきました。めったに泣かない私はその時も泣きませんでした。だって、また会えると信じていたからです。

おじいちゃんは、その後、私に手紙を何度かくれましたが、母が読んで捨ててしまいましたので、たまたま彼女が居ないときに受け取った一通だけが私に届きました。それには、何度も手紙を出したが読んでくれたかと書いてあったので、母の仕業がわかったのです。

その手紙には東海道電化の記念切手が封筒の左下に糊でしっかりと貼ってありました。そこには、カズちゃんに連れられて東京駅を出発した時に列車を牽引していたであろう、流線型の電気機関車が描かれていました。

でも、おじいちゃんは私が大学生の時に死んでしまいました。

私は東京の美術学校へ通うようになっていたので、当時は京都に住んでいたおじいちゃんに会おうと思えば夏休みの行き帰りに立ち寄ることができたのですが、母がまだ禁止していたのです。ですから、おじいちゃんが死んだのさえも知りませんでした。夏休みの帰省で奄美に帰ったとき、母が、

「おとうさんは、お風呂で泣いていた」

と言ったので、一年前におじいちゃんが他界したことを初めて知ったのです。

私は、とても残念でした。表情には出しませんでしたがとても怒りました。おそまきながらも私はその冬、京都のおじいちゃんの家に行き、おじいちゃんの家族に会いました。そして、とても悔やみました。どうしてもっと早く勇気を出して京都へ来なかったんだと。

おじいちゃんからの手紙に貼ってあった東海道電化の記念切手は、私の切手収集の一番最初の記念切手となっていました。

「しんぞうはいいなァ」

板敷のすきまから涼しい床の下の風が吹きあげてくる縁側に寝そべって、本を読んでいる私の背後で、声がしました。その声は幾度も酷《ひど》い目にあったために明るい気持ちがひしゃげていて、静かで寂しげで、私の心をいつも揺さぶります。

「しんぞうはいいなァ」

父の声です。彼は自分の子供が羨ましくてしょうがなかったみたいなのです。歌をうたっていてもネコやイヌと遊んでいても、父には私がとても自由で楽しそうに見えたにちがいありません。沢庵をコリコリ食べているような何でもない時にさえ、

「しんぞうはいいなァ、どうしてそんなにおいしそうに食べられるのか」

と。

それは、私がおとなになっても変わりませんでした。ガールフレンドと夜中の東京を徘徊する私を偶然に見つけた時も、お酒を飲み過ぎてお茶の水にある山の上ホテル前の路上に友達と寝転がっている私を横目にホテルの自室へ帰っていった時も、

「しんぞうはいいなァ」

と思っていたのに違いありません。口には出さなかったけど、彼の声が私の心に聞こえてきてしまうのです。

私の大好きな登久子さんが子供を生んだ時も、そして元気な子供と優しい登久子さんと私が楽しそうに、都会の街の闇の中へ消えていくのを見送りながらも、

「しんぞうはいいなァ」

とつぶやいていたに違いありません。

でも、私はそんなに幸せでも自由でもあったわけではありませんでした。だって、母はいつも得体の知れない真っ暗な底無し沼を抱えていて、家族を暗い底無しの――奈落の底と父は言っていたけれど――混乱へ引きずり込むのが日常だったから。家族の顔と気持ちの中から笑顔が完全に消えるまで、彼女は黒い言葉を吐きつづけるのですから。

妹のマヤと私が彼女にどんなに苛められていても、父はついに助けてくれはしませんでした。妹と私があれほど彼の味方になり、身体を張って母を大切にしているのに、彼はやさし

さという方法で、マヤと私を地獄へ置き去りにして生きていたのです。そして、さっさと先に死んで行っちゃった。

いいえ、私もずるい。裸足の子供がウヨウヨと集まってくるマリヤ教会のサマー・スクールで、都会からやって来た日本人の修道士が、

「君は二重人格者だ、人間のくずだ」

と小学生の私に怒鳴ったけど、それは本当でした。父は自分のことに夢中だし、母はジキルとハイドだし、二人の変てこないがみ合いが子供の私をずるくしないはずがありません。私は海の水平線へ沈没していく月の家族からついに逃げだしました。妹を置きざりにしたまま。

ああ、私は恥ずかしい。どうしてあんなに嫌な奴だったんだろう。今も、なんて自分勝手なひどい奴なんだろう。それが私をいつも居心地悪くしています。

でも、気持ちを変え、意地悪に考えるなら、それを楽しく思い出すことだってできなくはありません。だって、三十年間、私の悪戯は表沙汰にならなかったのだから。やったんだ、誰にもバレてない悪さがたくさんあるんだ、これはきっとすごいことだぞ……と。

月の家族

光がどんなに早くても、地球に届くまでには何十万年も何百万年もかかるのだと学校で教

わりました。だから、君たちが見ている星の光は、大昔に発射されたもので、その星は現在はなくなっているかもしれないという説明です。

家と小学校の中間ぐらいの位置にあった銭湯は、明るくない電球の中で、湯船も床もコンクリートむき出しのままで、ザラザラしていて好きではありませんでしたが、誰もが平気な顔で入っているので、そのうちに慣れました。何事にも遅い私の両親は銭湯に行くのも、一番最後です。ですから夜九時には終わるので、いつも最後になっていて、追い立てられるようにして風呂屋を出ます。そんな時間のズレた彼らの生活が、都会的に思えたのですから、妙なものです。

その帰り道、懐中電灯の光を夜空に向けてみました。父の趣味で懐中電灯は五つもあって、彼は兵隊時代を思い出しては、モールス通信をやってみせてくれたりしました。その中でも単一の電池が三本入る長い筒のものは二個あり、彼のお気に入りで、電球の所には予備の豆電球を差しておく所があり、スイッチには明かりの焦点を変える工夫がしてあります。私にはその仕掛が、知恵と工夫によって時代が良い方向へ前進している証のようでとても好ましく思えていたのでした。

雲ひとつない天空には学芸会の紙の月にそっくりな月が張りついていて、負けじと月を遠巻きにした星が威張って輝いています。なにしろ、奄美大島には街灯さえまるでなくて、人家からも人工的な光がもれる様子がなかった頃なのです。家族四人が横一列、道いっぱいになって歩いても、まだ九時すぎですが出会う人も、車もありません。

懐中電灯の光があの星へ届くころ、この自分は死んでいるんだと思うと、日頃のゴタゴタした気持ちも、つまらないことのように思えて、死がいとも簡単に迎えに来てくれるようで、気軽になりました。

どこからともなく、ジャスミンの花の香りが流れて来て……、いいえ、何の花だったのか分かりません。おとなになって中国を旅行していて、蘇州の虎丘でこの花の香りを嗅いだ時に、風呂帰りの夜道を思い出したので、きっとあの時に嗅いだのはジャスミンだと思い込んでいるだけなのですが。

風呂上がりのほんのりした肌に、生ぬるい風が心地よく寄り添ってきて、下駄の音が暗闇に響いて、そんな時にかぎって母が何か不愉快なことを蒸し返しだして、だから、私はわざと下駄で砂ぼこりを立てて歩いて、父に嫌がられるのです。

月下の夜道で神からも見放されたかのように漂う家族は、ついに解決することのない不愉快を互いにぶつけあいながら、あの、暗い家に帰って行きます。父も母も偽善を演じているつもりはなかったのでしょうが、恥部を晒す必要もなかったのでしょう。心の傷は乾燥して治るどころか、いつまでもジクジクと化膿していたのです。彼らの不愉快は潮の満干、月の満ち欠けよりも短い周期で、不安定でした。

あの時に放った懐中電灯の光は、今頃、宇宙のどの辺りを走っているのでしょうか、いいえ、とっくに空中分解して、存在の痕跡さえ残さずに消えたに決まっています。

宇宙を前進する光

小川洋子・解説エッセイ

飛騨の山奥にある研究所で、重力波の実験をしている若い先生の車に乗せてもらった時、それが真っ赤なアルファ・ロメオだったので驚いた。山深い寂しい町に、その赤色はあまりにも鮮やかすぎたし、そういう難しいことを研究している人は、もっと地味な車に乗っているはず、と思い込んでいたからだ。

「小川さん、これを見て下さい」

しかし先生の自慢はアルファ・ロメオではなく、ナンバープレートにあった。

「光の速度と同じ数字なんです」

その数字が何だったかはもう忘れてしまったけれど、先生の得意そうな笑顔は忘れられない。物体が運動する時、周囲の空間の歪みが光速の波となって伝わる、それが重力波なのだ。

銭湯からの帰り、家族四人並んで歩きながら、夜空に向かって照らした懐中電灯の光は、もうとっくに消え去ったはず、と伸三さんは決め付けている。

「いいえ、そんなことはありません」

宇宙物理学者でもないのに私は、偉そうにきっぱりと否定する。

「お父さんの照らした光は、お父さんが亡くなった今も、光に与えられた速度を保ち、宇宙を前進しています。偉い物理学の先生が、きちんと数式で証明して下さっていますから、間違いありません。四人の月の家族が、あの日奄美大島のあそこに生きていたという証拠は、宇宙に刻まれているのです。伸三さんの手に、おじいちゃんと握手をした感触が、恐らく今でも残っているのと、同じことじゃありませんか」

研究所の地下にある干渉計を揺らす重力波と、光の速度で飛驒の山を走るアルファ・ロメオと、懐中電灯の光。これら三つが私の中で重なり合い、遠い宇宙の果てまで真っ直ぐに駆け抜けている。その光は、破れた雨戸越しに感じるおじいちゃんの手と同じくらいに温かい。

耳

向田邦子

向田邦子（一九二九―一九八一）

東京生まれ。実践女子専門学校（現実践女子大学）卒。人気ＴＶドラマ「寺内貫太郎一家」「阿修羅のごとく」など数多くの脚本を執筆する。一九八〇年『思い出トランプ』に収録の「花の名前」他二作で直木賞受賞。著書に『父の詫び状』『男どき女どき』等。一九八一年八月二十二日、台湾旅行中、飛行機事故で死去。「耳」の初出は一九八一年一月「小説新潮」。

耳の下で水枕がプカンプカンと音を立てている。

氷は疾《と》うに解けている。

頭を動かすたびに、なまぬくい水がふなべりを叩く波のように鼓膜に伝わってくる。

熱は下ったらしい。

今から出勤すれば午後の会議に間に合うと判っているが、楠《くすのき》は休むつもりでいる。一年に一日ぐらい欠勤するのも悪くない。無遅刻無欠勤は、ひと昔前なら出世の近道だったが、いまは融通の利かない上役と馬鹿にされたりする。

日向《ひなた》臭い水枕のゴムの匂いを嗅《か》いでいると、五十面《づら》下げてなにかに甘ったれたいような、わざと意気地《いくじ》なく振舞いたいような気分になってくる。

小学生のときのずる休み。体温計を腋《わき》の下にはさんでいるときの、無限とも思える長い時間。目盛りをたしかめる母親の真剣な目。水銀柱が三十七度の赤い線から上にあがっていないと、起きて学校へゆかなくてはならなかった。

下から見上げる母親の顔は、子供っぽく可愛らしく見えた。つい今しがたまで水仕事をしていたのか、母の手はいつも濡れて赤くふくらんでいた。白いキャラコの割烹《かっぽう》着《ぎ》をかけ、どういうわけか手首に二、三本のゴム輪が食い込んでいた。部屋の隅に大きな瀬戸の火鉢があり、薬罐《やかん》が湯気を上げていた。

風邪をひくと、咽喉《のど》の薬だというので金柑《きんかん》を氷砂糖で煮る甘酸っぱい匂いがうち中に漂った。

母親が冷たい掌を額にあてがって、熱の下がり具合を調べてくれる。自分の額を幼ない楠の額にくっつけることもあった。息の匂いと椿油の匂いが鼻をくすぐった。

水枕の口を閉める金具の具合が悪かったのか、水が洩り、耳から首筋にかけて濡れてしまった。

「中耳炎になったら大変だ」

こたつで温めたネルの寝巻を着せ替えてもらった。こういうときに限って母を呼び立てる父親に、一人前に嫉妬《やきもち》をやいた覚えがある。

ぬくまった水枕が、耳朶《みみたぶ》の下で音を立てている。プカンプカン。のどかな音なのに、ゴムの匂いも懐しく鼻に媚《こ》びているのに、妙に気持が落着かない。

中耳炎になったのは楠ではない。弟の真二郎である。

道で「行キ止リ」というのがある。

あれは変圧器でも入っているのか、金属で出来た人間一人やっと入れるほどの小さな小屋があって、「危険」、「触ワルベカラズ」と赤い字で書いてある。

弟の中耳炎は、楠にとって、これから先は「行キ止リ」であり「危険」であった。何故だか判らないが、そこまでゆくと、くるりと踵《きびす》を返して戻らなくてはいけないのだ。

楠は布団の上に起き上った。いつまでも水枕に耳をおっつけていて、プカンプカンという音を聞いていてはいけない。

「おい」

女房の名を呼びかけて、気がついた。

今日一日勤めを休む、留守番をしてやると言ったので、女房は出掛けている。

楠は、寝巻の上に女房の茶羽織を羽織り、水を飲みに立った。

家族の居ない家は、他人の家みたいだ。

上下併せて五間ほどの小ぢんまりした住まいが、急によそよそしく思える。

台所へ立った楠は、冷蔵庫をあけている自分に気がついた。水道の栓をひねる前に、別に何を食べようというつもりもないのに、冷蔵庫をあけて中を改めている。

俺は何をしているんだ、と自分を嗤《わら》いながら、手はひとりでに動いて、食器棚の小抽斗《こひきだし》を上から順にあけて、中を調べていた。

クリーニング屋や酒屋の通いと一緒に、ゴム輪の束ねたのやロウソクや、中身の入ってない目薬の容《い》れもの、マッチなどが雑然と入っている。

楠は茶の間へ取ってかえした。

俺のしていることは家探しだ。卑しい真似だぞと自分に聞かせるのだが、押入れをあけてみたい。女房の鏡台の抽斗を調べてみたくて仕方がない。気持を抑えていると、呼吸が荒くなるのが判った。

夫婦に一男一女。

平凡な家庭である。格別の秘密があるわけではない。家族の留守をいいことに、家探しをするなど、思ってもみなかったことである。

楠自身にも、そういう性癖はなかった。そろそろ銀婚式になるが、女房のハンドバッグを開けたこともなかった。

今日はどうしたというのか。下ったと思ったが、やはり微熱があるのだろうか。ひとりで茶の間に坐っていると、家中の壁や押入れが、しめし合せて隠しごとをしているように思える。

体のなかで、小さくたぎるものがある。

ほうって置くと、押入れをあけそうな気がする。二階へかけ上って、娘の洋服簞笥《ようふくだんす》や机の抽斗をあけそうで、不安になってきた。

こういうとき煙草があればいい。

楠はつい半年前、ひどい苦労をしてやっと軌道にのった禁煙を後悔した。

丹念に截《き》ったつもりでも、天眼鏡でのぞくと、爪の先はかなりギザギザになっている。手の甲の皮膚は、飛行機から見下す海面のように、細かい三角波が立っている。

畳の目も、傷んだところは藺草《いぐさ》が切腹して、なかから、キビガラの芯《しん》みたいなのがはみ出していた。畳の目ひとつひとつが小さなクッションになっている。考えてみれば当り前のことだが、楠は感心した。

辞書を引くときに使う天眼鏡でさまざまなものをのぞいていると、いっときの虫押えになった。

面白いのは、綿ごみである。

羽織っていた女房の茶羽織の袂《たもと》が、半分ひっくり返っていたのを直したときにつまみ上げ、食卓の上にのせて、仔細《しさい》に眺めた。

袂の丸みそっくりの、薄くやわらかいフェルトに見えるが、天眼鏡でのぞくと、さまざまな色の繊維の寄り集りである。

どこからどうして入ったのか、何本かの毛髪らしいものが、一粒の仁丹と、一本の赤い絹糸をからめて半月型を形づくっている。

持ち上げるとこわれそうなねずみ色のそれは、間違って咲いたなにかの花のように見える。

楠は「ウドンゲ」の花というのは、こういうのではないかと思った。

印度《インド》あたりの想像上の花で、たしか三千年に一度咲くという。吉兆とも、凶兆ともいわれている。

ねずみ色の、雲のような、鳥の巣のようなものは花弁である。銀色の小粒と赤い絹糸は、雄蕊《おしべ》と雌蕊《めしべ》に違いない。

名前も顔も忘れてしまった。

楠がおぼえているのは、その女の子は楠より二つ三つ年下だったこと。半年だか一年だか、ごく短い期間、楠の隣りの家に住んでいたことだけである。

いや、もうひとつ、はっきりおぼえていることがあった。

耳の内側の、突起のところにいつも赤い絹糸を下げていたことである。

女の子は、耳の突起のところに、米粒ほどのイボがあった。赤い絹糸でそのイボの根本を結んでいた。

「こうやってきつく結んでおくと、そのうちにイボは腐って落ちるのよ」

女の子はそう言って、見せてくれた。

「お風呂から上ると、おばあちゃんが、新しい糸で結び直してくれるの。本当はもっときつく結ばなくてはいけないんだけど、そうすると、あたしが痛がって可哀そうだから、お父さんが、もっとそっと結びなさいっていうの。だから、イボはなかなか取れないの」

赤い絹糸は、いつも新しい色をして揺れていた。

小学校へあがったばかりの楠は、背の低い、しるしばかりの生垣をはさんで、その女の子の揺れる絹糸を見ていた。

「お父さんたら、いつもあたしのこと膝《ひざ》にのっけて、耳の糸、引っぱって遊ぶのよ。いやンなっちゃう」

女の子は、赤い絹糸を揺すって、手まりをついて遊んでいた。花結びにした赤い絹糸は、片方しかしていない耳飾りにみえた。

楠は、小さなかたつむりのような女の子の耳を眺めていた。耳というのは、なんと不思議な格好をしているものだろう。右と左にひとつずつあって、同じ形をしている。取って合せれば二枚貝のようにピタリと合うに違いない。

楠は、女の子の耳をさわりたいと思った。

赤い絹糸を、強く引っぱって、女の子に、

「痛い」

といわせてみたかった。

泣かせてみたいと思った。

強くは結ばないというものの、白かった米粒はすこしずつ色が変って茱萸《ぐみ》のようになっている。

茱萸の実を口に含んで、やわらかく噛《か》んでみたかった。そういうときの女の子の顔を見たいと思った。

小さな茱萸の実のすぐ上にある耳の穴を覗《のぞ》いてみたいと思った。あの奥はどんな風になっているのだろう。


「耳をさわるんじゃないの」

母親の高声を聞いたのは、頰を殴られる前だったのかあとだったのか。

自分の耳朶をさわるのはあの頃の楠の癖だったが、何故、母親はあのときだけ、あんなに激しく楠を殴ったのだろう。

弟の真二郎が、中耳炎で病院通いをしていたからだろうか。

真二郎は耳から頭にかけて繃帯《ほうたい》を巻いていた。水遊びをしていて、耳に水が入ったんですよ、と母は近所の人に話していたし、楠もそう言われていたが、そうするとあれは夢だったのだろうか。

天気のいい日の、縁先だったような気がする。うちに大人は誰もいなかった。

楠は台所から、徳用マッチの大箱を持ってきた。隣りの女の子の耳の洞穴《ほらあな》をのぞいてみたかったのだ。

そのすこし前だったろうか、内風呂がこわれて、楠は父親と一緒に銭湯に行ったことがある。

銭湯の前で、楠は握りしめていた自分の分の湯銭を溝《どぶ》に落してしまった。父親は袂からマッチを取り出し、一本擦って溝の上にかざした。薬湯でも流れてきたのか、硫黄《いおう》臭い湯垢《ゆあか》の浮いた半透明な湯のなかに、落した湯銭が鈍く光っていた。

楠はマッチを擦り近づけたが、暗くてよく見えなかった。新しくもう一本擦り、マッチの炎をほんのすこし耳の洞穴に近づけた。赤い絹糸を焼いたら大変だ。

用心しながら炎を近づけると、赤い炎はスウッと洞穴のなかに吸い込まれた。

真二郎が、火のついたように泣き、マッチの火が消えた。

どうして真二郎が泣いたのだろう。

女の子が泣く代りに、どうして弟の真二郎が——。

楠は、茶の間の押入れの戸を両手で開け放った。なかのものを、手当り次第につかみ、ほうり出した。

整理簞笥の抽斗を抜き、鏡台の抽斗も抜いて、なかのものをぶちまけた。

体の奥から熱いどろどろしたものが噴き上げてきた。

体を動かしていないと、「おうおうおう」と、獣みたいなうめき声が洩れてくる。

真二郎は、あだ名を「ビクター」と呼ばれていた。

レコード会社の商標になっている、小首をかしげた白黒ブチの犬である。片耳が難聴だったから、人のはなしや音楽を聞くとき、聞えるほうの耳を音の方向に向ける。自然にあの犬と同じ格好になった。

何年生のときだったか、新しいノートをおろしたとき、弟は「ビクター楠」と名前を書いた。

家中で大笑いをしたが、一緒に笑っていた母親が、同じように笑っていた楠を突き飛ばすと、いきなり真二郎を抱きしめて泣き出したことがあった。

抱きすくめられて、真二郎は、

「なにするんだよ。痛いだろ」

もがいて暴れていたが、あれは、兄の楠に言う言葉だったのではないのか。

「ビクター」は、進学や就職にも微妙に響いた。

一流大学、一流企業は、はじめから真二郎のほうで敬遠した。性格にも影を落しているようで、口数がすくなく、依怙地《いこじ》なところがあった。つきあっていた女の子ともうまくゆかず、身を固めたのは、四十近くなってからである。妻に迎えたひとは、ごく軽くだが片足を引く。

楠は二階へかけ上った。

息子の部屋に入り、机の抽斗をあけた。ビニールカバーのポルノ雑誌がころがり出た。本棚のウォークマンのヘッドホンも、床にほうり投げた。

娘の部屋にとびこみ、机の抽斗に手を掛けようとして、足の裏に鋭い痛みを感じた。画鋲《がびょう》大の金色のアクセサリーらしい。七ミリほどの針のようなものが飛び出ている。すぐにピアスと判った。耳朶に小さな穴をあけて使うイヤリングである。

つい半月前、親にかくれて耳朶にピアス用の穴をあけたことが判り、食卓で親子《おやこ》喧嘩《げんか》になったことがあった。

「いま流行なのよ。みんなやってるわ」

言いつのる娘に、

「それじゃみんな人殺しや泥棒をすれば、お前もするのか」

売り言葉に買い言葉で楠も譲らず、二、三日は口も利かないということがあった。

「いまからどなったたって、穴がふさがるもんじゃなし。そういうご時世なんでしょ」

女房が取りなして、なしくずしに和解した形になっていたが、足の裏の痛みと、滲《にじ》んでくる血の色を見ていたら、体が熱くなるほど腹が立ってきた。

勢い込んで、抽斗をあけると、女持ちのライターが目に入った。奥に煙草があった。

楠は、煙草をくわえ、ライターで火をつけた。

手がおかしいほど震えていた。

半年ぶりの煙草だったせいか、それともまた熱でも出たのか、頭がくらくらした。

くらくらする頭で、別の抽斗をあけ、中のものを引っかき廻した。娘は、しゃれた灰皿まで持っていた。

楠は立てつづけに煙草を喫った。

すこししけっていたが、目に沁《し》みて涙が出てきた。

「パパ、なにしてるのよ」

いきなりどなられた。

娘が大学から帰ってきたのだ。

「黙ってひとの部屋に入って。いくら親だってひどいわよ」

気がついたら、食ってかかる娘の横面を殴っていた。

「文句をいえた義理か。これはなんだ、これは」

喫いかけの煙草とライターを突きつけ、踏みつけたピアスと足の裏の傷を持ち上げてみせたところで、理屈にもなっていないことは、楠にもよく判っていた。

一足遅れて帰ってきた女房が、二階も下も落花狼藉《ろうぜき》の有様に呆然としながら、それでも子供の手前、

「お父さん、風邪だけじゃなくて、血圧も高いんじゃないんですか」

ことばは夫をかばいながら、薄気味悪そうに楠の目の色をのぞき込んでいた。

氷をいっぱいにつめ込んだ水枕は、耳の下でキシキシと音を立てている。

氷山の角と角がぶつかり合いきしみ合っている。互いにゆずらず争っている。

さっきの生あたたかいゴムの匂いは消えてしまい、あるのは、刺すような耳朶のしびれだけである。

父も母も大分前に見送っている。

あの日のマッチの炎について、たずねるべき人間はもういない。

近いうちに休暇を取って、と楠はたまっている有給休暇の日数を数えてみた。

真二郎は北海道で、小規模だがチーズを作って暮している。

この四、五年忙しさにかまけて逢っていないが、久しぶりにたずねてみよう。

逢ったところで、兄はストーブのそばで黙って酒を飲み、弟のほうもその形になってしまった「ビクター」の姿勢で、黙って窓の外の雪を見ているだけに違いない。

ものはためしということもあるから、隣りの家に住んでいた、耳から赤い絹糸を垂らした女の子のはなしをしてみようか。

あのとき真二郎はたしか四歳である。

「おぼえてないなあ」

小首をかしげ、体を斜めにしながら、こう答えるに決っている。

そのあと、なんと続けるか、水枕でしびれた頭は、歳月と一緒にことばも凍りついてしまって、なにも出てこないのである。

ラブのイボ

小川洋子・解説エッセイ

十歳を過ぎた頃から、ラブの目の縁にイボができはじめた。ラブラドールらしい優しさと凜々しさを誇っていたハンサムな顔が、途端にしょぼくれてきた。

病院で診てもらうと、悪いものではなく、老化の一種だと言われて安心した。

「もうしばらく熟れるまで待ちましょう」

獣医さんの口ぶりは、果物の収穫時期を待つかのようだった。

しばらくするとイボは、素人目にも、いよいよだなと感じられる様相を呈してきた。黒々と盛り上がり、表面は分割しはじめた受精卵のようにゴツゴツしていた。硬くもなく、柔らかくもなく、適度な弾力を持ち、ただ中心部分には密度の高い核が潜んでいそうな雰囲気を持っていた。

先生はまず麻酔の目薬を注した。メスで切り落とすのだろうか、針を突き刺して引っこ抜くのだろうか。ドキドキしている私の隣で、ラブはこれから起きようとしている事態を予測できないまま、ただ尻尾を振っていた。

「では、そろそろ」

先生が取り出したのは、裁縫箱に入っているのと見分けがつかない、ただの糸だった。先生はそれをイボの根元に巻き付けたかと思うと、次の瞬間にはもう、ヒョイッという感じでイボを取り除いていた。ラブはちっとも痛そうにしていなかった。あまりにも一瞬の出来事ゆえ、自分の身に何が起こったのか気付いてもいない様子だった。相変わらず尻尾だけは振られていた。

あの時のイボを、どうして見せてもらわなかったのだろう。『耳』を読んだあと、私はひどく後悔した。あれを指先でつまんでみたかった。割れ目の奥を開いてみたかった。においをかいでみたかった。できれば、口に含んでもみたかった。

ラブはしばらく血の混じった目やにを出していたが、ほどなくおさまり、元のハンサムな顔を取り戻した。

みのむし

三浦哲郎

三浦哲郎（一九三一―）

青森県八戸市生まれ。早稲田大学を中退し、郷里で中学教師になるが、一九五三年早大に再入学し、仏文科卒。一九五五年「十五歳の周囲」で新潮同人雑誌賞、一九六〇年に「忍ぶ川」で芥川賞を受賞。『拳銃と十五の短篇』（野間文芸賞）『少年讃歌』（日本文学大賞）『白夜を旅する人々』（大佛次郎賞）短篇「じねんじょ」「みのむし」（川端康成文学賞）『みちづれ』（伊藤整文学賞）等。

「みのむし」の初出は、一九九四年「新潮」。

寝台から降りると、膝《ひざ》が折れそうになり、足許《あしもと》もすこしおぼつかないが、その気になれば、歩けぬこともない。こう寝たきりでは、足腰が萎《な》えてしまうから、日に何度かは、おのれを励まして、廊下の壁を片手で撫《な》ぜながら手洗いにも独りでかよっている。

それで回診のとき、

「どうだい、いまのうちにいちど家に帰ってみるかい。なにかと気掛かりだろう。」

と医者にいわれて、たけは即座に、是非そうさせて貰《もら》いたいといった。

「但《ただ》し、ひと晩泊まりだよ。」

ひと晩はちょっと寂しいが、秋の農家に病身で長居をしても邪魔になるばかりだ。たけは承知して、穏やかな日を選んで帰宅することにした。

入院したころに比べると、朝夕めっきり冷え込むようになってはいるが、それでもまだ小春日和《びより》が二、三日つづくことがある。医者は、いずれ病勢が募り、寝台の上に起き上がることも叶《かな》わなくなるはずの老患者を哀れんで、痛み止めが効くいまのうちにと帰宅を許したのだが、たけの方は、医者の言葉を、雪や寒さの来ぬうちにというたわりだと受け取って、いそいそと帰り支度をはじめている。

たけは、おのれの病について、くわしいことは知らないが、胃袋をかなり損じているらしいことだけはわかっている。胃袋は若いころから丈夫ではなくて、もっぱら年寄りの勧める薬草を愛用してきたが、何年か前から食ったものを時々戻すようになり、それが年々ひどくなる一方なので、こっそり病院を訪ねて診て貰ったところ、即日入院させられた。医者たちにも、もっと早く診せるべきだったと叱《しか》られたが、たけの村では、少々の胃痛や胸焼けで医者にかかったりすると物笑いの種になるのである。

病院では、いちど、たけの胸を切り開いたが、すぐに閉じてしまった。もはや、なにをするにも手遅れだったからだが、たけは勝手に、手術が短時間で済んだのは摘出するべき病巣《びょうそう》が予想外にちいさかったからだと思い込んでいた。けれども、それならば胃袋が復調に手間取っているのはなぜなのか。それは、たけ自身にもわからなかったし、医者に尋ねてもはかばかしい返事は得られなかった。

たけは、随分痩《や》せてしまった。入院前から痩せはじめたのが、病院暮らしをしていてもさっぱり歯止めが掛からぬとみえて、ひさしぶりに顔を見せた倅《せがれ》が驚いていた。毎朝、洗面所の鏡で見馴《みな》れているから、それほどとは思わなかったが、倅は母親の顔がひと目でわからなくて、病室を間違えたかと思ったらしい。

倅は、いまはもう出稼ぎをして食いつなぐほかはなくなったことを告げにきたのであった。今年は春から異常気象とやらで、とりわけ東北のはずれのこのあたりでは、おてんとさまのお恵みも至ってすくなく、蚊が出る季節になっても炬燵《こたつ》が仕舞えぬ低温がつづき、村人たちは、寄ると触ると、作物の育ち具合が甚だ思わしくないのに眉《まゆ》をひそめながら、凶作の予感をひそひそと囁《ささや》き合っていたのだが、月遅れの盆が過ぎるころには、すべての望みを捨てて観念せねばならなくなった。

倅に訊《き》くと、米はひと粒も穫《と》れぬ皆無作だという。稔《みの》らぬ稲は、青刈りにし、機械で空《から》の籾《もみ》を飛ばして藁《わら》にして、畜産農家に安売りするより仕方がない。

「昔であれば大飢饉《だいききん》ぞ。人を食ったたつうのは、こったら年だったえなあ。」

倅が苦く笑っていった。このあたりには、江戸時代から何度となく見舞われた大飢饉の悲惨な話が、あちこちに数多く残されている。

倅は、やはり出稼ぎに活路を求めている近隣の村々の連中と一緒に東京へ出て、土木作業をすることになるらしい。五十半ばの身に勝手のちがう力仕事はさぞ難儀なことだろうが、ほかに暮らしを支える道がないのだから、ただ黙って見送るほかはない。

倅が出かけてしまうと、村の家には、連れ合いの鎌吉爺《かまきちじ》さまと、倅の嫁の房江だけが残される。倅夫婦には男の子が一人いるのだが、中学を卒業して間もなく、大阪へ板前の修業にいくと置き手紙をして飛び出していったきり、音沙汰《おとさた》がない。無事なら、そろそろ三十にもなろうか。

連れ合いの爺さまは、何事も機械まかせになった農作業に嫌気がさして、倅夫婦に田畑をゆずってしまうと、たけに手伝わせて、家の裏手の、さして広くもない林檎《りんご》畑の世話をしていた。たけは、林檎の実一つ一つにかぶせてあった虫除《よ》けの紙袋を取り外す作業をする前に入院して、あとのことが気になっていたから、袋剝《は》ぎのときは爺さまに手を貸してくれたろうなと倅に確かめてみると、手を貸すどころか、自分たち夫婦だけで全部済ませたと倅はいった。爺さまは袋一枚剝がなかったという。持病の神経痛が出たせいかと、たけは思ったが、そうではなかった。

倅によれば、連れ合いの爺さまは、ちかごろ齢《とし》のせいか、それとも、米の不作や、米ばかりではなく林檎も例年になく出来が悪かったことから受けた衝撃のせいか、めっきり生気を失って、ただぼんやりと日を送っている。囲炉裏ばたで、膝小僧を抱いて、何時間でも薪《たきぎ》がちろちろ燃えるのを見詰めていたり、ゴム長を鳴らしながら刈田の畦《あぜ》や林檎畑のなかを当てもなくのろのろと歩き回ったりしている。

「房江は、急に婆《ば》っちゃがいねくなって、寂しいのではなかえんか、というとるけんど、歩けるようだら一遍顔を見せてきてけれや。」

倅はそういうと、暗い顔でしばらくなにもいわずに窓の外へ目を向けていた。

帰宅のゆるしが出たのは、倅が出稼ぎの話を種に、多分これをおふくろの見納めにするつもりでひょっこりやってきた日から、一週間ほどのちであった。回診の医者がたけの気掛かりを知っていたのは、倅が帰りに医局へ寄ってざっと事情を打ち明けていったからだろう。

たけは、よほどのことでもない限り家へは電話をするまいと思っていた。村の家には電話などめったにかかってこないから、不意にベルの音が鳴り響いたりすると、家族は何事かと動顚《どうてん》するのだ。けれども、帰宅のゆるしが出た日は、浮き浮きして、思わず受話器に手を掛けてしまった。

入院以来、これが二度目の電話ということになる。最初は、胸を切りひらかれる前日、つい心細さに負けて、明日は誰かにきて貰いたいと訴えたのだった。すると、連れ合いの爺さまか倅がきてくれるものだとばかり思っていたら、嫁の房江が独りできた。爺さまも倅も、落胆のあまり腰が抜けたようになっているということであった。

ベルが鳴っているのに、誰も出なかった。一時間ほど間を置いて、またかけてみたが、誰も出ない。両手を腰に回して、足に合わないゴム長をごぼごぼと鳴らしながら、稔らなかった田の畦道を茫然《ぼうぜん》と歩いている爺さまの姿が目に浮かんだ。房江はおそらく林檎畑だろう。五十女が、舅《しゅうと》や亭主の分も独りで樹果を収穫するのは、容易なことではない。

せっかくゆるしが出たものの、翌日からあいにく冷たい雨が降りつづき、十日もしてようやく霽《は》れると、朝、霜が降りるようになっていた。ぐずぐずしていると、雪になる。それよりも脚が衰え切って歩けなくなる。たけは、ともかく朝から晴れた日がきたら、霜が融《と》けるのを待って出かけることにした。

三度目の電話も無駄に終わった。長々とベルを鳴らしつづけたが、誰も出ない。どうしたのだろう。けれども、今度ばかりは諦《あきら》めるわけにはいかなかった。誰かに迎えにきて貰わなければ、とても独りでは帰れない。

四度目も、村の家は留守であった。仕方なく、近所に住んでいる遠縁の芳子《よしこ》へかけてみた。芳子はまだ四十前で、子宝には恵まれなかったが、亭主を村役場に出して自分は趣味と実益を兼ねた花作りにいそしむという結構な暮らしをしている。ひさしぶりの電話がやっと通じて、たけは最初、ちょっと吃《ども》った。

「……芳子だと?」

「んだえ。」

たけは、ほっとした。なにしろ電話で芳子の声を聞くのは初めてなのだ。芳子は、相手が入院中のたけだと知ると、おいたあ、と悲鳴に似た驚きの声を上げた。

「おら方《ほ》の爺さまや房江に変わりがなかえんか。なんぼかけても出ねえのし。」

たけが不安な気持でそういうと、ややあって、

「どったら用があってしか。」

と芳子がいった。

それで、たけは一時帰宅のゆるしが出て明日にでも帰りたいから、昼過ぎに病院まで迎えにくるよう房江に伝えて貰《もら》いたい、と芳子に頼んだ。それから、なにかこちらから持参する

ものはないかと訊かれて、薄着で入院したから、風邪をひかぬよう毛糸のものでも持たせてくれれば助かるが、とたけはいった。

ところが、翌日の昼過ぎに病院へきたのは、嫁の房江ではなくて芳子自身であった。

「なして、おめさんが？　おらは、おめさんにきてくれと頼んだわけじゃねかったのに。」

たけが恐縮してそういうと、芳子は、なにやら言訳めいた言葉を口のなかでぶつぶつ呟《つぶや》いたきりで、抱えてきた風呂敷《ふろしき》包みから、厚手の下着や、裾《すそ》や手首のほどけかけたジャケツや、継《つ》ぎ接《は》ぎだらけの毛糸のももひきや、綿入れ半纏《ばんてん》などを取り出した。たけは、たちまち着脹《きぶく》れて、いよいよ顔がちいさく見えた。

たけはタクシーを呼ぶつもりでいたが、芳子は自分の車できていた。かなり乗り古した軽自動車だったが、うしろの座席には畳んだ毛布とクッションが置いてあった。たけは、勧められて、そこへクッションを枕《まくら》に横たわった。芳子が毛布でからだを包んでくれた。

房江はなぜ迎えにきてくれなかったのか。その疑問がたけの頭から消えなかったが、芳子に尋ねる機会がなかった。芳子が故意にそんな機会を与えてくれないような気が、たけにはした。車が揺れ出すと、それきりたけは起き上がれなくなった。それに、車の騒音を押し退《の》けるような声も出なかった。たけは、目も口も閉じてじっとしていた。

半時間ほどすると、車は停まった。

「さあ、着いたえ、婆っちゃ。」

そういう芳子に助けられて、車から降りると、目の前に、何度も夢に見た懐《なつ》かしい我が家があった。片脇《かたわき》を支えられて、せまい前庭を土間の方へそろそろ歩いていると、ちょうど裏の林檎畑から戻ってきた爺さまが、家の横手の小道からあらわれた。全体がひとまわりも、ふたまわりも凋《しぼ》んだように見えた。三人は、土間の入口で立ち止まった。

「爺さまよ、いま戻ったえ。」

たけは、口のなかに溜《た》めておいたつばきをごくりと飲み込んで喉《のど》をうるおしてからいった。けれども、爺さまは無表情でたけを見詰めるばかりであった。驚き呆《あき》れているのかと思っていると、

「……汝《うぬが》は、誰《でん》で。」

と、やがて彼はいった。

たけは、おのれの耳を疑ったが、すぐに、病院にきた倅もひと目では自分がわからなかったことを思い出して、

「おらは痩せだえ。だども、痩せでもおらだえ。」

そういいながら爺さまが着ている犬の毛皮の胴着に手を触れようとした。すると、爺さまはのけぞるようにして、たけの手を払い除《の》けた。

「汝は、誰で。」

彼は繰り返した。

「爺さま、よく見てけれ。おらは、たけだえ。」

たけは、喉を絞るようにしていったが、爺さまの表情は動かなかった。

「汝は、誰で。」

彼は、おなじ問いを繰り返した。たけは土間へ崩れ落ちそうになった。

そのとき、子供のようにしゃくり上げたのは、足を踏ん張ってたけのからだを支えていた芳子の方であった。

「爺さまはな」と芳子は顫《ふる》える声で囁《ささや》いた。「誰の顔も忘れてしもうたのし。自分の家族の顔も、村の人たちの顔も。だすけ、誰を見ても、それが誰だかわからんの。」

「なして、そったらことに……。」

「確かなことはわからねけんど、うちの人らは、不作のショックで急に呆《ぼ》けがきたんじゃなかえんかって……。」

房江は、なにに怯《おび》えたのか、爺さまと二人きりの夜がこわくてならないといって、実家へ帰ってしまったという。それで、芳子が日にいちどはこの家にきて炊事の面倒をみてやっているらしい。女手のない家のなかは、埃《ほこり》っぽく、荒屋《あばらや》のようで、これが嫁いできてから六十年近くも住み馴れた家の成れの果かと思うと、胸に大きな穴があいたような気持であった。

芳子が引き揚げ、土間でなにかしていた爺さまがまたいずこへともなく出かけてしまうと、たけは、囲炉裏ばたの茣蓙《ござ》の上にぺたりと坐《すわ》って、随分長いこと火の消えた薪を見詰めていた。無味乾燥だったとしかいいようのない、八十年近いこれまでの生涯を、ぼんやりと思い返していた。たとえこの先、生きてこの家に帰ってこられたにしても、前途に仄暗《ほのぐら》い灯一つない。おのれが誰だかわからなくなった爺さまと二人で暮らすのは、ごめん蒙《こうむ》りたいものだと思った。

やがて、ふと思い立ったように、隣座敷の古簞笥《だんす》から、寒くなると首に巻きつける安物の黒い絹布を取り出してきた。たけは、これまでに作物の不出来に絶望して縊《くび》れた農夫を何人も見てきている。これさえあれば、あのむごたらしい顔を人目に晒《さら》さずに済む、と思った。これで首から上をすっぽりと覆《おお》えばいい。

夕方、たけは納屋《なや》に入って、必要なものを二つ三つ探した。動いても、不思議にすこしも苦しくなかった。ただ、堪《こら》えがたいほど冷え冷えとしたものが、骨と皮ばかりになったからだを満たしているだけであった。

翌朝早く、鎌吉爺さまは、裏の林檎畑で見馴れぬ黒いものが枝から長く垂れているのを見つけた。爺さまは、霜柱を踏んでゆっくりそいつに近寄ると、しばらくの間しげしげと眺めてから、

「こりゃあ、また、がいにでっけえ、みのむしぞ。」

と呆れたように呟いた。

みのむしの下の地面には、小型の踏台が横倒しになっていて、そばで踵《かかと》の潰《つぶ》れたズック靴が一足、厚く霜をかぶっている。

爺さまは、珍しいみのむしに見飽きると、水っぽい嚔《くしゃみ》を一つして、なんの用があるのか、またゴム長をごぼごぼと鳴らしながら畑の奥の方へ入っていった。

みのむしは大人しい虫ではない

小川洋子・解説エッセイ

一体、みのむしはどこへ行ってしまったのだろう。最後にみのむしを目にしてから、もう三十年くらい経っているような気がする。最近は油断していると、メダカでもトキでもカワウソでも、すぐに絶滅してしまう世の中だから、もしかするとみのむしも、とうとうそういう運命に陥ったのかもしれない。

小学生の頃は、通学の途中にいくらでもみのむしがぶら下がっていた。男子は木の棒や傘をバットに見立て、みのむしをビシバシ叩きながら歩いていた。あるいは、蓑を剝ぎ取って中を観察している子もいた。

蓑の中身を見ることだけは、気味が悪くて私はどうしてもできなかった。確かにみのむしは、クモやトカゲやムカデに比べれば大人しい虫だろう。自分で作った巣の中にじっと隠れているだけなのだから。しかし、クモやトカゲやムカデが、その気味悪さを正直に姿かたちに表しているのに比べ、みのむしは本体が見えないだけにたちが悪い。動かないでただぶら下がっている、という一見間抜けなスタイルにも、怪しさを感じる。したたかな戦略がそこに隠されていないとは、誰も言い切れないのではないか。

無邪気に蓑を分解する男子を横目に、私は素知らぬ振りを通した。そんなことをして、あとで痛い目にあっても知らないぞ、と一人つぶやいた。

もし中から、虫が出てこなかったらどうする？　代わりに子鬼や河童や天狗が出てきたら？　見てはいけないものを見てしまうことになったら？　子鬼と目が合った人間は呪いをかけられ、一生その鬼を背負い続けなければならないとしたら？

みのむしをいじめる男子たちが出会うかもしれない恐ろしい未来について、私はあれこれ想像を巡らせた。

この小説を読んだ時、あの頃の私の想像はさほど的外れでもなかった、と思った。みのむしは決して、大人しい虫ではない。

力道山の弟

宮本輝

宮本輝（一九四七―）

神戸市生まれ。追手門学院大学文学部卒業。一九七七年「泥の河」で太宰治賞、一九七八年「螢川」で芥川賞を受賞し、一九八七年には『優駿』で吉川英治文学賞を受賞する。著書に『錦繍』『青が散る』『ドナウの旅人』『彗星物語』『草原の椅子』『森のなかの海』『約束の冬』等の小説作品、エッセイ集に『二十歳の火影』『生きものたちの部屋』等がある。「力道山の弟」の初出は、一九八九年の「小説新潮」臨時増刊号。

私の手元に〈力道粉末〉とゴム印を捺《お》された小さな紙袋がある。薄いハトロン紙で作った縦十センチ、横五センチのその袋には、〈力道粉末〉という名の薬が入っていたのだが、中身はとうに捨てられ、茶色くにじんだ袋のへりはすりきれて、あちこちが破れかけている。

この袋は、父の遺品の中に混じっていた。父が日頃使っていた手文庫の底に埋もれていたのである。

手文庫には、父の眼鏡、入れ歯の替え、幾つかの三文判、セルロイドの三角定規、ゼンマイを巻けばちゃんと動く古い腕時計、ただの紙きれとなった何枚かの株券と約束手形、私や母の知らない人から届いた葉書、もう随分昔に倒産した会社の定款《ていかん》の写しが入っていた。

それぞれに父のどんな思い出が蔵されているのかは別としても、一見、それらはたいした品物ではない。しかし、それらの下に、とりわけ大事そうに、折った半紙に挟み込まれるようにして、〈力道粉末〉の空き袋はしまわれていたのだった。

私は、その薄っぺらな袋を目にしたとき、思わず、あれっ？　と声をあげた。私の心に、十一月の終わりの寒風の吹きまくる駅前広場がひろがった。その〈力道粉末〉なる怪しげな薬を買って帰ってひどい目に遭ったのは、小学校五年生だった他ならぬ私自身で、昭和三十三年のことである。

私が父の手文庫の中から、その袋をみつけたのは、父が死んで七、八日たったころで、何か金目《かねめ》のものはなかろうかと、あさましい魂胆で物色したときだったので、もう二十年も昔のことになる。つまり、〈力道粉末〉の空き袋は、私の手からいつのまにか父へと渡って十年、そして再び私の手元に戻って、約二十年たっている。私は、その袋を、一冊の詩集に挟み込んだまま、二十年間、本棚の隅に保存してきた。しかし、いま、ひとりの人間の幸福な門出を目前に控え、私は、どうでもいいような過去を抹殺するために、この薄っぺらい一枚の袋に火をつけ、灰皿の中で焼いてしまうことにする。あの日の、父のあらぶる心と悲哀にそっと手をそえて、

「お父ちゃん、悦ちゃんがあした結婚するんや。相手は、神戸で寿司屋をやってる男やけど、結婚する前から、もう悦ちゃんの尻に敷かれとるわ」

と言いながら。

それにしても、どうして父は、この一枚の袋を捨てずに、大切に取っておいたりしたのだろう……。

父の友人であった高万寿《こうまんじゅ》の妻が、尼崎《あまがさき》の玉江橋の近くに麻雀屋《マージャンや》を開店したのは、昭和三十年だった。開店にこぎつけるにあたっては、父の裁量や資金作りのための奔走があったらし

い。

高万寿は、中国の福建省出身の商人で、日中戦争が始まる直前まで、神戸に事務所を持っていた。戦前、対中国貿易で財を成した父とは親友で、日本人女性と結婚したのだが、日中戦争勃発《ぼっぱつ》の数日前、妻を残して中国へ帰り、それきり消息は絶えたのである。

高万寿の妻は、市田《いちだ》喜代といい、いつも化粧気のない小作りの顔の中にそばかすが散った、無口な人だった。両親に幼いときに死別し、いろんなところでいろんな苦労をして大きくなったそうである。この言い方は、まったくそのまま、父の説明を再現している。

私は、幼少のころから、彼女を喜代ちゃんと呼び、いろんなところでいろんな苦労をして大きくなった人なのだという目で、喜代ちゃんを見つめたものであった。そして、どんな場所でどんな苦労をしたのかを、子供心にいろいろと空想したことがあった。

喜代ちゃんは、神戸の料亭で仲居として働いていたとき、高万寿と知り合い、父があいだをとりもって、当時二十六歳だった中国人と結婚したが、時局が時局だけに、籍は移さず、内縁の妻として二年間、結婚生活をおくった。高万寿と喜代ちゃんとのあいだに子供はなかった。

阪神電車の尼崎駅は高架工事が始まり、基礎工事のための杭《くい》打ち機が、駅前の広場に強い震動を伝えていた。三、四日降りつづいた雨のために、広場はぬかるみ、正月に近い冬の風が、広場の周りに植えてあるポプラの裸木をしならせた。いつまた雨が落ちてくるのかわからないような灰色の空の下を、仕事にあぶれた日雇い労務者とか、リヤカーを引いた朝鮮人の老婆とか、学校帰りの中学生たちが、広場を行き来していた。

角帽をかぶった青年が、重そうな外套《がいとう》を脱ぎ、木を組んでそこに黒板を取りつけ、大声で、みなさん、こんにちは、と言って頭を下げ、みなさん、どうかお集まり下さいと、もう一度、深々と礼をした。

「私は、京都大学工学部の学生であります」

青年はそう言って学生服のポケットから学生証明書を出し、取り囲んでいる人々に見せた。見せたといっても、一瞬のことで、誰も証明書の字なんか読み取る暇もないうちに、それは青年のポケットにしまわれてしまった。

彼は黒板にチョークで掛け算の問題を書き、これを五秒で解《と》ける人はいるかと訊《き》いた。三《み》桁《けた》の数字が三段並んでいる掛け算である。

「この程度の掛け算を五秒で解けないようでは、日本の経済復興に取り残されるのは必定《ひつじょう》でありましょう」

と青年は言い、ふいに私を指さすと、

「きみ、きみは何年生だ?」

と訊いた。とにかくどういうわけか、私は、いろんな大道芸人の目にとまりやすいらしく、毒蛇に噛ませた傷口に塗る薬をおでこに塗られたり、カミソリの刃に、輪にした紙を載せ、さらにそこに青竹を載せて、紙を切らないまま木刀で青竹だけを割る秘術の実験者に指名される。またそれが楽しくて、私は、学校がひけると、駅前の広場に走っていくのである。

私は、

「五年生」

と答えた。

「きみは、いま何桁の掛け算を習っているの？」

私は三桁と答えた。

「ならば、きみには、この高度数学解読法をもはや手中にする資格があるのだよ」

と青年は大声で言い、私にチョークを手渡し、解いてみろと促《うなが》した。私は算数が苦手だったのと、次第に数の増えた人々の視線が恥ずかしくて、

「五秒でなんか解かれへんわ」

と言った。青年は笑い、私の頭を撫《な》で、

「恥ずかしがることはないんだ。解けないのはきみだけではない。ここに集まった紳士も奥方も、スリもチカンも、この問題を五秒でたちどころに解ける者などいないのだ。いたら、お目にかかりたい」

そう言って、人々を笑わせ、私に芝居がかった身振りで耳打ちしたが、実際には何の言葉

も発しなかった。そのあと青年は三桁の数字の下一桁を縦に足していくように大声で指示した。すると問題は解けてしまった。

「掛け算も割り算も、さらには、連立方程式も、いや微分も積分も、いやいやアインシュタイン先生の発見した相対性理論も、結局は、じつに単純な足し算と引き算の連関操作にすぎないのであります」

青年は、幾つかの難しい問題を黒板に書き、五秒か六秒かで解きつづけ、一冊の本を出した。

「さあ、お父さん、お母さん。この本を読めば、頭の悪い子供にもう家庭教師など必要はない。赤にかぶれた月給泥棒の教師の顔は青くなる」

一冊百円の本は、二十冊近く売れ、青年は商売道具をしまい、角帽を大事そうに鞄《かばん》に入れてから、煙草を吸いながら、どこかへ去って行った。

黒いシャツの上に大きな茶色い格子縞の背広を着た男がやってきて、突然、寒風の中で服を脱ぎ始めたので、散りかけた人々はまた集まった。パーマをかけた短い頭髪を後ろになでつけた色の浅黒い男は、黒いタイツ一枚になり、隆起した筋肉を誇示して、腕を廻したあと、鞄から煉瓦《れんが》や五寸釘や出刃包丁を出し、行き過ぎようとしている人間を呼び停めた。

「きみは、急用でもあるのか」

呼び停められた人は、ぽかんと男を見つめる。そのたびに、男は手招きし、

「ひとりの男が、衆人の前で身をさらし、恥をしのんで今日一日の糧《かて》を得ようとしているのを、きみは黙殺して、自分だけの人生に生きようとしている。きみはそれでも血の通った人間か。私は乞食ではない。乞食以下なのだ。日本の英雄である兄の名に汚名をきせ、五尺七寸二分のこの身でもって、自分だけではなく、日本国民が誰ひとり知らぬ者のない兄の生き恥をもさらしている。来なさい。こっちへ来て、しばし、ひとりの人間の、哀《かな》しい生き恥とつきあってみたまえ」

と言うのだった。男は、力道山に生き写しだった。私は、テレビで観た力道山の顔を頭に描きつつ、男を見つめた。男は、自分を取り囲んだ人々の数を確かめてから、煉瓦を空手チョップで割った。そして、ふんと鼻を鳴らし、割れた煉瓦をいまいましそうに足で蹴った。力道山そっくりやんけ、とか、力道山がなんでこんなとこにおるねん、とかの声が、あちこちで起こった。

「いかにも、私は力道山の弟です」

男は、幾分顔を伏せ、そう言ったあと、

「私はプロレスの厳しい練習に耐えられず、兄のもとから逃げだして、こうやって大道芸に身をやつした」

とつぶやいて泣いた。ざわめきが、広場に集まった人々の口から洩れた。私は、体が熱くなった。力道山の弟が、いまここにいるということに興奮したのだった。

高名な兄の名を軽はずみに口にすべきではないが、兄に、もう俺とお前とは、兄でもなければ弟でもないと縁を切られ、各地を流浪すること二年、ついに生きる術《すべ》を失ってこの所業に至った。男はそう説明した。

「兄には、無敵の空手チョップ。私には、兄にもまさる肉体。しかし、肉体だけでは、シャープ兄弟には勝てない。鉄人ルー・テーズの敵ではない」

男は五寸釘を持ち、それを両方の指で曲げて折った。すると、私の近くにいた痩《や》せた老人が、

「アホクサ！」

と怒鳴ったので、群衆は口を閉ざして、その老人を見つめた。

「力道山の弟？　アホぬかせ。力道山に弟がいてるなんて、わしは聞いたことがないわ。お前、警察に訴えるぞォ」

しかし、力道山の弟は少しも動じず、

「私が、力道山の弟ではないという確たる証拠をお持ちか」

と老人に訊いた。

「わしは、難波球場の近くでホルモン焼き屋をやってるんや。力道山がときどきわしの店に来てくれる。お弟子さんをぎょうさん連れてなァ。わしは、力道山とは親しいんや。わしは力道山とは、あの人がプロレスラーになって以来の友だちや。わしは、いっぺんも、あんた

を見たこともないし、力道山の口から、絶縁した弟の話題も出たことはあらへんのや」

「難波球場の近くのホルモン焼き屋? ああ、福助という店だな」

と力道山の弟は言った。老人は、口を尖《とが》らせ、ちらっと周りを見やってから、

「そうや、福助や」

と言った。群衆のあいだで、再びざわめきが起こった。風が強くなり、夕暮れに近づいて寒さも増したが、誰も立ち去る者はいなかった。

「私は、弟として、ずっと縁の下の仕事をしてきた。私と兄とが、あまりにも似ているため、あえて私は、兄と行動をともにするのを避けたのです。あなたのことは兄から聞いています。難波球場の特設リングで試合をするときは、必ず花輪を届けて下さる福助のご主人は、丹波文造さんだ。あなたが丹波さんですか」

老人は茫然とした表情で、力道山の弟を見ていたが、やがて顔を歪《ゆが》め、目に涙を溜めた。

「そうや、わしの名前は丹波文造や。わしはいっつも花輪を贈ってるでェ」

「まさか尼崎の駅前で、丹波さんとお逢《あ》いするとは思いませんでした。どうか、兄には黙っていて下さい」

老人は、本当に泣いていた。その涙は、群衆の幾人かにも伝わって、目頭《めがしら》を指でぬぐう人たちを私は見た。老人は、足早に去り、その老人に深く頭を下げつづける力道山の弟の肩が、寒空の下で艶《つや》やかに光っていた。

力道山の弟は、気を取り直して、商売を始めた。額で石を割り、五寸釘を何本も折り、そして私に目をやると、

「坊や。青びょうたんのようだな」

と言った。私は、体を固くさせて、はいと答えた。実際、私は体が弱くて、友だちから「青びょうたん」というあだ名を冠《かん》せられていたのだった。

「これを服《の》みたまえ」

力道山の弟は、鞄から小さな紙袋を出した。〈力道粉末〉とゴム印が捺されている。力道山の弟は、〈力道粉末〉こそ、じつは兄である力道山が、台湾の漢方医に特別に作らせた秘薬であると説明し、スプーンで袋の中の褐色の粉をすくって、私に口をあけろと命じた。

私は、多くの人間たちの中から選ばれたことが嬉《うれ》しくて、精一杯口をあけ、力道山の弟がスプーンで入れてくれた苦い粉薬を服んだ。

「六十分三本勝負で、いったいどれほどのエネルギーが必要か、みなさんにはおよそ見当もつかんでしょう。五千八百カロリーですぞ」

私は、舌に残った耐えられないほどの苦さを表情に出さないようにして、力道山の弟に視線を注いでいた。その浅黒い肉厚の額には、無数の傷跡が刻まれ、胸の筋肉も、やや太鼓腹の胴体も、何もかもがテレビで観る本物の力道山とそっくりであるのに驚嘆した。

高架工事の杭打ち機の音がやみ、勤め帰りの人々で、群衆はさらに数を増した。私は、力

道山の弟から五寸釘を渡され、それを指で曲げてみろと言われた。

「いかに〈力道粉末〉に秘力があっても、物には道理というものもあるのだ。この青びょうたんの少年に、五寸釘を折れるかどうかは保証の限りではない。しかし、みなさん、五寸釘に何の変化も起こらなかったら、私に石でも何でも投げつけるがよろしい」

　力道山の弟は、私に、思い切り、指で五寸釘を曲げてみろと言った。私はそうした。五寸釘は難なく真ん中からくの字に曲がった。

　長患いの亭主に悩むご婦人はいないか。この〈力道粉末〉を服ませれば、三時間後には久しくごぶさたしていた夫婦の娯《たの》しみが訪れるだろう。力道山の弟がそう言うと、人々は大きな声で笑った。彼は、さらに、〈力道粉末〉の効能を述べつづけたが、私は群衆をかきわけて、広場を西へと走り、商店街を抜け、路地から路地を曲がり、長屋の板塀をくぐって、私たち一家の住む平屋の借家へ帰った。

　私は、力道山の弟が袋を鞄から出した際、〈一袋五日分・二百円〉と書かれた紙を目にしていた。私は、夕飯のしたくをしている母のエプロンをつかみ、二百円ほしいとねだった。

「何を買うんや。二百円もするもんを、ただほしいほしいだけでは買《こ》うてやられへんで」

　早く引き返さないと、力道山の弟は商売を終えてどこかに姿を消してしまうだろう。そう思って焦《あせ》っている私は、

「力道山の弟が、薬を売ってるんや」

という言葉以外出てこなかった。二百円あれば、商店街の洋食屋で、目玉焼きの載ったハンバーグが二人前食べられる。母はそう言って、とりあってくれなかった。どんなにねだっても、母はお金をくれず、千切り大根《せんぎ》の煮具合を見たり、味噌汁の中に入れる豆腐を切ったりした。

「駅前で商売をしてる人間が売ってるような薬なんか服んだら、お腹をこわして、えらいことになるわ」

と母は言った。

「どんな病気でも直るんやで。お母ちゃんの病気も直るわ」

「お母ちゃんは病気やあらへん。丈夫やないけど、病気とは違う」

「こないだ、眩暈《めまい》がする言うて寝てたやないか」

「あれは、コウネンキショウガイ。お父ちゃんが心配ばっかりさせるから、普通の人より早ようにかかったんや。あれは病気やあらへん」

私は母の背中を突いたり、尻を殴ったり、最後は台所に正座して頭を下げて頼んだが駄目だった。ふてくされて表に出、絶対に不良になってやると私は思った。そうやって、長屋の住人が通り過ぎるのを、壁に凭《もた》れて見ていた。

冬の日が暮れてしまってからも、私は家に入らず、路地から路地へと音を立てて吹きすぎる寒風を避け、借家の南側の壁に凭れつづけた。母が私を呼んだ。私が動かないでいると、

母は路地に出て来て、

「隠れてるつもりでも、窓に頭が映ってるで」

と言って笑い、父を呼んでくるようにと言った。

「喜代ちゃんとこで、麻雀をやってはる。きのう、やっと手形が落ちて、一段落やからな」

「ほんまに、あの人、力道山の弟やねん」

母は私の背を押し、

「お父ちゃんを連れて戻っといで」

と言った。私は、阪神国道に出、玉江橋へと歩いた。きのうが手形の期日で、それを落とすために金策に走り廻った父は、珍しく酒気を帯びず、遅くに帰って来て、精根尽き果てたように眠った。そして、きょうは昼近くに起き、ずっと喜代ちゃんの店で麻雀をやっていた。私は、十日後に、父がもう一枚の手形を落とさなければならないこと、それが落ちなければ父の会社はまた倒産することを知っていた。

私は、トラックが通るたびに揺れる喜代ちゃんの店の扉を押して中に入った。煙草のけむりで店内は白くかすみ、壁に張ってある点数表の数字が読めなかった。麻雀台は五卓あったが、どの卓も客で埋まり、順番を待つ客が、壁ぎわの長椅子に坐っている。

私は父を捜した。父は一番奥の席にいた。私に気づいた喜代ちゃんが、よく通る細い声で、

「きょうは、お父ちゃんはなかなか帰られへんわ。えらいつ<ruby>いてはるから」

と私に笑顔で言った。私は父のうしろに行き、丸椅子に坐ると、父のつき具合を調べた。ブー麻雀だったから、一局終わるたびに、店が発行する券で支払い、それを帰るとき帳場で金に換えるのだった。券は、煙草のいこいの柄で出来ていて、煙草の値段と券の値段は同じだった。

点棒を入れる小さな引き出しの下に、いこいの券はぶあつく積まれていた。私は、券の枚数をかぞえた。四十枚近くまでかぞえたとき、

「社長、この五筒《ウーピン》の切り方は、どうも匂うな」

と対面《トイメン》の男が言った。私は男を見て、あっと声をあげた。その声で父が振り返り、同時に男も私を見た。

「力道山の弟や」

と私は叫んだ。客たちはみんな笑い、力道山の弟も、

「おっ、お前、さっきの青びょうたんじゃねェか」

と言った。

「お父ちゃん、この人、力道山の弟やで」

私が父の上着を引っ張りながら言うと、父は、

「わしには、力道山の隠し子やて言いよったぞ。そのうち、ほんまの力道山になりすましよるかもわからんな」

と言って笑った。力道山の弟は、父の表情をうかがい、八筒《パーピン》を捨てた。

「出た、出た。それや。どうせ捨てるんなら、もっと早ように捨てたらええんや。お互い、らくになるのに」

父がそう言うと、力道山の弟は麻雀台を叩き、

「ちぇっ、これしか切れる牌《パイ》がないんだよな」

とそれほど口惜しがってもいない顔つきで言った。一局終わったらしく、力道山の弟は何枚かのいこいの券を父に渡し、席から立ちあがると、長椅子に坐って順番を待っている男のひとりと交代した。私は、交代した男をいつまでもぽかんと見つめつづけた。それは、力道山の弟をにせ者よばわりした老人であった。

「きょうの稼ぎ、そっくりこの社長に持ってかれそうだよ」

力道山の弟は、難波球場の横でホルモン焼き屋を営《いとな》んでいるはずの、丹波という老人の肩を叩いてから、喜代ちゃんにビールを注文し、トイレに入った。私は、牌をかきまぜている父の目を盗んで、いこいの券を四枚、そっとポケットにしまった。そして、便所に行った。力道山の弟は、服を脱ぎ、上半身をタオルでぬぐっていた。私を見て、

「お前の親父さんかい？」

と訊いた。私がそうだと答えると、それならばこの店の女主人は、お前のお袋さんなのかと質問した。

「違う。喜代ちゃんは、ぼくのお父ちゃんの友だちの奥さんや」

「奥さん……？　亭主は何やってんだ？」

「中国に帰ったきり、手紙もけえへんし、電話もかかってけえへんねん」

「中国から電話がかかってくる筈《はず》がねえだろう」

男は笑い、私の頭を大きな掌《てのひら》で撫でた。私は、父から盗んだ二百円分のいこいの券を出し、〈力道粉末〉を売ってくれと頼んだ。

「お前、これ、ちゃんと親父に貰ったのか？　泥棒はいかん。スポーツマンシップに反する」

そう言ったくせに、上着の内ポケットから〈力道粉末〉を出し、四枚のいこいの券をひったくった。

「暑いのん？」

と私は訊いた。力道山の弟が、何度もタオルを水道の水にひたし、それで体を拭きつづけていたからである。

「ワセリンを取ってるんだ。いつまでも塗ったままにしとくと、体がかぶれるんだよ。俺の肌は繊細でね」

体を拭き終え、服を着ると、力道山の弟は鼻唄をうたいながら、便所から出て行った。私は、袋から薬の粉を掌に移し、それを口の中に放り込んだ。広場で飲んだものよりも数倍苦くて、私は吐き出しそうになったが、水と一緒に服み下した。

便所から出て、しばらく父のうしろに坐っていたが、二百円分の券を盗んだことがばれないうちに家に帰ろうと考えた。

「しかし、おんなじ場所で二度と商売は出来んやろ」

と父がビールを飲んでいる力道山の弟に話しかけた。

「それどころか、物を売ったらずらからんといかんのや。そやのに、こいつときたら、雀荘《ジャンそう》をみつけたら、中に入らんとおられん性分や」

老人がいまいましそうに言った。

「何言いやがる、クソジジイ。てめえだって、牌の音が聞こえたら、自然にそっちへ足が向くんだろうが」

力道山の弟は、立ったままビールを飲み、老人に言った。

猛烈な下痢が始まったのは、夜の十時を過ぎて、蒲団にもぐり込んだころだった。私は便所に走り、蒲団に戻るたびにひどい腹痛で体を丸めて転げまわった。夜中の二時近く、食べた物を吐き始めたので、母が病院に行こうと促し、寝巻きを脱いで服に着換えかけたとき、父が帰って来た。

「盗みをはたらいた罰や」

父は言って、私の頭を平手で殴った。ズボンのポケットから、麻雀で勝った金を出し、そ

の半分を母に渡すと、

「アホめ！」

と怒鳴って、枕や茶碗を壁に投げつけた。私は自分が叱《しか》られているのだとばかり思っていたが、やがて、そうではないことがわかってきた。父の異常な怒りの対象は、私ではなく喜代ちゃんだったのである。

その夜、私は十数回も便所に行き、一睡もできなかったので、父と母のひそひそ話をほとんど聞いたのだった。

「高さんとのあいだに子供でもいてたら、喜代ちゃんも、そんな魔がさしたようなことせえへんやろにねェ」

と母が言った。

「よりによって、あのどこの馬の骨やらわからん香具師《やし》と……。女はアホか。俺には、気が狂うたとしか思えん。力道山の弟やなんて言うて、わけのわからん粉を売ってる、薄汚い男と……。そんなに男のチンポが恋しかったら、なんで俺の勧めた男と所帯を持たなんだんや。高が日本に帰る筈がないやろ。中国は、共産主義の国になったんやぞ。そんな国で、高がどうやって生きていくんや」

「力道山の弟……。そう言うて日本中を転々としてる香具師……。喜代ちゃんが、そんな男と……。私、どうにも信じられへんわ。言い寄ってくる男は山ほどおったんやで。いっぺんでも、ふらふらっとその気になったこともなかった喜代ちゃんが……」

母はどうにも信じかねるといった口ぶりで言った。

力道山の弟は、広場に姿をあらわした日から三日間、喜代ちゃんの店の二階で寝起きしたあと、鼻唄まじりで、胸を張って出て行ったという。

私の知っているかぎりにおいて、あの力道山の弟は、尼崎の駅前広場にも、喜代ちゃんの店にも、二度と姿をあらわさなかった。そして、喜代ちゃんは身ごもったのだった。それがわかったとき、父は喜代ちゃんの店の麻雀台を叩きつぶし、麻雀牌を喜代ちゃんの体に、つぶてのようにぶつけ、長椅子を持ちあげて、入口の扉や壁や帳場をこわした。

通りかかった人のしらせで警官が駆けつけ、父は連れて行かれた。私は、阪神国道を挟んだ向かい側の電柱に隠れて、父が暴れている姿と、無抵抗なまま泣いている喜代ちゃんを見ていた。市電とバスがひっきりなしに通り、遠くには、ガスを貯蔵する巨大な円型のタンクが、冬の日に照らされているのを、私は寂しい風景として感じた。

夜ふけに警察から帰ってきた父は、うつらうつらしていた私を起こし、

「力道粉末の味はどうやった?」

と言って微笑《ほほえ》み、母に酒を持ってこさせた。私は、喜代ちゃんの店で、いこいの券を盗んだことを涙ながらに謝り、喜代ちゃんは力道山の弟と結婚するのかと訊いた。

「力道山の弟か……。そんな人間はおらん。お前は、そんな人間を見たことはない。わかっ

たな？　お前は、そんな人間を、尼崎の駅前でも見いひんかったし、喜代ちゃんの店でも見いひんかった」

父は私に嚙《か》んで含めるように言い聞かせ、

「喜代は、高の恋女房やったんやぞ。あの、純で一途な、前途洋々たる中国人が、命懸《いのちが》けで好きになった女や。高は、祖国を捨てても、喜代と結婚する気やった。そやけど、あの戦争は、祖国を捨てる選択すらできん戦争やったんや。高と一緒に暮らしだしたころの喜代は、いま咲いたばっかりの花みたいやった」

母の持ってきた一升壜《びん》を膝に載せ、自分で茶碗に酒をつぎ、

「喜代は、子供を堕《お》ろす気はないそうや。あの氏素姓のわからん、ゆきずりの男の子供を、なんと本気で産むつもりや」

と父は言い、ふいに、獣みたいな吠《ほ》え声をあげると、畳を何度も力まかせに拳《こぶし》で叩き、それをやめさせようとむしゃぶりついた母を殴った。

父の会社は、その翌年の二月に倒産した。私たちは尼崎を引き払い、父の古い友人を頼って岡山に逃げ、そこで五年間をすごした。

きっと母が、父に内緒でしらせたのであろう。私たちが岡山に居を定めて一年が過ぎたころ、喜代ちゃんから手紙が届いた。それは父の目に触れないまま、母の簞笥《たんす》の奥深くにしまわれた。生まれた子供は女の子で、悦子と名づけた。尼崎の、元の場所で麻雀屋を営んでい

る……。そんな文面だった。

　私たちが大阪に舞い戻ってすぐに、喜代ちゃんは幼い娘の手を引いて訪ねてきた。けれども、父は二人に逢おうとはしなかった。仕方なく、母は近所の喫茶店で喜代ちゃんと逢い、近況を訊いた。家に帰って来て、母は父に恐る恐る報告した。

「子供の父親は、あれっきり、姿を見せへんけど、自分にはそのほうがありがたい……。喜代ちゃん、そない言うてたわ。店は、よう繁盛してるそうや」

　その後、三年近く、母は父に内緒で、喜代ちゃんに金を工面《くめん》してもらっていた。その金を受け取りに行くのは、いつも私の役目だった。そのたびに、私は悦子を駅前の広場に連れて行って遊んでやった。

　駅の周辺には、キャバレーやラブホテルが建ち、広場からは大道芸人の姿はすっかり消えてしまっていた。

　悦子はよく喋《しゃべ》り、細かいことによく気がつく子だった。私の学生服のボタンが取れかけていると、私を広場に待たせたまま、家に針と糸を取りに帰り、広場のベンチでつくろってくれたりした。悦子は、広場にいると、ガスの貯蔵タンクが見えないので嬉しいと私に言った。どうして嬉しいのかと訊いても、悦子はその理由を上手に言葉にはできなかった。

「ぼくも、あのでっかい丸いタンクが嫌いや」

「なんで？」

「あれを見てたら、寂しいなんねん」
悦子はしばらく考え込み、
「うちも寂しいなんねん」
と言った。

喜代ちゃんが子宮癌《がん》で死んだのは、悦子が九歳になったばかりのときだった。そこでやっと、母は父に怒鳴られるのを覚悟で、喜代ちゃんにしばしば金を用立ててもらっていたことを打ち明けたが、父は、予想に反して、「そうか」とひとことつぶやいただけだった。

孤児となった悦子を、子供のない夫婦の養女に世話したのは父である。明石の漁業組合に勤める父の古い友人夫婦で、地味だが実直で堅実な生活をしている中年の夫婦に貰われて、悦子は明石へ移ったが、そんな悦子を、父はときおり映画に連れて行ったり、何時間も環状線に乗って、大阪の街並みを見せたりした。けれども、そのことを、なぜか父は、私にも母にも内緒にしていた。

父は亡くなる三カ月ほど前、悦子と神戸の元町で食事をした。それもあとになって、悦子から聞いたのである。その際、自分には高万寿という中国人の友だちがいて、彼の事務所はこの近くにあったと話し始めたそうだ。頭のいい、誠実な、男前の、素晴らしい男だったと言い、

「悦子のお母さんとも仲良しやったんや」

とつけくわえた。そして、いたずらっぽい目で悦子を見ながら、ポケットから五寸釘を出し、それを指で曲げてみろと言った。もうじき十歳になる悦子は、首をかしげながら五寸釘を持った。それは少し力を込めただけでぐにゃりと曲がった。不思議がっている悦子に、

「これは鉄と違う。ハ、ハ、ハンダや。ハンダで作ったインチキな釘や」

とささやいて、悦子が気味悪く感じるほど、いつまでも楽しそうに笑ったそうである。

愛すべき少年

小川洋子・解説エッセイ

語り手の「私」は、「いろんな大道芸人の目にとまりやすい」少年である。なるほど言われてみれば、どんな集団にも、そういうタイプの子供はいるものだ。

「おい、ちょっとそこの君」

と指差され、手招きされ、前へ呼び出される。

まず何より、皆を代表して、その芸を盛り上げる役を果すわけだから、素直な子でなければならない。小賢しくひねくれた子では、下手をすると小細工を見破られる怖れがある。疑いを知らず、無邪気に驚いたり感動したりできる、子供らしい感受性が求められる。

一方、大人しすぎる子は、ちょっと困る。緊張のあまりもじもじしているばかりでは、場が白ける。余計な手出しはしないが、適度な感情表現はできる、このあたりの按配が難しい。

更に、高価な洋服を着ている、息を飲むほどの美少年である、ずば抜けて背が高い、コロコロに太っている……などなど、さまざまな意味で目立つ子より、すべてが平均に収まっている子の方が、大道芸人には好まれる傾向にある。芸人にとってみれば、自分より目立たれては困るのだ。平凡な、どこにでもいる子。平均のど真ん中にいる子。そういう子が指差される。

平均なのだから、いくらでもいるだろうと思われるかもしれないが、いざ一人を選ぼうとすると案外難しい。先頭に立つ子も一人、ビリの子も一人、ちょうど真ん中になる子もまた、たった一人なのだから。

毒蛇の治療薬をおでこに塗られ、力道粉末を飲んでお腹を壊し、ガスの円型タンクを見ると寂しい気持になる「私」は、これらの難しい条件を見事にクリアした少年だ。素直で無邪気でどこにでもいる少年。大道芸人にとって最も好ましい観客は、私にとって最も愛すべき子供でもある。だから私はこの小説が、いとおしくてならない。

雪の降るまで

田辺聖子

田辺聖子（一九二三―）

大阪市生まれ。樟蔭女専国文科卒。一九六四年「感傷旅行《センチメンタル・ジャーニィ》」で芥川賞、一九八七年『花衣ぬぐやまつわる……』で女流文学賞、一九九三年『ひねくれ一茶』で吉川英治文学賞を受賞する。主な著書に『むかし・あけぼの』『田辺聖子の小倉百人一首』等。「雪の降るまで」の初出は、一九八四年十一月の「月刊カドカワ」。

ずいぶん暗い家だと思った。門は半ば朽ちて、生い繁《しげ》った木に口を塞《ふさ》がれたように狭くなっている。飛石《とびいし》は苔《こけ》で埋《うま》り、玄関は更に暗かった。標札はない。

出てきた女性は四十くらいで、ごくふつうの主婦のような恰好《かっこう》をしている。セーターにスカート、足もとは白いソックスだった。

以和子《いわこ》は、大庭《おおば》の名をいった。

「どうぞ。もう、お見えどす」

と女は尋常な口の利《き》きかたで、愛想笑いはしないが、おだやかな表情だった。それが客あしらいに慣れたさまを思わせた。

家のうちは川霧に湿ったように冷えこんでいる。かなり古い家のようであった。廊下は暗く、襖《ふすま》の閉った部屋もあるが、人の気配はしない。廊下の床《ゆか》はぞっとする程冷たい。

女は不意に廊下を左へ折れ、

「ここどす……」

と膝《ひざ》を折り、部屋の内へ声をかけた。

「お見えになりました」

——ていねいに両手で燻《くす》んだ襖を開《あ》けた。

窓際に大庭が坐《すわ》っていた。

女が出ていくと、以和子はコートを脱ぎ、

「遅《おそ》なってしもて……だいぶ、お待ちになりました？」

以和子の声はいつも小さい。

勤め先の、大阪の安土町《あづちまち》の服地問屋の店でも、人によくそういわれる。しかし澄んで徹《とお》る声なので、小さくても人に不快感は与えないらしい。それが大庭に向うと、いつもよりもっと小さくなるのであった。

「いやいや、そうでもない」

と大庭がおちついていうので、かなり長く待っていたらしいと以和子は思った。

「暗いおうちやこと……」

「うん。けど、美味《うま》いもん食べさすのや。二へんほど来たかいなあ。あんたにもこら、ぜひ、食べさしたい思うてなあ」

大庭は五十一になる男だが、声は張りがあって力があった。謡《うたい》をやっているというからそのせいかもしれない。お能の会に以和子は誘われるが、

〈ウチ、それだけはあきませんねん……〉

と逃げてしまう。大庭は妻とお茶も習っているそうだが、以和子はお茶もやらない。

〈教養、無《の》うてすいません〉

といったことがあるが、

〈そんなん、教養やない。ほんまの女の教養いうたら、あんたみたいに、あれが好きな女のことどっしゃん〉

と大庭はふざけていった。

〈いや、女の、やない。人間の教養、いうんかいなあ。じっくり楽しむことのでける余裕が人間の教養や〉

〈そら、ウチ、もうトシやもん、四十六になったら誰《だれ》かて、そうとちがいますか〉

〈なかなか。居そうで居てへんねや、そういうオナゴはんは。色町《いろまち》へ行《い》たら金搦《かねがら》みになるし、素人《しろうと》は浮世の義理に縛られるし……〉

〈ふふふふ〉

〈以和子はんだけや。あんたみたいなん、おらへん〉

大庭とはまだ一年ぐらいのつきあいであるが、どきどきする心弾《はず》みは薄れていなくて、以和子は好きな大庭と会う、最初の一瞬は、彼と視線を合せるのが羞《は》ずかしいのであった。笑みを含んだ大庭に見つめられると目を伏せて、そのうち涙が出てくる。嬉《うれ》しさと羞ずかしさの入りまじったような、期待で息苦しいほどにたかぶった気持が、緊張に堪え切れなくてぐらりと崩れ、むしろ、

（来なければよかった……）

という気になるほど、収拾つかず混乱してしまう。そういうとき、以和子の肌にはゆっくりと、とまどい勝ちの血の色がのぼってくる。

痩《や》せているように見えるのは以和子の着付けや身ごなしのせいで、ほんとは重量感のある軀《からだ》なのである。肌色は沈んで磁器のようにコクのある白さになっている。そのきめこまかな肌が、大庭と会うときは奥に灯をともすように淫靡《いんび》な照り映えをもつ。

大庭に引き寄せられて以和子は、

「……さっきの人が、……来やはりますのに」

と囁《ささや》いた。大庭は諾《き》かずに、

「大事《だん》ない、ここ、何でもおそいねん。スロモーなうちなんや。ちょっと暖まらんと寒《さぶ》うて」

と、笑いをふくんだ声音《こわね》でいった。部屋には電気ストーブの小さいのが一つ、ついているだけで、暖房もない昔風な家らしかった。大庭は贅肉《ぜいにく》のない、筋肉質の堅い軀《からだ》をしている。その年ごろにしては身長もあって骨格が大きい。堅い肉付きで、大男にみえる。〈昔は僕でも大きいほうやった。今の若いもんはみな背ェ高いけどな〉といったことがある。以和子はすっぽりと大庭に抱きしめられて、いつも思うのだが、

（なんでこんなにうまいこと嵌《はま》るのやろう）

と感心する。その抱きとられかたも、唇の上へ、暖かい雪のように落ちてくる男の柔《やわ》らかい唇もどこかしら、何かがうまく嵌ってぴったりしたという感じがする。体が、というより人生の枠組みがうまく嵌ったというものかもしれない。それから大庭の軀は堅いが、以和子には堅いとは思えず、胸も舌も唇も底しれず柔いのである。男の軀、という気がしない。いのちのぬめりそのもの、という気がする。軀自体が満足のためいきのように思われ、ためいきに以和子は包まれている気がするのであった。

こういう感じは、何人かいた昔の男には持ったことがなかった。大庭の前は久野《くの》という三十八、九の男だった。

以和子は服地問屋の経理事務をもう十なん年やっている。三、四十人ばかり働いている店で、サラリーは安いが家庭的な店だった。地味でつつましやかにみえる以和子は、もっさりした平凡な女事務員と思われている。以和子の姉が思うように、世間の人も、「嫁《い》きおくれた陰気なハイ・ミス」と思っているのかもしれない。しかしよっぽど手だれの男がみればどこかしら、何かが発散するというのか、自然ににじみ出てくるものが以和子の身辺にただよっているのだろう、遊び人の久野が近づいてきた。

以和子は自分の何かを見破って近付いてくる男だけ、ひそかに選り好みしてつき合っていた。結婚する気はないので、男との遊びにも張りがあって充実していた。

（七十、八十まで遊びたい……）

と以和子は思っている。老いても恋に命を燃やせると思うと満足だった。男は以和子の趣味の一つだった。

久野ははじめて以和子と寝たときに、

〈やっぱりや……思《おも》た通りや〉

と深い満足に嗄《か》れた声で囁《ささや》いた。

〈何がですか？　何が思た通りやのん？〉

〈肌や。あんたの顔見てて、綺麗《きれい》な肌やろな、思てたんや。それに声、やな〉

〈声〉

〈そや。スケベな声や〉

〈……そんなん、いわれたことない〉

〈世間のアホは知らんねん。知ってるもんはわかる〉

〈べつにわたし、スケベな声、出してるつもりあれへんわ……〉

〈違《ちゃ》うねん、どないいうのんかいなあ、あんたの声はいろんなこと想像させるねん……こんなん知っとる女と違《ちゃ》うか、とか、こんなんさせたらどないやろ、とか、男に煩悩《ぼんのう》おこさせるんやな、男の想像いうたらみな、煩悩やさかい……〉

〈でもわたし、もてたことありません……〉

〈うそつけ、あんたのスケベは度が深いデ。煮返して、かなり味が濃うなっとる。煮詰っと

るんやな〉

あの久野という男は阿呆《あほう》であったが、煩悩《ぼんのう》という言葉を使ったのと、以和子の「煮詰った」雰囲気を嗅《か》ぎ当てたのはちょっとマシや、と以和子は思っている。しかし遊び人というのは底が浅く、じきに以和子は飽いてしまった。久野のほうがまだ煮詰っていないのだ。もっと煮返してから来い、と以和子は言いたかった。

鹿《しか》を逐《お》う猟師《りょうし》山を見ずというけれど、あんまり遊びすぎるとまた野暮《やぼ》にかえってしまい、女心が見えなくなってしまうのであろうか、いややはり天性のものなのであろう。（それは大庭と比べたりするとハッキリわかる）

以和子は久野としゃべっていても、ちっとも面白くなかった。ベッドを下りた久野は何の取柄《とりえ》もない、時々貧乏震いする癖のある、町の小さな印刷屋の男にすぎない。体を揺すりたてて、また聞きの、ある宗教団体の内幕をしゃべったりした。久野の母親と妻が入信しており、久野も仕事を廻《まわ》してもらいたさに入らされたのだが、その主宰者のワルクチしか話題がなくて、以和子は急速に久野に興味を失い、久野のほうは以和子を「遊んでやった」と思っているのかもしれないが、本当は以和子の方から、

（あんなン、あかん……）

と久野を抛《ほう》り出したのであった。ちょっとした顔立で、細縁の眼鏡なんぞかけて色ワルのような魅力があり、自分でもそれを知っているような久野の、そういう臭さが以和子にはふ

と、面白かったのであるが。

ああしかし、何もかも大庭に比べたら色褪《いろあ》せてしまう。いまのところ以和子は大庭にどっぷり漬り、足を搦《から》められている。大庭は京都の九条の材木業者である。以和子は一時、京都までお花を習いにいっていたことがあり、その嵯峨御流《さがごりゅう》の教室で大庭に会ったのだった。そのときも大庭は妻と一緒に来ていて、

〈家内に引っぱられまして〉

といっていた。大庭の妻は眼鏡をかけているが、頰《ほお》のふっくらした、気の良さそうな色白の美しい京おんなで、夫婦仲はよさそうであった。さすがに京都で、お花の教室には、若い男も中年男もたくさん来ていた。以和子はお師匠さんにすすめられるまま京都まで来ていたのだが、仕事の時間とのやりくりがだんだんつかなくなってやめることにした。お花を教えてたつきの道とする気はなく、免状を嫁入道具にする気もない以和子は、ただ自分の楽しみだけに習っているのであったから、やめるのも始めるのも気ままで自由だった。

〈もう来やはらへんのどすか、そら淋《さみ》しおすなあ〉

と大庭にいわれた。ほぼ一年、教室で顔を合せるたびに、〈今晩は〉〈暑おすなあ〉〈寒《さぶ》おすなあ〉という挨拶《あいさつ》だけ交していた仲だったが、

〈またお目にかかりとうおすなあ〉

とやんわりいわれて、以和子はふと大庭に両手を包まれた。寒いときだったが、手袋をつ

けていない以和子は、大庭の両手を暖かいと思った。それに両手を合せるようにじっくり、男の掌で包まれるのも、はじめての経験だった。男と寝ても手を包みこまれることはなかったから。

そのときも、

（柔《やわ》らかい男だ）

という気がした。異次元の軟体動物のように大庭にまつわりつかれて、以和子は、（これは適《あ》う）と思った。どっかがぴったり（嵌《はま》る）と思った。

しかしそのときは以和子は大庭とかかわりを持つ気になっていなかった。一年ばかりして、〈大阪へ来ましたよってに……〉と大庭に電話をもらった。横堀《よこぼり》に用事があって、という大庭とミナミで会って、その夜からつづいている。ひと月にいっぺんか、ふた月に三べんという逢瀬《おうせ》であるが、泊ることはしない。一年半ほどになる。「夢のように日が過ぎた」というけれど、以和子はその言葉が実感として身に沁《し》みるのであった。

表面は十年一日のように「山武羅紗《やまたけらしゃ》」の「事務員さん」と呼ばれて、銀行へ行ったり、伝票を電卓で計算したり、記帳したり、している。経理には社長と縁戚《えんせき》になるベテランの経理マンがいるので、以和子は責任がなかった。お茶を出したり掃除をしたりもする。控え目だが愛想もいいので、客にも受けがよく、程のよいおばはん、と思われているらしい。いつも同じ髪型をし、古いバッグを持ち、お昼は自分で作った弁当を食べ、地下鉄で通った。鷺洲《さぎす》の安い私営アパートに住み、宝くじはいつも一枚だけ買い、財布に入れているのを店の人に知られている。残業をいわれてもいやな顔をせず、店でとってもらったきつねうどんをおいしそうに食べて、汁までちゅうちゅうとあまさず吸った。皆の鉢をあつめて、湯わかし場でさっと洗い、何かにつけて程のよい存在で、重宝な女手だった。店にはときどき若い女の子が雇われるが、結婚やら転職でやめていっても、以和子だけは「いつもいる」。

いつもいる以和子に、店の者も客も安心する、そんな存在である。

だから銀行の窓口で、

「山武羅紗さあん」

と呼ばれて、

「ハイ」

と立ってゆく以和子を見るかぎり、「夢のように日が過ぎた」楽しみを、コックリと味わっている人生の中身は、誰《だれ》にも分らないのであった。

大庭との交わりを（以和子は今ふうにセックスとは呼びたくない。それはなんのことやろうという気がする。むしろ、情交といったほうがぴったりする）思うたびに以和子は物悲しいような愉悦《ゆえつ》の波に目まで溺《おぼ》れそうになる。そのとき、

（子宮の在《あ》りどこを知る……）

という気になる。胃袋の在りどこを知るうまい水、という川柳があるが、冷たい水が体内

を下って胃へ落ちるのがはっきり分るように、子宮の在りどこがわかる気がする。初潮の早かった以和子は閉経も早いのか、去年ごろから忘れたようになっている。忘れるというのがぴったりだった。以和子は昔、血の滴《したた》る女だったということも忘れかけている。いつもひそかに、

（いまがいちばん、いい……）

と思うくせのある彼女は、閉経すればしたで、それになんの感傷も感慨もなかった。このぶんでは子宮をとってもそう思うかもしれない。以和子が「子宮の在りどこを知る」と思う、その子宮は現実のものではなくて、女の人生そのもの、なのだ。

女の生きてるあかしの窮極の核なのだった。

大庭と寝る楽しみを思うたびに、体内を劇薬の微温湯《ぬるまゆ》が静かに下《くだ》ってゆく気がする。いつ彼と別れるか分らないが、

（ええ人とめぐり逢《お》うたわァ……）

という、思い出し笑いするような満足感がいつもあった。当然のこととして、以和子は大庭と結婚したいなどという欲はない。大庭にそんな気がないところもいい。大庭が妻ともうまくやってバランスのいい男であるところもいい。以和子は、大庭が結婚している男であることなぞ、銀行の窓口で十なん年、「山武羅紗さあん」と呼ばれているのと同じようなことに思えるのだ。そんなことはどっちでもよかった。それは振込や入金と同じくらいのタダの

日常茶飯事《さはんじ》に思える。

「窓、開けてもよろしい？」

以和子は小声でいう。いっぺん接吻《せっぷん》すると氷が溶けたように、めためたと以和子は大庭にうちとけるのであるが、会ったはじめはいつも、はじめてこんな機会を持ったように羞恥《しゅうち》でのぼせてしまう。

〈あんたはいつも、『つづき』にならへんのやなあ。一回ごとに完結して、また新らしィにはじめるお人やなあ〉

と大庭にいわれたことがある。以和子は自分でも、なんでこんなんやろ、と思うことがあるが、自分でも手古摺《てこず》るくらい、大庭に会うときは羞《は》ずかしいのであった。

「寒《さぶ》いで」

と大庭はいったが、紙障子の窓を開けてくれた。檜葉《ひば》や杉の木立ち越しに対岸の嵐山《あらしやま》が見え、空は灰色で、暗鬱《あんうつ》な濃緑色の山肌のところどころに、色変りした木々が虎斑《とらふ》のようだった。

「京都の、いちばん寒いときに寒いとこへ来たなあ」

と大庭は笑ったが、京の底冷えは以和子には不快ではなかった。寒《かん》の水で研《と》ぐと刀も鏡もよう光るのやと聞いたことがあったが、京の寒さは気持のいいきびしさである。

さっきの女が廊下から、

「お茶を……」

と声をかけた。大庭のいうようにかなり経《た》ってからお茶が運ばれたが、麩饅頭《ふまんじゅう》がついていた。女が去ってから、以和子は、

「これ、『麩嘉《ふうか》』のでしょう、椹木町《さわらぎ》通りの……」

「そうそう、笹巻《ささま》き。好きかいな」

「好きやわ。頂きます」

笹を取るとつるりとした咽喉《のど》ごしの麩饅頭は、冷たくしっとりして仄甘《ほのあま》かった。舌の風韻《ふういん》を楽しむように笹の葉を巻いて、

「ええ匂《にお》いやわあ、この葉ァも……」

「鞍馬《くらま》の奥の笹やてな。そやないとここらには、もう色も香もええ笹はないそうや」

家うちには人の気配もせず、物音も絶えてない。それでも折々は松尾《まつお》の方へ走る車の音もする。

「ここ、お料理屋さんの看板、上げてはらしませんのやなあ」

「一見《いちげん》は入られへん。日にふた組入れてるだけや。家のもんだけでやってはるのや。知り合いの口添えないと来られへんねん。泊れるんやで。昼間からお風呂《ふろ》、湧《わ》かしてはる。お化けの出そうな、古いお風呂やけどな。……」

「どんな人が来やはりますのん？」

「僕らみたいな人や。名のある人らも来はるらしい。京都はふところ深い町やよってに、こんなとこ、沢山《ようけ》あるのや」

「ようけ知ってはりますのやろなあ」

「こんなとこか」

「いいえ。こんなとこへ一緒に来はる女《ひと》」

「今まではなあ。いまは以和子はんひとりや。何べんもいうておっしゃん」

「それ聞きたさに、何べんも訊《たん》ねますねん」

「可愛《かい》らし人や」

と大庭はにこにこといい、腕時計を見て、

「おなか空《す》いたやろ」

「はあ。けどご馳走《ちそう》出る思《おも》たら、それもうれして」

「ここへ来たら、万事ゆっくりせな、あかんのに、クセやなあ、つい、せかいかい、せかたらしィに時計、見てまう」

大庭はわりにおっとり、のんびりした男であるが、その彼でさえ「せかたらし」くなるというのだから、この家はよほどスロモーなサービスぶりであるらしかった。

「時間、大丈夫ですか」

と以和子は彼のことを心配する。

「ふん、今日はよろしねや、ゆっくりでけるのやが、あんた、忙しかったたんちがうか」

以和子の店は、この頃《ごろ》やっと土曜が半どんになったので、京都でゆっくり、というときは土曜に会うことになる。大庭は夜と日曜は外へ出ない。

「いえ、ちょっと出がけに、人と逢《お》うたもんですから」

ゆうべ姉が電話をしてきて、縁談があるねんけど、といった。以和子は〈ウチ結婚するつもりないねん〉といったのだが、〈まあ、そない棄《す》て鉢《ばち》にならんでもええやないか〉と姉にいわれ、

〈そないに、ぶっちぎるようにいわれたら話の継ぎ穂もあれへん。人の好意は、大きに、いうて一応は受けとくもんや〉

説教までされてしまった。

〈いっぺん写真見ィひんか〉

〈わるいけど、ウチ、見てもしゃアない、思うし〉

〈あした、あんたとこの会社の近くまで行くよってに、お店ひけてから会おか〉

姉は勝手に言いきめ、以和子は店の近所の喫茶店で姉と会わなければならないことになってしまう。姉の気を悪うさせぬようにと気をつかってことわったのだが、

〈ウチのお父ちゃんの工場の得意先やけど、去年、奥さん死なさはって。お婆ちゃんと娘さん二人、居やはる。でもどっちも、もうすぐ嫁入りしはるやろし。あんたかて、先行き一人

でトシとるの、心細いやろ、思いきって結婚しィよし。おカネもある人やし〉

〈うち、おカネ要《い》らん。先行きも心細うないねん。いよいよ、体、動《いの》かんようになったら入れてくれはる老人ホーム、どこでも入りますのや〉

〈そんなわけにいくかいな〉

〈わがままもんやさかい、とても人サンの家にはいって折り合いよう、でけへん思うねん。かんにんしてえな、姉ちゃん〉

〈あかんかいなあ。ええ縁談や思うねんけど。トシは五十三やてな。ちょっと血圧たかいけど元気やいうてはるしィ〉

〈ウチ、半端もんや。料理も何もでけへんねん。人の奥さん勤まるはず、ないねん〉

それで押し切ってしまった。

以和子は料理も好きだし、こまごました家事もきらいではないが、それを誰《だれ》かのためにするという気はない。大庭を自分のアパートへ連れてこようという気はなかった。大庭のために夜食を作ったり、朝の味噌汁《みそしる》をつくったりというようなことは、考えられもしない。女房気取りとか、結婚まがいのようなことをする気もないのだ。

姉は、将来の生活不安を強調したが、以和子は、昔、父親の遺産分けを少々もらった分を上手《じょうず》に運営して、減らしていない。経理の男が株や儲《もう》けの話が好きで、いつも何かとチエをつけてくれるので、以和子は自然に金の運用をおぼえてしまった。ローンで東区のマンションの一戸分を買い、家賃をとって人に貸している。一日の大半いないのに、自分で住むつもりはなく、利殖のためだった。それについては姉にも弟たちにも言っていない。以和ちゃん、小金ためてるやろ、と姉弟にもいわれるが、つましい以和子の暮しぶりを見て、あれではたいしたこともあるまい、せいぜい遺産を食いつぶすくらいが関の山やろうと、この頃《ごろ》は建築材料店をやっている弟も、「金貸してくれへんか」とは言わなくなってしまった。

しかし以和子はちょっと前の株のブームで儲けたので、誰にもいわないが、資産は倍になっている。尤《もっと》も、自分で店を持つとか、こんな商売をやってみよう、と思うことはなかった。「山武羅紗《やまたけらしゃ》」の店が続いてる限りはひっそりと「事務員さん」で韜晦《とうかい》していようと思うのであった。以和子にそんな能力があるとは大庭も知らないであろうが、何とはない自信が以和子の魅力の一部分をかたちづくっているのかもしれない。

以和子は資産のことを大庭にうちあけていないように、自分が軀《からだ》の手入れを絶えず劣らず、磨いていることも知らせない。歯医者へはどこも悪くなくても小まめにいって小粒な歯を美しくするのに金をかけ、サウナもマッサージもよく通って細心の注意を払っている。年齢相応に老《ふ》けてくるのは仕方ないが、目立たぬ風ながら、いつも小ざっぱりと身を飾っていた。毎夜、五勺《ごしやく》ほど晩酌をし、それも日本酒は肌にうるおいと照りを与える、と聞いたからだった。——しかしお酒より何より、やっぱり肌にうるおいを与えてくれるのは男であるのだ。

以和子は一度も結婚したことがないのに、結婚に夢は持てなくなってしまっている。結婚に夢を抱かなくなってしまうと、脳天が突き抜けたように自由な気分だった。しかしその楽しさを世間に告白することはないのだ。

やっとお膳《ぜん》が運ばれてきた。独活《うど》とまながつおの味噌《みそ》漬《づ》けを焼いたもの、それに甘海老《あまえび》と白魚、岩茸《いわたけ》のとり合せ。

もう一つは、

「熱うおすえ……」

と女の人がいい、据《す》えたのは鯛《たい》かぶらだった。錦手《にしきで》の分厚な美しい器にかぶらと鯛が湯気に包まれている。

「これは体がぬくまってええ……」

大庭は喜んで、

「まず」

と以和子に盃《さかずき》をさしてくれる。

透《す》けそうな薄手の清水焼《きよみずやき》の盃に、うすい金いろの酒がつがれ、以和子も大庭の盃に満たしてやる。以和子はにっこりしつつ、

(あと何べん、こういうこと、あるやろ)

とお酒を飲み、

(いま、ふっと死んでも思い残すこと、ないなあ)

と思う。以和子は久野の前に年下の男を恋人にしていたが、これも久野同様に、テンポが合わなくて困った。ただもう、やたらに若々しくたけだけしいというだけで、以和子はその烈《はげ》しさだけが気に入っていたが、あとはどうしようもないという、しろものだった。すんでから黙りこくって服を着けているその青年を見ると、以和子は、

（この空っぽなあたまの中で、何を考えてんのやろ？）

という気さえした。

そういう欠乏感はいまのところ、大庭とめぐりあってからない。甘海老《あまえび》のひときれの、歯に沁《し》みるほど冷たいのを舌にのせて、

「……おお、美味《おい》しい」

と大庭と微笑《ほほえ》みあうときの嬉《うれ》しさ、大庭は、

「ほんまや。あんたに似てはる」

「何がですか」

「以和子はん食べたみたいや……。お味がなあ、似てるのや、あそこの」

「いやらし」と淫靡な言い合いも楽しい。

「お酒お飲みやす。ここのは伏見《ふしみ》の地酒や」

「お料理がまだ来ますのやろ」

「来るけど、これまた、ひまがかかるのや、……ま、ぼつぼつに。ここ夜までゆっくり、で

けるのや。廊下の向いの部屋に用意したァるそうやさかい」

以和子はいっぺんに酔いで火照《ほて》る気がして、大庭の言葉が聞えなかったふりをし、

「ここ、静かやこと」

と、また窓の障子を開けてみた。木が繁《しげ》って、通りは見えないが、この寒さでは観光客も歩いていないのではないかと思われた。凍《い》てついた曇り空が、もう夕暮れのようだった。

床《とこ》の間《ま》の掛軸を大庭は見て、

「誰《だれ》ぞ坊ンさんの書やな。坊ンさんは自分流に書き崩さはること多いよってになあ。……」

「白雲何とかと読めません？」

「嵐山が何やらとその下にある」

大庭は、いっとき書道もやらされたが、あれはどうも具合《ぐっ》わるかったといった。疲れてしゃァない、という。

「わたしもちょっとやりました。けど、おんなじ。なんでか気ィがおちつかへんのです。集中でけへん性質のせいかもしらんけど、先生のお手本通りなぞるのが虚《むな》しィなってきて、それに、かえってイライラして、昔の腹立つこと、書きながら思い出したり」

以和子がいうと、大庭は笑った。

「ほんまや、なんでかそういうとこ、あるなあ。書というもんは、こっちの気力が充実して好戦的になってるときに書けるもん、ちゃいますか。以和子はんのこと考えてうっとりして

るときに書けるもんちゃう。僕はいまだに字ィがへたくそで筆が持たれへん。書道やってると怒りっぽうなることを発見した」

「絵ェがよろしいように思います。わたし、水彩画の教室へ入って、気ままに画用紙、よごしてます。何も考えへんと遊べますわ」

「そうかもしらんな。僕は俳句の会ものぞいたけど、あれはあれで脂汗絞らんなりまへんなんだ。上手《じょうず》になったらなったでしんどいやろうし、下手《へた》くそな初心者は初心者で、俳句より、男と女のうわさ話ばっかりしてはりましたな」

大庭はカメラの趣味もあり、ゴルフをやめてからは、かえって、

「忙しィなりました」

といっていたが、いまはみな中止で、

「以和子はん一筋どゝな」

とまったりした口調でいい、以和子は、黙って微笑しているが、しっかり耳傾けてその言葉を聞き、心にとめるのであった。いつもこれが終り、と思って大庭に対《むか》うので、その次に逢《あ》ったときは夢のように思う。大庭にはいわないが、自分で以和子は、

（まるで心中する前夜の男と女みたいや……）

と思って、ありったけの楽しみをむさぼる。そういうことができる相手とめぐり合った自分の幸せが、以和子は嬉《うれ》しくてならない。その期待を持ちながら、こうしてまとまりない雑

談を物静かに交している時間が、またいい。

ゆっくり食べ終えてもまだ、次の料理はあらわれない。大庭は動じないで、

「せかしてもあかんのや、人手のないとこやし」

以和子は手洗いに立った。大庭のいった、廊下の向いの部屋は襖《ふすま》が閉め切られていたが、人の気配はしないので、そっと細めに開けてみると、昔風な几帳《きちよう》が衝立《ついたて》のように立ててあって、蒲団《ふとん》が敷いてあるようだった。こういう客をひっそり迎えたり送ったりしている家があるとは以和子は知らなかった。大庭と会うのはたいていい市内のホテルだったから。

厠《かわや》、というような場所で、水洗にはなっているが何とも寒かった。窓から見ると嵐山の一部に白いものがちらちらしている。以和子は用を足しながら、脈絡もなく、箕面《みのお》の不動産屋に明日電話しなければ、などと考えた。ちょっとめぼしい売物があると知らされているのだった。よかったら買い、その土地に家を建て、貸してもいいと思っている。しかし金もうけは以和子の夢にならない。といって男に入れ揚げるようなこともする気にならない。お金は大切であった。鉄工所のおかみさんになって、金属粉にまみれて肌の荒れた姉を見ていると、（お金だけがたよりや）と思って心を引きしめたり、する。

お金で男を買うこともしたくない。逢《あ》いびきの費用を女に払わせるような男は、以和子はさきの年下の恋人でたくさんであった。

ことお金に関するかぎり、以和子は大庭にさえ、心をゆるせなくて、資産の話はうちあけ

たことはない。もし大庭が貸してくれといったら貸してしまうかもしれへん、と以和子は思うが、それは想像である。

決してそういうことはしないだろうと、以和子は思っている。それは以和子のニンに合っていない。水商売をしたり、もっと性的ななりわいをしたりするより以上に、男にとことん貢ぐ以和子なんて、自分でも考えられないのであった。それと大庭が好きなのは別である。

「見とおみ……雪が降ってきたワ。さぶいと思《おも》た」

食事が終ってざっと風呂《ふろ》へ入ったらもう五時を過ぎていた。

大庭が浴衣《ゆかた》のまま窓を開けて、女のような柔媚《じゅうび》な言葉でいった。几帳《きちょう》のある部屋はいっそう古雅《こが》で、欄間《らんま》もいぶしたように黒かった。こちらの部屋からはもう嵐山は見えないで、鬱《うっ》蒼《そう》と掩《おお》いかぶさる木々で窓はふさがれている。梢《こずえ》のあいだを雪が舞い下りてくる。早い夕闇《ゆうやみ》であった。

大庭の浴衣《ゆかた》姿はちゃんと板について、さまになっている。家で着物を着なれているのかもしれない。でっぷりと腹が出て、臀《しり》も心もちたかく張り、角帯を締めたら、さぞきちっと形よくおさまりそうな体型だった。以和子はさきに蒲団《ふとん》に入って、大庭のうしろ姿に目をあてている。いままで大庭と琵琶湖《びわこ》のそばのホテルへ入ったり、大阪のロイヤルホテルへいったりしたが、いつも、

〈いつ別れてもええように……〉

と思いながらじっくり楽しんできたので、大庭とのことは、会う片端から前世のように遠い過去になるのであった。死んだ未来まで一緒になる気はないのだ。以和子は「倶会一処《くえいっしょ》」とは思わない。

みな、死んだらばらばらや、と観じている。

大庭に、

〈あんたはいつも『つづき』にならへんのやなあ。一回ごとに完結して、また新しィにはじめるお人やなあ〉

といわれたのは、たしかに合ってるところがある。

以和子は眼にねっとりとした光をみなぎらせ、大庭を見ている。それは獰悪《どうあく》といっていいような、性悪《しょうわる》な視線である。大庭の注意ぶかい手付きや、熱中した好奇心が好きである。

大庭はあたたかい床《とこ》の中へ身を入れてきた。

男の手で、宿の浴衣《ゆかた》の紐《ひも》を解かれるときは、以和子はいつも〈初めて！〉の動悸《どうき》を感ずる。自分でも何をしているかわからずに、大庭の手首を抑えて、その動きを押しとどめようとしている。それにはかまわず、

「ここになあ……」

と大庭はみだらに優しい声で以和子のあたまの上からそっという。指は以和子のやわらか

い陥穽《おとしあな》の縁辺《ふち》まわりをそっとなぞっているのだった。

「白いもんが見つかるようになってから、男と女は楽しおすねや。これから、やねんで。先《せん》途《ど》、楽しみまひょなあ……」

これからのことはわからない。やっと以和子は大庭に浴衣をそろりと脱がされるままになっている。ちっとも慣れない羞《は》ずかしさに以和子は咽喉《のど》がかわいてしまう。雪の降る音がきこえそうな気がする。

死の気配に満ちた恋愛

小川洋子・解説エッセイ

門は朽ちかけ、飛石は苔むし、玄関は暗い。看板は出ておらず、部屋の中は、体を寄せ合わずにはいられないほど冷たい。一日二組限定で、美味しい料理を出し、宿泊も大丈夫。ただし家族経営のため、すべてのテンポがスローモー。もちろん一見さんはお断り。

まずこの、京都にあるらしい、旅館とも料理屋ともつかない日本家屋が気になる。残念ながら私はこういう場所に縁のない人生を送ってきたため、いっそう妄想がかき立てられ、うっとりと淫靡な気分になってくる。川端康成の『眠れる美女』に出てくるのも、ここと同じようなところだろうか、などと妄想の範囲を更に広げてみたりもする。

さすが大庭さんは、この場所を使えるだけのことはある肝の据わった男で、虚勢を張るでもびくびくするでもなく、始終ゆったりどっしりと構えている。だから彼のちょっとエッチな振る舞いにもゆとりが感じられ、少しも嫌味がない。

　ただし、以和子さんが大庭さんより更に大物であるのは間違いないだろう。大庭さんがひと時の快楽を無邪気に楽しんでいる時、以和子さんはそのずっと先、死を見据えている。あるいは、大庭さんと一緒にいる今この瞬間が、死そのものであるかのように感じている。

　自分の抱いている女がこんなふうに思っているなどと、男はきっと予想もしていないはずだ。今、を幾度も繰り返そうと、それぱかりに男がエネルギーを費やしている時、女は既にそこに死の気配が満ちていることを、ちゃんと承知している。そのうえで、堅実に貯金を増やし、つまらない男には「もっと煮返してから来い」と言えるのだから、やはり軍配は以和子さんに上げざるを得ない。

　もし以和子さんが、自分たちのために用意された部屋ではなく、隣の襖をそっと開けたとしたら、そこには眠れる美女が横たわっていたかもしれない。傍らには江口老人が、死の塊のようになって背中を丸めているはずだ。

お供え

吉田知子

吉田知子（一九三四—）

浜松市生まれ。名古屋市立女子短大経済科卒業。一九七〇年「無明長夜」で芥川賞を受賞。『満洲は知らない』（女流文学賞）「お供え」（川端康成文学賞）『箱の夫』（泉鏡花文学賞）等。「お供え」の初出は、一九九一年「海燕」。

今日もあるだろう。あるに違いない。ないわけはない。それでも、もしかしたらないかも知れない。

私は玄関の戸をあけて庭を眺めた。三十坪の庭に雑然と木が茂っている。山の木が多い。楠、ナラ、ブナ、山法師、ソヨゴ、エゴの木、モチ、山桃。西南の角には柿の木が二本。ここからでは道は見えない。柿の木と生垣の向う側、道に面したところ。今朝もそこにそれがおかれているはずだった。玄関からでは木々の繁みにさえぎられて柿さえよく見えないのに、私はその方向を睨んだ。見たくない。今日はありませんように。

玄関を出ると正面に隣家のブロック塀が見える。そこから西へ曲って生垣沿いに歩いて行くと自動車道へ出る。家の西側が道なのだから、わざわざ敷地の東と南の二辺をぐるぐる廻って道路に出ることになる。この生垣や私道がなければ道からすぐに出入りできるし、庭もずっと広くなるだろう。こういう設計をしたのは夫だった。「カドへ立ったとき、家の中がすべて見えてしまうのはよくない家だ」「出入りする場所は必ず南からでなければならない」という信条があって、それは彼にとって絶対最優先の条件なのだった。カドというのは敷地の入口のことで、うちの場合、隣家のブロック塀とうちの生垣との間の二メートル幅のところである。

見まいとしても、そこに目がいく。槙の生垣の裾のあたり、ブロックの角のあたり。ある。ないはずがない。生垣の下の方、枝のすいているところにアマドコロと山吹。ブロック塀のほうにはイチハツ。いずれもジュースの空缶にさしてある。昨日はツツジと名前を知らぬ紫の小さな花だった。どう見ても遺族が交通事故の現場に捧げた花に見える。しかし、最近うちの前で人が死ぬような大事件はおこっていない。最近どころか、ここへ住んでからの二十年間一度もない。この近辺でも事故がおこったことはない。家の前の細い道は曲りくねっていて、五十メートル南で交通量の多い大通りへ出る。軽い接触事故くらいはあっても、こんな道でスピードを出す人はいないのだ。大体、こういう花というものは道の片隅の邪魔にならぬところに、ひっそりと慎ましやかにおくものではなかろうか。それは、まるで門松のようにうちのカドの両側においてある。真ん中に二つ並べておいてある日もあった。誰がそんなことをするのだろう。

最初に見たときはすぐ捨てた。二日目も三日目も、捨てて忘れてしまおうとした。花は生ゴミのバケツにいれ、空缶は不燃物の袋へいれて、それでおしまいなのだ。一度そのことを口に出したら本物になってしまいそうないやな予感がした。

だから、安西さんにも、そのことは言わなかった。安西さんは月に三回くらい内職の材料を持ってきて、その代りに完成品を持っていく。二十日も来なかったりすることもあるし、用事だけすませてそそくさと帰る日もあったが、大抵は坐りこんで小一時間話していく。三十を少し過ぎたくらいの年齢の安西さんが私と話して面白いはずがないので、それは義兄のさしがねかも知れない。私は夫の死後、数年、夫の兄の会社で使ってもらい、いまは家で内職をさせてもらっている。貸してある土地からの収入もあるし、内職などしなくても困りはしないが、義兄に頼まれてやっている。安西さんは背が低い。色が黒く、丸顔で物の言いかたや動作が男らしく精悍だった。そのくせ細かいところにもよく気がつく。彼に何か心配ごとがあるのではないかと聞かれたときは、つい花のことを言いそうになった。

花をおくのは朝だということには間違いない。それも早朝。早起きして七時に見に行ったら、もうおいてあったから。朝の忙しい時間にそんなことをするということは、ただのいたずらとは思われない。

もうこうなったら見張っていて犯人を捕えるしかないと思った。昨日の朝、私は目覚まし時計を六時にかけておき、目がさめるとすぐに服を着て外へ出た。六時なのに冬のように暗くて電灯をつけなければならなかった。外へ出ると雨が降っていた。雨の日にも花がおいてあっただろうか。花がおいてあったのはいつからだったろう。その間ずっと晴れだったかどうか。とにかく、そのつもりで起きたのだから見張ることにした。外へ出たら少し寒かったので、また家の中に戻って長袖のシャツを出した。ついでに思いついて木の丸椅子を持ってきた。カドには、まだ花はおいてなかった。傘をさし、椅子に腰かけて待った。初めのうちは、ときたま自動車が通るだけだった。七時近くなってぽつぽつ通勤者の姿が増えてきた。足早に前だけ見て通り過ぎる人もいれば、不審そうにじっくりと私を眺めていく中年女もいる。誰も花なんか持っていない。

七時半。バイクが目の前で止ったので傘をあげると安西さんだった。そんな所で何をしているんですか、と聞かれたので、しかたなく花のことを話した。

「そんなの、子供のいたずらに決まってるじゃないですか。それとも、おばさんのファンかな。花をもらって怒るなんて、おかしいよ」

安西さんの話し方は丁寧になったり、急にぞんざいになったりする。

「でも、私はいやなのよ。止めてほしいの、もう、こんなこと」

「そんなにキリキリすることないと思うけどなあ。別に実害があるわけじゃないんだし。第一、なんて言うつもりなんです、そいつをみつけたら。毎日お花有難うと言うしかないでしょうが。それに、そんなとこにずっといたら風邪引くよ」

わかったわ、もう家に入るわ、そんなことよりあなたこそ早く行かないと会社に遅刻するわよ、と私は彼をせかした。彼にそこへ立っていられると迷惑だった。この間にも犯人が逃げてしまうかも知れないではないか。

安西さんがうちの前を通って通勤しているとは知らなかった。引越したのだろうか。方角違いのはずだが。子供のいたずらだなんて。私もそうかと思ったこともあったが、子供は朝は忙しいのだ。そんなことをするわけがない。私は彼の言葉を一々思い出して腹を立てた。花をもらうといっても、通りすがりのよその庭のをむしってきたような花なのだ。そんなものをもらって嬉しい人がいるだろうか。安西さんは、とうに行ってしまったのに私はまだ口の中でぶつぶつ言いながら怒った。雨は小降りになり、空が明るくなってきた。私は尿意をこらえながら、なお坐り続けていた。バス通学の高校生たちが傘のかげからちらちらと私を見て行く。朝から賑やかな小学生たち。

本当にどうするのだろう、犯人をみつけたら。安西さんがあんなことを言わなければ私は怒鳴りつけただろう。どうしてそんなことをするんですか、私に何か恨みでもあるんですか、警察へ訴えてやるから、とまくしたてただろう。考えてみれば他人の家の門口へ花をおくのは別に犯罪ではないのだ。たしかに彼の言うように実害はないのだし。

「そりゃあ、ベランダをつければ雨漏りするに決まってるわさ」

大声が道の角を曲ってくる。彼らは大通りから逆にこの細い道へ入ってきた。

「だめだめ、簡易ベランダでも漏る。はなっから設計してつけたものでも漏る。あんなもの、いいわけがあらすかね」

老婆ばかりの四人連れは湖の傍の老人保養センターへ行くのだろう。

わしもそう言っただけどねえ、と背の低い一人が口ごもりながら私を見る。残りの三人もいっせいに私をみつめた。ほとんど立ち止っている。

「ベランダでビール飲むとか言ったって、たまに蒲団干しに行くくらいでさ、ビール飲んだことなんかないだに」

私のまん前に立って顔を見ながら言ったので、まるで私に話しかけているようだった。私は自分の顔が赤くなるのを感じた。

「ベランダをつけたり外したり、何十万だわ」

「なに言ってるだよ、何十万なんてもんじゃない、百万の余だわさ」

私を見ながら口々にそんなことを言い、それから何事もなかったように向きを変えて再びゆっくり歩き始める。

私は吐息をつき、頰を撫でた。もう雨は落ちていない。老婆たちは傘をさしていなかった。私だけ傘をさし、道より十センチ高い門口に丸椅子をおいて腰かけていたのだ。いったいどう思ったろう。花をおくのは子供ではなくて年寄りかも知れない。急にばかばかしくなった。安西さんの言う通りだ、花なんかどうでもいいではないか。

昼過ぎにスーパーへ行くときも花はなかった。夕方また見に行ったが、そのときも花はおいてなかった。私が見張っていたから花をおかなかったのだ。私の意志がわかったのだから中止してくれるだろう。いや、しつっこくまた持ってくるだろうか。今朝、起きてそれをたしかめるのがおそろしかった。しかし、見ないわけにはいかない。

イチハツは萎れかけ、山吹にはボケた白花が二つまじっている。紫と白と黄。汚かった。

こんな汚いものに触りたくなかった。私は、いやいや錆びた缶を指先でつまみあげた。ふと、もしそのままにしておいたらどうだろうと考えた。明日から毎日小さな花が増えていって、カドから玄関までずらっと並ぶことになるのだろうか。まるで超小型の葬式の花輪のように。

次の日、ためしに花をそのままにしておいた。幸い、その日の花はピラカンサスで、あまり目立たない。それでも、花をそのまま自分の家のカドにおいておくということは私にとっては大変な苦痛だった。近隣の家と比較してうちだけ異常に見えるだろう。花と花の間に見えない線が張られていて、私がそこを出入りする度に両側の湿った小さな花から変な呪縛を受けているような気がする。うちの中にいても花が見えた。見えない塊が家のあちこちに澱んでいる。建ててからまだ三十年しかたっていないのに、この家は三百年もたっているように古びて暗い。いつもは、あまりに大げさなので一人でくすくす笑いながら見るテレビの怪奇映画も黙って見ている。血みどろのゾンビーが墓場から次々に立ち上るシーン。どうしてここで笑ったのだろう。何もおかしくなかった。こわくもないが面白くもない。夜中、強い風の音にめざめ、夢うつつのうちに、あの花をさした缶が倒れているのを見た。

花は増えはしなかった。そのままだった。缶も倒れてはいなかった。新しい花が増えないのは私が片付けないせいかどうかよくわからない。ピラカンサスの枝には直径五ミリほどの白い玉が無数についていて、私はそれを花だと思っていたが、よく見るとそれはつぼみで、それから五弁の花が咲いた。この木は五百メートル離れたところにある大きなマンションの周囲に垣根代りにたくさん植えられている。手入れする人がないのか、たわんで倒れかけている木も何本かあった。やがてそれに黄色味を帯びた赤い実がぎっしりとみのる。トゲのある枝も、だらしない樹形も私は嫌いだった。鳥が持ってくるのか、うちの庭にも時々ピラカンサスがはえる。庭の隅で知らない間に思いがけず大きく生長しているこの木を抜くのはほねだった。トゲに刺されないように用心していても何度もとびあがらねばならない。しかし、槙の生垣の下枝のかげでかすんだ白い塊のように見える花は、そう悪くもなかった。

夕方、庭の草取りをしていた。庭の木はどの木も毎年花を咲かせ、一面に種をふりまくが、芽が出るのは年によって違うらしかった。数年前、雪柳の芽がいっせいに出たことがある。初めは草かと思っていた。毎週のように草をとっているのに、どうしてそんなにはえるのかわけがわからなかった。よくよく眺めて、ようやく雪柳だと知ったのだった。今年は楓の当り年のようで奥のほうに何十本もはえている。百本以上かも知れない。楓なら盆栽にもなるし貰い手もあるだろうと抜かないでおいた。うちの楓を買うときは苦労したのだ。こういう普通の山紅葉は庭師は扱わないそうで、血染め楓やら糸紅葉やら変ったのばかりをすすめるのを夫が頑張り通したのだった。それにしても庭の奥がすべて楓になってしまうのもどうかと思い、半分抜くつもりだった。やり始めてみると楓の芽ばかりではなく、半分雑草がまじっていた。楓の親木は縁先にあるが、その下にははえず、大きなハトモチの木の下のほうに群生している。暗く湿った槙の生垣の周辺にも多い。ついでに水仙の球根を掘りあげて干したり、スグリの親枝を刈ったり、枯れて落ちた枝を片付けたり、庭にはすることがいくらでもある。生垣の向う側の道を時々人が通る。小学生の一団が通ったときは耳がおかしくなるほどのやかましさだった。口々に叫んでいるので遠くからでも彼らが近づいてくるのがわかる。生垣の木のすいているところから覗いてみると、生徒とたいして背丈のかわらない小さな男の先生が折り畳み傘をふりかざして前を走っている男の子の頭を叩くのが見えた。

子供たちが通り過ぎてしばらくしてから、私は何か気配を感じた。そのときは道に背を向けていたし、茂みの深いところなので見えるはずもないのに、背後の道を何かがふわふわと宙に浮いて通って行くのを感じた。私はふり返った。いる。たしかにその「何か」が私の家のカドで立ち止り、そこへかがんで何かしている。とっさにそう感じたので私は立ち上って走り出した。生垣をぐるぐる廻ってカドへ出て、カドの生垣の左右を見た。そこには白い小さな旗が立っていた。道へ出ると若い女の後姿が見えたので急いで追い掛けた。

「ちょっと待って。あなただったのね。とうとうつかまえたわ」

ふりむいた女は若くはなかった。痩せていてブラウスにスカートという服装だったので若く見えたのだろう。なんですか、と晒したように白い顔で言った。眉も薄く、顔の真ん中に目鼻が小さくまとまっている。

「いま、うちのカドに旗立てたの、あなたでしょ。毎朝花を持ってくるのもあなたね。ちゃんと知っているんだから。どういう気なんですか、いったい」

「わたし、何もしませんけど」

五十少し前かと思われる女は、私の権幕にたじろいでいるようすはなかった。怒るのでも咎めるのでもなく、ただ真面目に私の次の言葉を待っている。

「本当にあなたじゃないというの」

女が頷くのを見ると私は自信がなくなった。私が生垣のまわりを廻って走っている間に犯人は逃げ去って、そのあとへこの人が通りかかったのかも知れない。私が、ごめんなさい、間違えました、と謝ると、女は全然表情を変えずに軽く頭をさげて立ち去った。その女の顔に見覚えがあった。二丁目と共同で公園の草取りをしたとき、彼女も来ていた。一本ずつ丁寧に抜いているのを見て隣りの奥さんが「あれじゃあ一年かかっても終らんね」と悪口を言った。

女は何も聞き返さずに、道の向う側のバス停へ歩いて行った。その漂うような歩き方は、たしかにあの「気配」に似ていた。

今度は旗か。うんざりして私は旗を眺めた。割り箸に白い紙を貼りつけただけかと思っていたが、割り箸よりはだいぶ長い。旗も紙ではなく布で、小さいながら乳までついた本格的なものだった。もちろんカドの両側に二本立っている。しかも意外に深くしっかりと地面に刺しこんであった。指先で軽く引っ張っただけでは抜けない。そうするとやはり彼女の仕業ではなかったのか。昼過ぎの二時という時間も半端だった。朝からあったのに気がつかなかったのかも知れない。今朝はカドへ見に行ってなかったから。花も、もう捨てよう。一旦花をつかんだ手を私は放した。たしかに前はジュースの空缶だったのに瓶に変っている。花も違う。同じピラカンサスだが、前に見たときは、もうあらかた開花して葉も乾ききっていたのに、今さしてあるのはつぼみばかりになっている。毎朝入れ替えていたのだ。確実に何かが進んでいく。

腹が立った。ここへ頑丈な鉄の扉をつけようか。電気鉄条網を張ってやる。ガラスのカケラを撒いて近づけないようにしようか。

だが、それらは泥棒や侵入者を防ぐ役にはたっても、この犯人には関係ないだろう。うちのカドがあるかぎり、犯人はそこへ花をおき、旗を立てるだろう。

再び毎朝花を捨てるのが私の日課になった。それを忘れた日や、泊りがけで実家の法事に出席した日は旗も花も倍になった。花は、もうそのへんから摘んできた花ではなかった。胡蝶蘭、ケシ、トルコキキョウ、薔薇といった高級な花である。花瓶も竹筒や陶壺に変った。日によっては花束だけのこともあった。相手は花屋なのかも知れない。それにしては旗が解せないが。

隣りの奥さんが回覧板を持って来たときや、安西さんが来たときは、その花を持って行ってもらった。誰も来ないと捨てた。飾っておく気にはなれない。花をもらうと皆喜んで同じことを言う。

まあ、いいわね、一か月以上もですって。きっと奥さんに恋している男がいるのよ、そう思っていれば楽しいじゃないの。旗だってファンレターのつもりなんですよ。そんな深刻なことではないでしょう。いつか飽きるでしょうしね、向うさんも。

朝、張りこんだことも何回かあるが、その日は花を持って来ない。どこかで私がカドにいるのを見ているのだ。うちの前の道は曲っているので見通しがきかない。まっすぐな道なら花を持って歩いていれば遠くからでもわかるのに。

法事で実家へ帰った折り、母にその話をしたら、一度おはらいしてもらったらどうかと言った。母の口からそんな言葉が出たので私は驚いた。母は無信心で方位とか日のことなど全然考えたこともない人だと思っていたのだ。

「おはらいってのは、悪いことが続いたりするとしてもらうものじゃないの。私はそうじゃないんだから。第一、お母さんがそんなこと言うなんて変よ、変だわ」

私の声が高かったので母はちょっと顔をしかめた。

「でも、それはそういう類のことなんだと思うよ。あんたに問題があるのよ」

結局、全部そういうことになる。旅行中に肺炎になっても、夫婦喧嘩して実家へ戻っても、建ててすぐの家が雨漏りしても、母はそう言った。

「見張ってると来ないいんだから、たちが悪いの。もうノイローゼになりそう」

おはらいしてもらいなさい、と母はくり返した。それで悪い花がいい花になる。あんた、そういえばこの前会ったときよりずいぶん痩せて顔色悪いよ。そんなことにこだわっているからだよ。

考えてみると、花のことを冗談にせずに私の不快をまともに受けとってくれたのは母だけなのだった。

「ねえ、おはらいって誰にしてもらうのよ。神主さんかしら」

「そういうもんは駄目だわ、神主じゃあ」

それまで何も言わなかった志村のばあさまが急に口を挟んだ。

「そういうのは、それ専門の人がいるだてね。たしか倉見新田の方にいたったよ。わしが聞いといてやらすかのう」

母は自分からおはらいと言ったくせに、それについて何の経験も知識もなかったので、私はとりあえず志村のばあさまに頼んでおいた。しかし、それきり忘れたのか志村のばあさまからは何も言ってこない。私のほうも催促するほどの気もなかった。

花をおいて行く時間は決っていなかった。早朝には違いないにしても、朝起きてすぐ見に行くと、ない日とある日とある。七時になってもないので今日は休みかと思うと、二度目に行くとある。次第に新聞や郵便物を取りこむのと同じになった。もっとも、それらは玄関の郵便受けまで持ってきてくれるのに花はカドまで行かなければならないから多少面倒くさい。一日中誰も来ない日もあった。たて続けに電話や客のある日もあった。保険や物売り、葬式の月掛けの勧誘。隣り町に教会のある大日キリスト教は月に二回は廻ってくる。

知らない男が玄関に立っていたときは、それに違いないと思った。

こちらに神様がいらっしゃるでしょう、と言う。

大日の人は若い人が多いのに、その男は六十前後だった。古びて色あせた背広を着ている。大日の人は大抵「今日はよいお話をします」とか「奉仕にうかがいました」「あなたは満足していますか」などと言う。玄関払いを受けないように佐藤とか山本とか普通の訪問客をよそおっている。いきなり「神様」ということはまずない。しかし、大日ではないにしてもなにかの宗教であることはたしかだから私は警戒して黙っていた。

「いらっしゃるんでしょう。隠さないでください。わかっているんです」

いると言っても、いないと言っても、彼はたちまちその言葉にくらいついてくるに違いなかった。

疑い深そうな奥目、頑固にしまった口。口は唇というものがなくて、ただ一本の横線だった。損得のことしか考えたことのない人種に見える。

「どうしてそんなことを考えるんです。誰かがあなたにそう言うんですか」

男はそれには答えずに自分は横田から出てきたのだと言った。横田といえば、山のほうの半分ダムの底に沈んだ村だ。そこからここまではバスを乗り継いでも小半日かかるだろう。

「若い頃はこっちで商売していたから大体の地理はわかっているで。ここいらかいなあと思って聞いてみたら道を教えてくれてね」

「教えるって、誰が」

「だから、そのへんの人ですんね。何回も聞いたで。わしはカンのいいほうじゃないから。カンがよけりゃあ商売だって止めずにすんだですよ」

男は今朝暗いうちに起きて自分で打ったという蕎麦を風呂敷から取り出し、噂は本当だとわかったから、この次はみんなも連れてくる、と言った。

その日は、もう一人男の訪問客があった。その男は三か月前にも一度来たことがある。小柄な角ばった顔の四十五くらいの男で銀縁眼鏡をかけている。

市役所の牧ですが、と言ったので、そうだったと思いだした。何かよくわからない課の課長で私のことを根掘り葉掘り聞いた。一人暮らしの人を全員そうやって調査しているという。係累は、子供は、仕事、収入、財産、いつからここに住んでいるか、その前は、土地や家は自分の名義なのか、死後は誰のものになるか、親類づきあい、親しい友人は誰か、よく旅行するか、派手好きか、出かけることは多いか、何かの会に入っているか、趣味、一日の生活のしかた、健康状態、持病はないか、亡夫の菩提寺はどこか、そこへおまいりする頻度、気は強いほうか、死にたいと思ったことはないか、宗教は何か、信心しているか、すすめられたらどこかの宗教に入る気があるか、生活費以外にはどんなことにお金を使っているか、困ったときはどうするか。手あたり次第、思いつくままに質問してくる。別に隠すこともないので答えると、時々手帳に何か書きこんでいる。

「こんなことを聞いてどうするんですか」

いざという時のためです、と牧は言った。一人暮らしの人の事故率は極めて高い、独居老人ばかりでなく、女子大生が殺されたり、犯罪者が隠れ住んでいたりする。こういう調査は事故や犯罪を未然に阻止する手段として極めて有意義なのであります。

「わかりました。あなたのような方は、一見おだやかで平凡そうに見えるが実は稀に見るほど強い人なのですよ。家族も仕事も友達も趣味もなく、外出も旅行も嫌い。それにもかかわらず毎日少しも退屈せずに満足して暮らしておられる。理想的一人暮らしといえますな」

別に満足しているわけではないけど、と私は言った。といって不満ということもない。他の暮らしはしたくなかった。こういう暮らししかできない、ということかも知れない。

「今日もまた調査ですか」

私がそう言うと牧は顔をあおむけてアハハと笑った。

「調査だけが能というわけでもありませんので。先日は何かあればすぐにそれに対応できるようにいろいろうかがったわけでして。しかし、問題はないようですな。お元気そうで何よりです」

私は彼を客間へ通した。この前の時は二時間も玄関先で話したのだ。牧にカドの花のことを言おうかどうしようかと私は迷っていた。それは「問題」というようなものだろうか。

大したことではないのですが、と私は言った。牧は眼鏡の奥の目を輝かせて、ホウ、と身を乗りだした。私が花や旗のことを話すと一々頷いて聞いてくれた。

「困ったことですね。そういうのは軽犯罪にも家宅侵入にもならんでしょうし。どうしたものですかなあ」

そんなに気にしているわけではない、と私は言った。牧の話しかたは静かで正確だった。決して無作法な慣れ慣れしい言葉遣いはしないし、早口になったり大声を出すこともない。声もうるおいのあるいい声だった。いかにも頼りがいのある有能な官吏らしい彼と話していると自分がつまらぬ相談をしているのがわかった。私は彼にその話をしたのを少し後悔した。

「郵便受けに百万入っていたというようなことなら警察へ届けることもできるが、花では取り合ってくれないでしょうなあ」

「もういいんですよ。本当に大したことじゃないんですから。そのうち終るでしょうし」

そうです。牧は教師が小学生に言うように言った。

「気にしないことが一番です。また何かあったら私の名刺の電話番号に電話すること。いいですね。名刺はこの前さしあげたでしょう。持ってますね」

蕗の葉の上に行儀よくお団子がのっている。誰かの忘れもののように。そのままにしておいたら夕方はお団子がなくなって、ちぎれた葉だけが散らばっていた。蕗の葉がおいてあるのは毎日ではない。キーウイ、焼魚、まんじゅう、お煮しめと、のっている物も変る。この道は犬を連れて散歩する人が何人も通るし、野良猫も多い。道ばたにじかにおかれた食べものは、たちまち犬や猫が食い散らかし、私はいつもそのあと片付けをしなければならなかった。やっぱりカドの方位が悪いのかも知れない。おはらいのことを思い出して志村のばあさまのところへ電話したが電話には誰も出ない。母に電話してたしかめたら脳の血管が切れてずっと入院しているそうだと教えてくれた。電話の母の声はなんだかよそよそしかった。私が変なおじいさんのことや蕗の葉団子のことを訴えても、まるでとりあってくれない。有難いことだねえ、と同じ言葉ばかりくり返している。

蕗の葉の上に石ころがのっているのを見たときは猛烈に腹がたった。食べものより石のほうが始末がいいはずなのに。いいように馬鹿にされている。私は思いきり力をいれて石を向い側のどぶへ蹴とばした。

朝から東側の空地で鋭い金属音がひっきりなしに甲高い音をたてている。そこは、二百坪ほどの空地だった。うちの敷地より二メートル以上低くなっている。何年か前、セイタカアワダチソウの最盛期のときには二メートルの段差をものともせず黄色い花穂がうちの庭の端にずらりと並んだものだった。その後も葛やらススキやら茂りほうだいで足を踏みいれることもできぬ深いくさむらになっている。この金属音は、おおかた草刈り機の音だろうと見当をつけた。ここの地主はこの近辺の農家だと聞いているが滅多に姿を現わさない。草を刈るのは二年に一回くらいのものだから、それでは到底役にはたたず、いつ見てもぎっしりと草がはえている。このへん一帯は二十数年前までは急斜面の痩せた山林だったという。区画整理して宅地にしても、持ち主の多くは近くの農家の人であるから売らずにそのままにしてある。

私たちが家を建てるとき、西は道で、南と北には既に家が建っていた。あいているのは東側だけで、しかもそちらはここより低く、見晴らしもよかったから、そちら側を主体に考えて家を設計した。東端の居間に広縁をつけた。台所も東側にある。地境は四つ目垣にし、三メートル弱の細長い東庭に、紫陽花、南天、ツツジなど、あまり背の高くならない灌木を植えた。そして夫の生きている頃から私は一日の大半を明るい居間か台所のどちらかで過してきた。建てたばかりのときは、そこから下を眺めるのが楽しみだった。はるか下に神社の森や川岸の竹が見え、春の朝は小綬鶏が鳴き、昼は田圃の蛙がやかましく、夜になると牛蛙がボウボウと吠えた。そのうち、それはパチンコ屋のネオンや病院の看板に隠され、赤や白やグリーンのマンションがいくつも建てられた。眺めは悪くなったが、それでもすぐ下に空地があるから、別にうっとうしいということはなかった。その空地にもマンションが建てられるという話が伝わって緊張したのは何年前だったろうか。それもいつの間にか立ち消えになったらしい。マンションを建てる気なら草刈りなんかせずにいきなりショベルカーで整地するだろうから、私は安心してその大きな音を聞いていた。

髪を梳かしながら久しぶりにデパートへ行こうかと思った。ホウロクが欠けたので新しく買わなければならない。今年は、まだ一回もお墓へ行ってないことも思い出した。お彼岸にも行かなかった。去年までは正月にもお彼岸にもおまいりに行っていたのに。お彼岸はたしか風邪を引いていたのだ。治ったらすぐ行こうと思っていたのに今まで忘れていた。十三回忌がすむと急に夫と距離ができてしまったような気がする。向うも、もう私のことを思い出すことはないのだろう。夢も見ない。夫婦の間はそんなものかもしれない。母も自分の父親の墓へは年に数回行くのに夫のほうは寺が遠いこともあって数年に一度行くかどうかだった。そうだ、今日は天気もいいからデパートへ行ったら柏餅を買って母のほうへ回ろう。墓まいりはもう少しあとでもいい。お寺の坊さんに挨拶するのが苦手で億劫だった。そういうとき持っていくものは、お金なのか物なのか、物なら何がいいのかよくわからないし、なんと言ったらいいのかもわからない。顎が細くて強い近眼の坊さんも、あまり社交的な人ではなくて具合悪そうに視線をそらして他を見ているので尚更話しにくかった。

蕪の浅漬と夕べの残りのキンピラで朝食をすませてから門口の掃除をした。もう慣れたので機械的にさっさと処理する。その頃からなんだか騒がしくなってきた。大勢の人の声のようだった。大声というわけではないが、ざわざわと厚みのある騒音だ。

台所の窓から見ると南天の葉越しに人がたくさんいるのが見えた。草を刈ったあとの掃除をしている。皆でゴミを拾っている。空缶、ビニール袋、布きれ、ダンボール箱、電気釜、こわれた自転車まで捨てられている。草が茂っていたのでここへ捨てて行く人が多かったのだろう。二十人くらいの人がせっせとそれを拾い集め、一方では、まだ草刈り機が轟音をたてている。おはようございます、と言って空地に入ってくる人も何人かいた。今日はこの町の草取りの日ではないし、第一、この空地は個人のものなのに、どういう人たちなのだろう。私は庭下駄をはき、紫陽花のかげに身を屈めて空地を覗いてみた。台所の窓からでは見えなかったが、うちに接した崖の下に竹をたててシメ縄を張って祭壇の用意ができていた。地鎮祭らしい。やはりここに何かを建てる気なのだ。それにしては人間が多すぎる。見ているうちにもどんどん人の数が増える。私の家のほうを見上げたり指さしたりして話し合っている人たちもいる。サラリーマン風、主婦、職人みたいな恰好の人、いま着いたバンから降りてきた七、八人の老人たち。いったい何を建てるというのだろう。何かの集会だろうか。うちの地鎮祭のときは私たち夫婦と神主さん、工務店から二人の総勢五人だった。寒い日だった。

私は家の中へ戻った。下であんなことをやっていては出かけるわけにもいかない。南側の客間へお茶の道具を持って行って飲んだ。人々のざわめきはそこまで聞こえてきた。

「なにしてるんです」

安西さんが庭からまわってきた。

「いくら呼んでも返事がないから、どうかしたのかと思いました」

このやかましさで安西さんのバイクの音も声もなにも聞こえなかったのだ。安西さんが来るのは二十日ぶりくらいになるだろう。彼の来る頻度は義兄の会社の景気と正比例しているから、会社は、あまり好調ではないのだろう。なんにしても、こんな日に安西さんが来てくれたのは嬉しかった。私は安西さんにお茶をすすめながら言った。

「すごい騒ぎでしょ。何が建つのかしらね」

「それですがね、あまり人が多いので私もいま下へ見に行ってみたんですよ」

安西さんは曖昧な顔をした。

「変な話でしょう。あそこへ来ている人がわからないって言うんだから。それじゃあ何をしに来ているんだか、いい加減暇な人が多いよ」

あの土地とうちは背中合わせで接しているが、町も道も違うから何が建ってもつきあうことはない。

「ああ、それとも宗教かもしれません。神様の家と言っている人がいたからね」

いやな感じがした。神様などという言葉は聞きたくもない。

「うちの社長も変なものに凝っちゃってさ。蘭だかなんだか。新種作るんだって。自動車の部品の下請けよりよほどましだ。創造的だし金も入るって言ってるんですよ。もう二時か三時には、さっさと会社をぬけてってしまう。農場へ直行するんです。車で一時間のところに土地借りて温室作って。それで専務も怒って辞めちゃうし、もううちの会社潰れるんじゃないかなあ」

安西さんの話は何も頭に入らなかった。他に考えなければならぬことがある。他に。といって、なにをどう考えたらいいのかわからない。

安西さんは仕上げた物を受け取っただけで代りのものはよこさなかった。黒い管をあちこちへはめるという単純な仕事は全然面白くなかったし、工賃もお話にならぬ安さで一か月寝る間も惜しんでやっても五万にもならないから、私のほうも催促しなかった。

私がはかばかしい返事をしなかったためか、安西さんは早々に帰って行った。彼のバイクの音が聞こえなくなってから、私は安西さんの娘にあげるつもりで取っておいた天道虫の貯金箱を思い出した。以前、銀行で景品にくれたもので、あまり可愛らしいので取っておいたのだ。安西さんの娘は、三つか四つになるはずだった。彼がいる間は、なにかしっかり考えなければならぬことがあるという気がしていて、彼の黒い丸い顔が邪魔だったのに、帰ってしまうと、もうそれは漠然と拡散し、消えてしまっていた。

気がつくと静かになっている。地鎮祭が終ったらしい。私は茶碗を洗い、外出の支度をした。銀行へも寄らなくては。郵便局で通信販売のお金を振り込まなくてはならない。そうだ、それで買った絹のブルゾン風のブラウスを着て行こう。春先の旅行にちょうどいいと思って取り寄せたのだが、考えてみれば旅行することなど滅多になかった。自分で行くほど好きではないから誰かが誘ってくれない限り出ない。誘うのは母か義姉だった。これまで年に二回か三回は二泊程度の旅をしていたのに、最近はどこへも行ったことがなかった。母も義姉ももうとしだから、それも当然かもしれない。婦人会の旅行もいつも断っていたら声がかからなくなった。あんたは人づきあいが悪いと母が言うとおりだった。うちへ来てくれる人にはできる限りのもてなしをするけれども積極的に他人とつきあうという気にはなれない。

突然、中空から音が舞い降りてきた。続いて賑やかに鈴や笛の音が降ってくる。どうやら下の空地らしいと気がついて慌てて庭下駄をひっかけ、紫陽花のかげから覗いた。青竹のまわりで舞っている人がある。祝詞をあげている男。笛、鐘、太鼓。地鎮祭の行事に似ているが、神主や巫女の恰好をしている人はない。舞っている人も若い女ではなく普通の服を着た男女だった。空地一面にペタッと敷物を敷いたように見えたのは人々の背中だった。百人はいそうだ。全員地面にひれ伏して頭も手足も見えないので色とりどりのパッチワークの敷物に見える。祝詞は何を言っているのかわからないが、ひどく熱心だった。何度もふし拝み、興奮して体中震えている。一段落すると人々は頭を上げた。皆こちらへ顔を向けているので妙な感じだった。それで終りかと思うと今度は皆が勝手に口々に何か唱えながら、またばらばらと頭を上げたり下げたりする。こんなところでなにかの宗教の集会をしているのだ、と思った。まさか毎日やる気ではないだろうが。

なかなか寝つかれなかったせいか、翌日は七時半まで目がさめなかった。さめてからも寝床でぐずぐずしていた。頭のシンが微かに痛い。寝ているうちからハタリ、ハタリという音が間欠的に聞こえていた。なんの音かわからないが音は東から聞こえてくる。雨とも違うし、雨戸の揺れる音でもない。遠くで餅つきをしているような。カタ。これは雨戸に何かの当った音だ。鵯がガラス戸にぶつかったときは、もっと大きな音がした。風が強いのだろうか。そのうち音がしなくなったのでまた少しまどろみ、八時過ぎに起きた。まず雨戸をあけて庭を見たが別に変ったことはない。風もほとんどなかった。少し曇った日だった。顔を洗い、塩昆布でお茶漬けを半杯食べると、もうすることは何もなかった。どうしてだろう。寝床であの小さな軽い音を聞いていたとき、急に、「もうすることは何もない」とわかったのだった。いままでそんなふうに考えたことはなかったので、それはふしぎな感覚だった。いいことなのかどうかということもわからない。昨日まで私は七時前には起きなければならなかったし、直ちに花や旗を片付けなければならなかったし、家の中にも外にもしなければならないことが山ほどあったのだ。今日は何もない。これからはずっと何もないのだ。空が乳色に光っていた。満ち足りているわけではないが、不満でもなかった。自分が静かに溶けていくような気がした。

私は咢紫陽花の繁りすぎている東庭を他人の庭のようにぼんやりと眺めた。紫陽花はつぼみばかりだと思っていたが、もう満開だった。一晩でそうなるはずはないから気がつかなかったのだろう。小さな点のかたまりの周囲を四弁の白い花がぎっしりと取りまいている。紫陽花のかげに白南天が自生しているのも知らなかった。紫陽花の半分ほどもない威勢の悪い白ツツジ。その葉の向う側で何か動いているものがある。下の空地に人がいた。測量か縄はりでもしているのか。見ている目の前にばらばらと石が降ってきた。下の空地からうちの庭へ石を投げいれている。どうしてそんなことをするのだろう。私は居間の縁側から庭へ出た。また小さな石がとんでくる。石ではなかった。百円玉だった。庭のあちこちに百円、五百円、十円の硬貨が落ちている。ようやく朝がたの音はこれだったのだとわかった。この音。硬貨が庭へ落ちる音だったのだ。なぜ。紫陽花のかげから覗くと、すぐ下に七、八人の中年女のグループがいて手を合わせていた。一人が財布から金を出し、せいいっぱい手を伸ばしてこちらへ投げ上げる。他の女たちは既に投げ終ったらしい。作業員風の男は帰るところだった。空地は道より高くなっているので入口が少し坂になっている。おじいさんに手を引かれてよちよちと石段を登ってくるおばあさんがいる。いつの間にか石段までできている。ここで人々の集会があったのはいつのことだったろうか。

硬貨は石垣の下や庭石の横にも落ちていた。よく見ると紙幣に硬貨を包んだものもまじっている。おさつはくしゃっと丸められているので千円札か一万円札かわからない。

何もすることはない。

私は再びそう思い、ゆっくりと家の中へ入って、機械的にお茶をいれ直し、湯飲みを南側の客間のほうへ運んで行って飲んだ。なんの味もしない。柔らかなハタリハタリという音は時々とぎれながら、思い出したようにまた続く。

電話のベルが鳴ったとき、何の音なのかわからなかった。けたたましくまがまがしい音に聞こえた。ようやく電話だとわかって受話器を取ると牧の声が聞こえてきた。

「どうしてますか」

何もしていません、と私は答えた。

「何か変ったことはありませんか」

何日か前に下の空地で何か集会があって人が何十人も集まりました。大変騒がしかった。拝んだりしていました。それから誰かがうちの庭へ金を投げこむのです。

「それで、どうするんです」

どうもしない、と私は言った。私、何もすることがなくなったんです。

駄目ですよ、と急に牧は大声を出した。

「いいですか。まずお風呂へ入るのです」

こんな朝からですか。お風呂はそう好きではありませんけど。

「私の言う通りにしてください。お風呂へ入って体の隅々までよく洗う。髪も洗うこと。出たら新しい下着と新しい服を着て、ちゃんとお化粧しなさい。口紅くらい持っているでしょう。あれば、香水もつける。そして、外へ出なさい。わかりましたか」

外って、行くところなんかないけど。

「そんなことはあんたは心配しなくてもいい。自然になるようになる。さあ、すぐ立ち上ってお湯をわかしなさい」

彼の有無を言わせぬ口調が快かった。私はハイと言って受話器をおいた。

お湯を出していると、その激しい水音にまじって東からも西からも大勢の人の声が聞こえてきた。口々に何か叫んでいるようだった。他にすることがなかったので、私は風呂場の中でお湯のたまっていくのを見ていた。

体の隅々まで洗って、髪も洗って、新しい下着と新しい服を着てお化粧する。忘れないように牧の言ったことを口に出して復唱する。

白っぽい昼間の光りの中でお風呂へ入るのは変な感じだった。天井のシミまではっきり見える。昔、一度だけ朝風呂へ入ったのを思い出した。今日と似ている。やはり念いりに時間をかけて体を洗い清めてから新しい下着を着た。あれは結婚式の日だった。

風呂から出ると押し入れから新しい下着を出した。この日のために前から上等の真新しい下着を一包みにして用意してある。新しい服というのはなかったが、一度着ただけの藤紫の服を着た。白粉を塗り、口紅をつける。鏡も見ずに、手当り次第に鏡台の上の物を顔へつけた。私はせっせと働いた。牧の言った通りに。髪がまだ濡れているので一度もかぶったことのない貰い物の帽子をかぶる。早くしなければ。よそ行きの白い靴は下駄箱の奥の方に入っていたので出すのに手間取った。まだですか、と誰かが何回も言うので、その度に、いますぐ、と返事をしながら靴を捜す。

玄関前に二、三人いた。カドは花や旗や一升瓶や箱類で通り道もなくなっている。人間もたくさんいる。彼らは私が通りいいように物を端によけてくれた。

私が道へ出ると人々がざわめいた。知っている人も知らない人もいる。私は彼らにちょっと頭をさげてから歩き出した。人々は自然に私の進路を空けてくれる。肩を軽く触られた。いや、投げられた硬貨が私の体に当ったのだった。前からも後からもお金がとんでくる。私は歩き続けた。次第に人が多くなり、硬貨の数も増す。近くの人は柔らかく投げあげるが、遠い人は力をこめてぶつける。頭にゴツンと強い衝撃があった。硬貨ではない。顎に当った石が足もとに落ちる。

毎日お花をあげるのに、毎日誰かが全部捨ててしまって、と言う声がする。

背中に大きな石が当って私は前のめりに転びかけた。

小さな子供が走ってきて私のまんまえで私の顔めがけて石を投げる。ふりむくと私の後にも横にも人間の壁ができていた。私の周囲だけが丸くあいている。手を合わせている人、石を投げる人、私に触ろうとする人。皆、口々に何か言っている。ようやく「お供え」と言っているのだとわかった。

後戻りできない

小川洋子・解説エッセイ

子供の頃、通知表を持って帰るとまず、神棚へお供えする決まりになっていた。賞状、お習字、父の給料明細、頂き物のフルーツ、お土産の菓子箱。我家の神棚はにぎやかだった。両手を合わせつつ、早くあのお菓子の箱を開けなければ、腐ってしまうんじゃないだろうか、とそればかりが気になって、心の底から神様を拝んだことはなかった。

一度神棚を経由するという〝じらし〟のために、パイナップルでも泉屋のクッキーでもありがたみが増し、一段と美味しくなる気がした。祖母などまるでクッキーが神様そのものであるかのように、一個一個拝みながら口に運んでいた。

祖母の信心深さのおかげで通知表もやはり、クッキーと同じく神様扱いを受けた。中身にかかわらずそれは祖母の頭上に厳かに捧げられた。その態度だけで、これは素晴らしい成績なのだという錯覚を、母に起こさせた。

『お供え』を読んで初めて、お供えされる側も大変だと気がついた。出来の悪い通知表を供えられた神様の気持など考えた試しもなかったが、さぞかし迷惑だったに違いない。

この小説の恐ろしさは、迷惑がどんどんエスカレートし、決して後戻りできないところにある。花は野草から胡蝶蘭や薔薇へと高級化してゆき、空缶だった花瓶はいつしか竹筒や陶壺に進化し、団子やお煮しめも登場してくる。それに合わせてばあさまは病に倒れ、社長は温室へ車を走らせ、市役所の牧さんはますます親切になる。

前の空地に、「パッチワークの敷物」が出現するあたりから、「私」はもう帰ってこられないのだなあと悟らざるを得なくなる。ラスト近くに出てくる一言、「この日のために……」。ここへ至った時私は、恐ろしさのあまり、遠ざかってゆく「私」の背中に向かい、心の底から拝んだ。子供の頃、神棚の前でできなかったことが、ようやくその時できたのだった。

本書は次のものを底本としました。

「件」内田百閒　ちくま文庫『冥途　内田百閒集成3』二〇〇二年十二月
「押絵と旅する男」江戸川乱歩　光文社文庫『押絵と旅する男　江戸川乱歩全集第5巻』二〇〇五年一月
「こおろぎ嬢」尾崎翠　ちくま文庫『尾崎翠集成（上）』二〇〇二年十月
「兎」金井美恵子　講談社文芸文庫『愛の生活／森のメリュジーヌ』一九九七年八月
「風媒結婚」牧野信一　国書刊行会『牧野信一　日本幻想文学集成15』一九九二年二月
「過酸化マンガン水の夢」谷崎潤一郎　中公文庫『潤一郎ラビリンス XI　銀幕の彼方』一九九九年三月
「花ある写真」川端康成　ちくま文庫『文豪怪談傑作選　川端康成集　片腕』二〇〇六年七月
「春は馬車に乗って」横光利一　新潮文庫『機械・春は馬車に乗って』二〇〇三年三月
「二人の天使」森茉莉　講談社文芸文庫『父の帽子』一九九一年十一月
「藪塚へビセンター」武田百合子　ちくま文庫『遊覧日記』一九九三年一月
「彼の父は私の父の父」島尾伸三　晶文社『月の家族』一九九七年五月
「耳」向田邦子　新潮文庫『思い出トランプ』一九八三年五月
「みのむし」三浦哲郎　新潮文庫『ふなうた　短篇集モザイクⅡ』一九九九年一月
「力道山の弟」宮本輝　文春文庫『真夏の犬』一九九三年四月
「雪の降るまで」田辺聖子　角川文庫『ジョゼと虎と魚たち』一九八七年一月
「お供え」吉田知子　福武書店『お供え』一九九三年四月

本書では多少ふりがなを加え、旧字を新字に変更したものもありますが、原則として底本に従いました。本文中、今日では差別表現につながりかねない表記がありますが、作品が書かれた時代背景と作品の価値をかんがみ、底本のままとしました。

小川洋子

（おがわ　ようこ）

1962年、岡山県生まれ。早稲田大学第一文学部文芸専攻卒業。88年、「揚羽蝶が壊れる時」で第７回海燕新人文学賞を受賞し、デビュー。91年、「妊娠カレンダー」で第104回芥川賞を受賞。2004年、『博士の愛した数式』で第55回読売文学賞、第１回本屋大賞、『ブラフマンの埋葬』で第32回泉鏡花文学賞、2006年、『ミーナの行進』で第42回谷崎潤一郎賞を受賞。その他の著書に『薬指の標本』『ホテル・アイリス』『沈黙博物館』『やさしい訴え』『貴婦人Ａの蘇生』『海』『猫を抱いて象と泳ぐ』など。フランスを中心に世界各国で翻訳された作品が多数ある。

小川洋子の偏愛短篇箱

二〇〇九年 三 月二〇日　初版印刷
二〇〇九年 三 月三〇日　初版発行
編著者――小川洋子
発行者――若森繁男
発行所――株式会社河出書房新社
東京都渋谷区千駄ヶ谷二-三二-二
電　話――〇三-三四〇四-一二〇一［営業］
〇三-三四〇四-八六一一［編集］
http://www.kawade.co.jp/
組　版――株式会社創都
印　刷――株式会社亨有堂印刷所
製　本――小高製本工業株式会社

ISBN978-4-309-01916-1
Printed in Japan